忽然，懂了

對照記@1963 II

楊照 台灣
馬家輝 香港
胡洪俠 大陸
——合著

目錄

【推薦序】

三個

——張大春

三之為數也大矣，君子有三畏，亦有三變。天地人得其三，算是滿了。儘管掛在嘴邊的話還有三缺一，但是另一個就算到齊，也只能坐下來叉叉麻將罷了。君不見佛號三世，緣訂三生，桃園之義以三，風塵之俠以三，而胡洪俠、馬家輝、楊照以文相聚，端的是三合一，無間道。

人生之中還得到了一定的年紀、撞上相當的人、恰逢接近的情懷，才能一拍三合，成就這樣一套「五十前寫作」。我不知道五十歲算不算一個可以辨識的關卡，不過聽三位作者分別說過：他們這一套寫作計畫應該是以也漸行漸近的五十歲為標線，三位頭角崢嶸的作者能攜手合開一個專欄，轉眼數年，還真不容易。

近老之男所為何事？不看文章不太明白，逐字閱之，才發現原來人生之中可以比較復回憶、回憶復比較的事還真多、真雜、真有奇趣。很像是一群人圍起來看漫畫書，笑聲總特別朗脆。而《對照記@1963》掛的雖說是兩岸三地的招徠，但是人生行腳當下，恐怕沒有人會想到自己會在多少年以後遇到另外兩員「對照組」。不過，「對照」之真理畢竟在此：以一人獨自所為者而言，就是「照花前後鏡，花面交相映」；以三人相互商量培養所為者而言，就是「遠眼愁隨芳草，香裙憶著春羅，枉教裝得舊時多」，要之一以自憐，一以相參；免不了在行囊旅屐稍停於昏燈矮簷之際，忽一回首，略得蒼茫，這就是男人撒嬌的情態。

我比三位作者痴長幾歲，讀了兩卷《對照記＠1963》下來，卻不免油然而生出一種孺慕之思，感覺他們的人生在細微處都鮮活靈動，言事道故猶如長者——即使是與我同在一城長大的楊照，所聞見與經歷者，亦多反襯出我的無知而只能暗呼新鮮。

另一方面，正因為三個作者都是朋友，我讀此書最大的樂趣可能與許多讀者不同，睹字如晤面，適足以想見其運筆行文，往往在開卷的那一剎那，便不能自已地揣度起來：此篇命題之人是胡？是馬？是楊？這個小小的疑惑帶給我另一種閱讀文章的趣味——可想而知，當其中一位作者出了題，而另兩位不得不接招的情形之下，如何冥搜極討、遠寄遐思，並綻放出足以與另兩岸的文友「交會時互放的光芒」，應該是會教任何一位負有盛名的寫作者都不免暗中捏兩手汗的試煉。

文人多矣，文會多矣，能以同齡異地之身，互證遙遠的生命旅程，還多能於用情不用情之間、可說不可說之間、欲諷不欲諷之間，各領風姿。好比說：

「夜黑風寒，地凍霜冷，大街上，小巷裡，流動著一團團黑影。剛聽到前面似有人聲，還有光亮一閃，等到走近了，卻又不見了蹤跡。知道對方在躲避，這一方心領神會，不問究竟，快速通過，配合默契。」這是總在快刀斬句的胡洪俠。

「我從小愛哭，不知道是什麼原因，情緒稍稍激動便哭，生氣哭，高興也哭，彷彿心底有著一個小小的噴水池，隨便找個缸口便往上湧出來。」不擇地皆有情淚，這當然是馬家輝。

「距離這個影像出現在生命中，超過三十年了吧，神奇地，除了那詩集上顯現的文句不同，其他每個細節，都沒改變過。」這是典型的楊照，身上隨時有各種隨時接收啟悟的開關。

每當讀到能令作者的容顏煥然一亮的句子，我都會停下來，想想那人。《對照記@1963》划算之處在此，它有三個。

戲題《對照記@1963》

—董橋（作家）

梁羽生寫《龍虎鬥京華》出名。金庸寫《書劍恩仇錄》出名。百劍堂主陳凡寫《風虎雲龍傳》出名。二十世紀一九五〇年代的事了。一九五六年十月，香港《大公報》副刊闢《三劍樓隨筆》，梁羽生、金庸、陳凡輪流執筆漫談古今中外世間萬象。一九五七年一月《三劍樓隨筆》停刊，三個多月八十八篇隨筆同年五月出版單行本。一九六一年九月，中共北京市委機關刊物《前線》雜誌闢《三家村札記》，鄧拓、吳晗、廖沫沙輪流執筆漫談古今中外世間萬象，合署筆名「吳南星」：吳晗出「吳」字，鄧拓筆名馬南邨，出「南」字，廖沫沙筆名繁星，出「星」字。一九六六年五月《三家村札記》橫遭批判，劃為毒草，八方圍攻，演成文革序幕。物換星移，時代翻新，深圳《晶報》闢「對照記@1963」專欄，台灣楊照香港馬家輝大陸胡洪俠輪流執筆漫談古今中外世間萬象，消磨三劍樓劍氣，清玩三家村村煙。劍氣，說的是宋代華岳詩裡「筆鋒帶怒搖山岳，劍氣啣冤射斗牛」。村煙，說的是孔尚任《桃花扇》中「日淡村煙起，江寒雨氣來」。畢竟，三個男人抵不過一個張愛玲，三劍樓三家村都泛黃褪色了，燈下翻讀彷彿張愛玲翻看祖父的照片：「你們現在多麼享福，我們從前吃番薯籤。」於是，劍芒搖寒之際，村情忘機之餘，三個男人情願躲進姑奶奶老相簿裡消受微風中的籐椅品嚐她吃剩的鹽水花生：「帳望卅秋一灑淚，蕭條異代不同時」，《對照記》圖四十九張愛玲自題舊照的詩句。圖四十六寫排班登記戶口，老八路問她認識字嗎？她笑著咕噥了一聲「認識」，高興可以冒充工農：「也並不是反知識份子，」她說，「我信仰知識，就只反對有些知識份子的望之儼然，不夠舉重若輕。」幸虧這三個男人望之並不儼然，舉重確也若輕，可惜姑奶奶看不見了。真的，文章還是張愛玲好。小輩借她的書名用一用也好。加個「@1963」也許是趕時髦，無所謂。聽說楊照馬家輝胡洪俠同齡，一九六三年出世，風華正盛，不輸龍虎，勝似書劍，好得很。

二〇一二年壬辰夏至前夕

【推薦序】

停不下來了

—毛尖（作家）

大約是兩千年以後吧，最好看的電影電視都不是男女主人公的戲了。《碟中諜》也好，《24小時》也好，我們都是為了超男廢寢忘食。新版福爾摩斯風靡世界，因為夏洛克和華生暗潮洶湧；《龍門飛甲》四女星，為了配陳坤，都中性到基。男女沒票房，男男是王道。歐洲盃如此，NBA如此，新時代《對照記@1963》也如此。

楊照、馬家輝、胡洪俠，三個生於一九六三年的男人，把《對照記@1963》演到這第二季，已經不是他們還想不想演的問題，而是兩岸三地允不允許他們停的事兒。

楊照大哥我沒見過，家輝和大俠隔三岔五會碰到，說句真心話，他們倆寫文章，我有點替他們可惜。小馬哥有張曼玉的風情，當然他也把自己當梁朝偉。這不是我的臆測，他們仨寫「喇叭褲」，小馬哥就說，當年他穿喇叭褲去秒殺女生，女生沒死，先把自戀狂的自己給秒殺了，而且，黃金時代的香港電影圈也的確向他拋過橄欖枝。可是呢，獻身舒淇，還是獻身學術，這種對胡大俠來說根本不構成問題的選擇，卻活生生讓小馬哥「正青春被學院削去了頭髮」。

不過，所謂能量守恆，馬家輝那等待過攝影機的演技落在文字上，構成了《對照記＠１９６３》最狡黠的部分。三人中間，他的文章最虛構也最艷麗，所以，這三個男人如果真去拍電影，小馬哥可以承擔最多感情戲，大俠和楊照會在結尾時恍然大悟：原來他對你也說過這樣的話。這幾乎是一定的，楊照儒雅，大俠誠懇，小馬哥的眼風，用他自己的話說，「從不失手」。

當然當然，作為大陸版六三男，天南地北走過，滄海桑田看過，大俠的誠懇也是表面現象。人群中，他看上去總比別人高半頭，雖然他自己也差姚明三個頭，有他在的飯桌，五個人吃飯像十個人在說，他唧唧呱呱從孫中山說到沂蒙山，從金庸說到金剛，世界上沒有他不懂的事情，沒有他不在場的事件，我就曾經眼看著我一女友被他說得魂飛魄散，而且，他又高帥富，比姜文潮，比孫紅雷帥，這樣的男人不去白宮使美男計為祖國的安全貢獻力量，說明上個世紀的文學隊伍是真正的夢之隊。

而《對照記＠１９６３》，就是兩岸三地夢之隊精華錄。我拿到《對照記＠１９６３》第一季的時候，說實在，也沒特別鄭重，在客廳放了一段時間，但翻看楊照的第一篇〈夢裡不知身是客〉，我就給吸引住了。這是我最喜歡的「台灣腔」。他句子不長，很少使用形容詞，但常常能營造出遠景、中景和近景交織的氛圍，而最重要的是，他用最乾淨的文字抒了最動人的情。三人中間，我注意到，在正面意義上使用「夢」這個字最多次的，是楊照。在一個抒情已經變得不可能的時代，楊照文章簡直是亂世良藥，比如像我這種七十年代版大陸人，雖然沒有分享他多少成長經驗，卻總能被他帶著入戲，「多麼美好，還能輕易夢想，輕易進入夢境的年歲。」甚至，我想，馬家輝和胡洪俠也在某種程度上受到了楊照大哥的催眠。

這麼說吧，我以前，對馬家輝和胡洪俠是不特別佩服的，但他們在《對照記＠１９６３》中的身手卻屢屢刷新我的感受。真的，媽的，太讓人驚艷了，他們倆寫到「孫中山」這個關鍵字，那種舉重若輕真不是一朝一夕的內功修為，尤其是兩篇文章的結尾，創造出似小說又似隨筆的那種彈性，簡直令人忌妒。這個，大約也是三個男人飆戲時候才能引發的精彩吧。

所以，作為一個普通讀者，最後我要不懷好意地說一句，你們三個人啊，既然選擇了一起飆，那就停不下來了，因為你們會發現，只有在一起，才能創造最好看的自己。

前言

同樣生於一九六三年的，卻分別在台灣、香港、大陸成長的三個人，決定共享青春經驗，作為這幾十年來華人分合歷史的一張側頁，裡面有濃厚的個人情感，也必然有強烈的集體意義。

一邊寫著自己的故事，一邊讀著其他兩人的回憶，後來又一邊聆聽著讀者傳來的迴響感觸，楊照、馬家輝、胡洪俠三人共同感覺到：這整件事最大的意義就在於，穿越時間誠實面對所有的喜怒哀樂與尷尬與不堪，生命中許多迷糊、懵懂、錯亂的情節，會忽然都變得透澈澄明，忽然，懂了。

忽然，懂了——多麼美好的一種生命體驗。

一 駕照

那個駕訓班教練

——楊照

那是在鳳山當兵的最後幾個月，準備要來接替我們戰鬥教官任務的學弟已經報到了，我們正式取得「待退」的身分，而且在步兵學校待了一年半，上上下下差不多都認識，都有些基本交情，於是很多規矩規定都開始對我們有了例外。

我和同寢室的另外兩位同梯預官，開始認真計劃退伍後的人生。三個人都花了一段時間忙於考托福、GRE，填寫美國大學研究所的入學申請表格，過農曆年前全數都寄出去了，開始漫長而緊張等待收通知——被接受或被拒絕的通知書。

不記得是誰提議的，說應該利用這個時間去考駕照。附近的駕駛訓練班，有早上六點上到七點的班，上完駕訓課還來得及回營吃早餐。「待退」的少尉軍官，一大早出校門，不會有人刁難的，這樣早起熬個五星期，三十五天，駕照就到手了。

滿有道理的。去了駕訓班報名，櫃檯小姐問：「要找哪個教練教？」一個教練都不認識，只好回問：「你會建議找誰呢？」小姐回答：「通常大家都是說愈凶的愈好。」為什麼要選凶的？小姐擺出一個不耐煩的臉色，嫌棄我們連這個都不知道就來報名：「愈凶愈會罵的，學生才會怕才容易學得好考得上啊！」

同行的夥伴被小姐說服了，都選她推薦特別凶的教練。我掙扎了一下，實在很不願意再聽到人家對我大小聲，問：「有沒有不凶又教得好的呢？」小姐說：「那就這個好了啦，他最不愛罵人的，不過到時候考不上不要怪教練喔！」

第一天上課，為了過大門方便，也為了回來後馬上可以進軍官餐廳吃早飯，我就先穿好了軍服、戴著軍帽到駕訓班。那個「最不愛罵人」的教練已經在教練車上了，我上了車，將軍帽脫下來放在擋風玻璃底，突然如暴雷般的聲音在耳邊炸開：「拿走！放在那裡幹什麼！」我整個被嚇得幾乎跳了起來。

「最不愛罵人」的教練不但罵人，而且罵得很凶、罵得很大聲，罵得我手足無措，光是踩離合器放油門就反覆了幾乎有一百次，每次都熄火，車子根本無法前進。熄火一次教練就罵一次，愈罵愈凶，愈罵愈大聲。好不容易上完一個小時，我幾乎是被罵得落荒而逃的，逃進訓練班辦公室，原來的那個小姐不在，換了另一位櫃檯小姐，我跟她抱怨教練有多凶，她不客氣地嘲笑：「阿兵哥那麼耐不起罵喔？」真奇怪了，為什麼軍人就活該要禁得起罵？我問她能不能換教練，她說一定不能，報名時就講過了。然後好奇問我到底選了哪個教練，我講了教練名字，她的反應是：「他很好啊，他最不愛罵人的啊！」

好吧，認了。要嘛她們聯合起來故意耍我，要不然另一個可能性就是這個教練對櫃檯小姐很好，所以她們都覺得他「最不愛罵人」，誰叫我不是年輕小姐！

上到第二個星期，我慢慢察覺了，或許還有另外一個可能性。我發現教練罵我的時候，都將矛頭指向我的軍人身分。「台灣軍人都怎麼死的知不知道？笨死的！」「這麼爛也能當少尉，國軍完蛋了啊！」有一次下課時，他竟然說：「死國民黨，下去啦，你以為賴在車上車就是你的嗎？」

被他這樣罵，讓我每天心情都很差。每天都在想我幹嘛這樣折磨自己，一張駕照值得這樣的代價嗎？終於，下一次教練又罵：「死國民黨，你出去別說是我教的！」我受不了爆發了：「你才跟國民黨一樣霸道一樣爛啦！」教練瞪大眼睛，不敢相信自己聽到了什麼，我看得出來他嘴唇微微顫抖：「你說什麼？你再說一次……」

再說一次就再說一次，我豁出去了，大不了不學開車，誰怕誰：「你就是個國民黨，除了裝模作樣欺負人，還會什麼？他媽的我明明就不是國民黨，因為不是國民黨被那些政戰的欺負，到這裡還要被你誣賴，你愛罵國民黨就去罵，干我屁事！」

發洩完，我拳頭捏緊準備就在車裡幹架了，完全沒料到，教練非但沒有一拳揮過來，他竟然還笑了。我沒看過的和氣地笑。帶著笑他說：「我以為當軍官的都是國民黨……」我打斷他：「我還以為駕駛教練都是土匪呢！」

那天之後，一直到我通過考試領到駕照，他沒有再發過一次脾氣，沒有再罵我一句，一句都沒有。

坐了八小時牢

——馬家輝

香港的駕照有點奇怪，印象裡，其他國家或城市的駕照皆貼著照片，但港式駕照，沒有，簡簡單單的樣式，清清爽爽的綠色（對了，上回來到深圳，胡洪俠和楊照花了五分鐘教我用普通話唸「色」這個字，都沒教懂，我以為自己很笨，但回港後，另一位朋友用拼音方法教我，五秒鐘便學懂了；笨的原來是胡和楊！）正面印著名字和編號和年份，當然是中英文對照；背面印著一堆「車輛類別代號」，限定持證者僅能駕駛哪些類別的車子。便是這樣了。

其實看看這些車輛分類，即可明白香港從英國殖民傳統裡所承襲的行政細節是何等嚴謹，駕照背面用微小的中英文密密麻麻地印著類別名稱：私家車、輕型貨車、電單車、私家小巴、公共小巴、的士（計程車）、私家巴士、公共巴士、傷殘者車輛、政府車輛、專利公共巴士、中型貨車、重型貨車、掛接式車輛、特別用途車輛、機動三輪車、裝有自動傳動系統之車輛……大車小車，重車輕車，構成了一套具體而微的「汽車知識譜系」。甚至，連持證者是否須戴「適當眼鏡」和「助聽器」都清楚列明，如斯細緻處理，或許是香港特色。

我的香港駕照，只是「換」來的，並非「考」來的。我在芝加哥大學讀碩士時學習開車，由另一位香港留學生教導，在社區路上開了一小時後便上高速公路，由南部校園往北走直到唐人街吃雲吞麵。留美七年，回港後，第一樁事情是用美國駕照換取香港駕照，完全不用重新考試，只須填表、繳款，便行了。那是一九九七年之事。

十四年以來，我算是一位良好的駕駛者，從來沒因開車闖禍，除了去年，某回，一位中學男生亂過馬路而「撞」到我的車窗上，把窗子撞碎，他站定後，立即道歉，打電話給其父母，他們先是歉意不絕，但其後知道兒子安全無恙，馬上改變態度，破口大罵：「年輕人總慣橫行疾走，你這老頭怎麼這樣不小心，沒提防他撞過來？信不信我找人把你狠揍一頓？」

我唯有從「苦主」轉型成為「壞人」，頻說對不起，然後掛線；咳，我向來「欺善怕惡」，息事寧人，退一步，海闊天空。

說來，去年也真是我的「駕駛倒楣年」。香港法例規定，違規駕駛一次，扣分三或四點，累積超過十五點便會被禁駕駛三個月或半年，而當到達十二點，駕駛者必須出席一整天的「強迫學習課程」，朝九晚五，跟上班無異，聆聽一位老頭教師講解各式各樣的道路安全守則，下課後還須考筆試，及格者可被減除三點扣分。去年我剛好墮落到十二點的臨界線，只好去「學習」一下，坐了八小時，苦不堪言，可笑的是所謂筆試裡的題目皆甚白痴，都是選擇題，千真萬確，幾乎弱智到了這個程度：請問，以下什麼不是優良的駕駛習慣？

可供選擇的答案有：A、集中精神開車；B、全心全意開車；C、專心致志開車；D、一邊看書一邊開車。

如斯設計，誰還會答錯呢，請問？

於是我有所頓悟：香港政府就是要用考試壓力來驅迫你專心上課，而課堂內容又是極端沉悶無聊，一群四、五十歲的男男女女像傻子般坐在教室內，像在坐牢，大好生命被白白浪費了八個鐘頭，感受非常不良好，這課程的用意完全在於考驗你的耐性，即連我這麼好耐性的、以教書和讀書為業的人都有可能忍受不了，那麼，課程便成功了，你以後便不敢超速了。

深刻記得那天下課時的情景：考完筆試，老師瞄了一眼，說，合格，通過。我二話不說，轉身立走，搭電梯回到地面，用最快速度離開那幢大樓，站在街頭，天色仍亮，那是空氣混濁不堪的銅鑼灣，但我仍忍不住深深吸一口氣，覺得自由的空氣甜美無比，彷彿從地獄回到人間，生命再有春天。

不敢了，真的不敢亂開車了，此之所以我現在把跑車駕駛得慢條斯理，只因我仍被那八小時沉重課程震懾住，人生苦短，我不願意再度浪費。

那八小時沉重的課程，讓我從此樂意把跑車駕駛得慢條斯理。

二〇〇七年的第一片疑雲

——胡洪俠

二〇〇二年六月，我成功拿到駕照。就樁考、路考成績而言，這在預料之中，就人生大考場而言，這卻在預料之外。擁有一輛私家車，原是從前做夢都夢不到的事；不過，有了駕照有了車，又生一些想都想不到的事。

二〇〇七年一月三日下午，元旦出遊剛回家，突然電話鈴響。「你認識胡某某嗎？」一個男人的聲音。

「我就是。」但我聽不出那男人是誰。

「噢，你的駕駛證、行駛證丟了，你還要嗎？」

「我的駕駛證、行駛證丟了？什麼……什麼時候丟的？」我吃了一驚，儘量把話說連貫。

「今天上午啊。今天上午我撿到的。在下梅林。什麼時候丟的你不知道？你的證件丟了你不知道嗎？你不是胡某某嗎？」

我確是胡某某，可是我……今天上午我還在汕頭，不在下梅林啊。這真是無中生有的消息。為穩妥起見，還是應該先查證查證。「你等一下，」我說，「我去包裡翻一下。你不要放電話。」我迅速打開剛扔在地板上的旅行包，發現什麼都在：駕駛證、行駛證、保險卡，都在。

我立刻有些緊張了：電話詐騙！這肯定是電話詐騙。但接下來該怎麼應對？掛斷電話當然最簡單，可是我又有些好奇，我想知道接下來騙局如何進行。我抓起話筒，儘量不讓自己的聲音顫抖：「我的證件沒有丟。」

「沒有丟？」電話那端的聲音頗帶笑意，我似乎能看到他得意或不屑的表情。「你的車牌不是什麼什麼號嗎？不是上海產的什麼什麼車嗎？你不是什麼什麼單位的嗎？你的電話不是多少多少多少嗎？……」那男人說了一大堆我的個人信息，每一條都準確無誤。而且，我敢肯定，他肯定是手拿證件，在一項一項地唸。

我這位胡某某完全徹底地糊塗了。我甚至快被他征服了，快要相信我包裡的證件都是假的，而握在他手裡的才是真的了。

買了新車，張牙舞爪了好幾年，現在不敢了。橫衝直撞的歲月真不堪回首。

但是戲要演下去。「你能不能再告訴我一遍，」我問話的口氣明顯有點心虛，「你是在哪裡撿到的？」

「下梅林。你不知道深圳有個下梅林嗎？」那男人比我有耐心多了，「我是在垃圾站撿的。我也是開車的，知道你的行駛證早該年檢了，已經過期了。」

過期了……天哪！我想起來了。我連忙對那位男人說：「我知道了。是我的證件，是我丟的，不過不是今天上午，而是兩年前。我已經補辦了駕駛證、行駛證。你撿到的已經作廢了。」

我沒好意思告訴他的是：兩年前，快到春節的時候，參加一個聯歡會，喝得有點多，歸途剎車不及，撞上一輛停在路上的車。我很憤怒，怨那司機為什麼隨便在路上停車。人家也急了，說沒看見這是十字路口嗎，我們在等紅燈。原來如此。總而言之，追尾了。同車的同事說壞了壞了，聯歡會，連環撞，連撞四輛。我很不服氣，指責他說，你真是喝多了，明明我只撞了一輛，其他三輛跟我有什麼關係。

交警來了，指令簡潔有力：「證件！」我心裡甚感自得：我的各種證件從來都在包中某個角落集結，等待檢閱。自從有了車，有了這證那證，還從來沒人查過，這下好了，警察要看證。我要以實際行動證明我是多麼看重他們發放的這些帶也麻煩不帶也麻煩丟了更麻煩的證件！

我要慢慢地找，要顯得很從容，證明自己沒有喝多少酒。先掏出的是錢包，再掏出名片夾，再掏出一大堆帳單單據之類，放心，接下來就該掏出專門放卡的卡包了。

可是，竟然沒有！沒有卡包。沒有駕駛證。沒有行駛證。沒有身分證。警察不要的，都有。警察要查的，一樣也沒有。

後面的事情很麻煩，不說了。我一直不明白的是：那些證件從來都好好地待在那裡備查，可是查的時候怎麼可能一個也沒有？丟了？什麼時候丟的？在哪裡丟的？怎麼丟的？為什麼錢包沒丟，銀行卡沒丟，購物卡沒丟，偏偏警察要的證件都丟了？

接到那位男人的電話，我總算知道神祕失蹤的證件的下落了，可是疑雲仍然重重。要弄清楚兩年前證件的丟失詳情、兩年間它們身處何方和今天上午它們為什麼會在下梅林出現，談何容易。

那男人說：「如果你想要，就來取。」他留下了手機號碼，留下了姓氏，留下了接頭地點。

我沒有赴約。我相信那男人不是騙子，而是一位好心人。我也願意把悄然出走兩年的證件認領回家，可是，想來想去，算了。過期的證件是歲月排出的垃圾，還是讓它們繼續垃圾之旅吧。況且，它們已死，復活無望，「開棺驗屍」又何苦來哉。

◯二 喇叭褲

訂做的喇叭褲制服

——楊照

喇叭褲和中華路，再適切不過的搭配，甚至唸起來都押韻。

那個年代，中華路上走的，從中華商場到第一百貨到鄰近幾條街密集分布的電影院門口，人們都穿喇叭褲。除了穿更大膽、更新潮的迷你裙的少女。既非迷你裙又非喇叭褲，不會到中華路來，準確點說：不應該到中華路來。

還不只這樣，中華商場有好多家專門的裁縫店，做學生生意，代為訂做制服，最大的號召就是會將原本古板、沒有特色的制服，大幅改造，做出腰身、加寬褲角，換句話說，這裡不只是壯觀的喇叭褲展示場，還是最活躍的喇叭褲生產中心。

我記得，是高中一年級下學期，第一次到中華路訂製了一套制服。幾個不會少、不能少的重點：選擇的布料，比學校發的來得白些、厚些，不燙都能有個挺直的樣子；要有腰身，還要有彎弧的襯衫尾角，要酷不將襯衫紮進褲腰裡時，可以大方地將尾腳露出來；當然，褲腳要寬，公發制服大概是八吋左右，訂做的就從十吋起跳，可以做到一尺，甚至一尺二。

要十吋或一尺二，與其說是依循什麼樣的美學判斷，還不如說是取決於和教官之間關係而來的權力判斷。因為穿訂做制服本身，就是一種姿態，對於教官權威的挑釁。教官愈凶，管教方式愈讓人討厭，自然就刺激出愈高的欲望要用喇叭褲來發洩對抗；不過這樣做同時也就等於是召喚教官來注意你、盯你，試驗他的忍耐程度與懲戒手法，愈討人厭的教官，也就愈有可能以讓人最難堪的方式對付喇叭褲。

所以要多加許多考慮因素。考慮多寬會讓教官看了礙眼，超過哪個限度會讓教官抓狂拿起剪刀來把你的褲腳剪開。也就要考慮什麼樣的褲腳在不幸被剪開時，還能保持一定的優雅，不至太狼狽。最好是大腿部分要緊貼，一直到膝蓋處，然後才開始成三角形散開。這樣一旦被剪開褲腳，上面還維持完整的褲子模樣，只是底下卡其布在風中翻啊翻、飛啊飛，有一種可以自得其樂的瀟灑。

另外也要考慮班上其他同學的褲腳。教官要找麻煩，畢竟也得有個相對的標準，如果全班都穿公發制服，那麼稍微寬一點的褲腳，就顯得很醒目。可是如果班上訂做制服多一點，有著各種不同寬度的褲腳，那麼教官就比較難理直氣壯地畫出可接受和不可接受的截然界線來。為什麼九吋半可以，十吋就不行？或者十吋可以，十一吋就不行？

會讓教官最頭痛的，一定是班上的「優等生」也穿中華路的訂做制服。優等不優等，只有一種評量方法，就是看他月考、期考的成績排名。那個時代，處理成績的方式還很粗暴、也很殘酷，月考考完，每個人都會拿到一張油印的大表，上面仔細羅列了班上每個人每科成績，最後面算出總平均，再以總平均排名，從第一名排到最後一名。而且還要求家長必須在這張大表上簽名或蓋章，再繳交給老師。我的成績單，向來都是蓋章的，因為爸爸有一顆木頭印章固定放在一個抽屜裡。沒有明說，但家裡每個小孩心知肚明，那就是讓我們拿來處理不那麼好看的成績的，爸爸不相信檢查成績這件事，我們願意給他看，他才看，而且一定笑笑鼓勵一聲：「不錯嘛！」不值得給他稱讚的成績，我們就自己負責，不必煩他。

每個老師，包括教官都知道班上誰是名列前茅的「優等生」，必然優待「優等生」。在那種成績至上的現實觀念下，禁絕喇叭褲的主要說法，本來就是：愛漂亮重視外表，就無法專心課業，會造成成績退步。如此一來，要是一個學生有著頂尖成績，那老師、教官還能怎麼樣阻止他重視外表呢？

高中二年級，我們最大的成就，正是將我們班的第一名同學，帶到中華路。幫他排除了所有可能的心理障礙，讓他在店裡訂做了一件九吋褲腳的喇叭褲。他像是被催眠了，也像是被帶進了一個過去從來沒有想像過的新世界裡，既興奮又茫然地任由一個妙齡裁縫師量身材，量到胯間時，笑起來有兩個深深酒窩的裁縫師還別有意味地抬頭衝著他嫵媚一笑，這當然讓他更無法抗拒了。

一個星期後，他穿了新做的喇叭褲來到學校，我們看到教官臉上先是驚愕接著轉為無奈的表情，竟然覺得自己像是打贏了一場重要的戰役般。

如何秒殺女同學？

——馬家輝

有沒有從香港去過澳門？如果從港島而不是尖沙咀出發，必須先到中環的港澳碼頭，買票，搭船，大約一小時航程便到了。碼頭旁邊有個巴士站，一片空地，荒荒涼涼的，面對愈來愈狹窄的維多利亞港，白天通常因空氣不佳而灰濛濛，香港像個碩大無邊的工地，到處都在改造施工，塵土飄揚於天，我們在老天的眼皮下過日子，自己心裡有一盤勝負的帳，老天爺心裡，有另一盤。

到了傍晚，天氣轉涼，灰塵墜落，如果沒下雨，維港倒是耀目，兩岸是廣東人說的「燈光火猛」，紅的綠的，閃的動的，沒有聲音卻又似在喊叫，把你招來喚來同歡同醉，我們在紅綠閃動裡各自找到一個暫時的位置，高興或不高興，聊勝於無。於是每回來此難免想起《傾城之戀》裡的女人，從上海搭船來港，站在甲板上看海，「那是個火辣辣的下午，望過去最觸目的便是碼頭上圍列著的巨型廣告牌，紅的，橘紅的，粉紅的，倒映在綠油油的海水裡，一條條，一抹抹刺激性的犯沖的色素，竄上落下，在水底下廝殺得異常熱鬧。流蘇想著，在這誇張的城裡，就是栽個跟頭，只怕也比別處痛些，心裡不由得七上八下起來。」

七十年後的維多利亞港，竟然依舊。

然而三、四十年前的港澳碼頭旁的巴士站，並不是眼下這樣的，不是的，絕對不是，那時是一片空地、爛地、廢地，白天完全沒有用途，到了晚上，用途可大了，變成夜市，小販們紛紛前來擺攤，亮亮的油燈電燈相繼燃起啟動，啟動了一場熱鬧，一攤華麗，一波溫暖，吃的唱的買的看的聽的，都在此，我們來此，或獨自來，或與友伴來，或與家人來。來到之前和之後都興奮了好久好久。到底有幾個攤子？那時候沒法點算，但印象裡，好多好多，想必是自己的年紀輕和見過的世面少，覺得攤子橫橫豎豎地從馬路旁邊排到岸邊，在孩子眼裡，已經是無窮無盡的意思。

我的第一條量身訂造的喇叭褲就是在這個俗稱「大笪地」的夜市裡買回。

那是初中的年代吧，家裡先被潮流啟蒙的是舅舅和姐姐，他們聽收音機廣播、黑膠唱片和看電視節目，美國的比吉斯兄弟，英倫的披頭四，香港的溫拿五虎，以及後來被譽為「歌神」的許冠傑，統統是其啟蒙者，把他們引向高跟鞋和喇叭褲，而我，當然跟隨比我大六年的舅舅和年長不到兩歲的姐姐的腳步前進，褲子是非寬褲管的不穿，恤衫是非窄得把上身緊緊包住的不穿，頭髮不必說了亦是長長及肩如掃把，若用「花枝招展」四字來形容自己，絕不為過。

喇叭褲，猶如西裝，若要超好看，必須量身訂製，因為褲管固然要寬，屁股和大腿的部分卻亦要緊，必須「上窄下闊」始能顯出走路時的爆發力。記得那年是初中二年級，十四歲，九月開學前的兩個星期，我獨自到大笪地夜市吃喝逛蕩，並用七十元港幣訂造了一條灰色的喇叭褲，順帶用二十四元買了一件窄窄的白襯衫，兩者合併而穿，在胸口的袋前縫上校徽，便是校服了。

一星期後，裁縫把喇叭褲造好了，我去取，出門前的那份激動心情至今記得，彷彿期待把新褲子拿回家穿上便變成白馬王子，回到學校，秒殺女同學。褲子的縫製效果是不錯的，回家後穿到身上，站在鏡前，幻想自己是阿B鍾鎮濤，瞇起眼睛，尚未秒殺女同學卻已是秒殺了自戀狂的自己。外婆看見，也說好看，但不忘來個世道感嘆，活在香港，真好，如果你在台灣，穿這樣的褲子會被抓去坐牢；如果你在大陸，更會被村民活活打死！

我懶得理外婆，繼續在鏡前自戀。

好了，九月一日，開學了，高高興興上學去，穿著搖搖晃晃的喇叭褲，走路有風，好不威風。這七十元花得真值得。但唯一問題是：這條七十元的喇叭褲只熬得了五天，到了週末，把褲子拿給母親洗滌，濕了，再乾，由於成本便宜而布料差劣，整條褲子竟然「縮水」了三分之一！上半截本已很窄，如今是窄到根本穿不下；下半截更是明顯往上縮短，只差沒變成裙子。我的第一條訂造的喇叭褲由此報廢。

我曾把褲子拿回大笪地找裁縫理論，但他瞪起眼睛、凶狠地說，丟那媽！貨物出品，恕不退換，請貴客自理，若再糾纏，拳頭侍候！

我只好垂頭喪氣地回家。第二天睡醒，到百貨公司另購一條現成的喇叭褲，繼續回校秒殺女同學；幸好我長得俊朗並且心思靈敏，即使喇叭褲沒有一百分，我亦從不失手。

「這、是、我、的、宣、言」

——胡洪俠

是短襠，是低腰；腰部很緊，臀部很緊，大腿部分也很緊；然而一過膝蓋，褲管立刻變得瀟灑起來，寬闊起來，像終於衝出峽谷的小溪；順流而下到地面時，褲口已盡情地寬，盡情地圓，爭相隨雙腿橫掃腳下，頓呈波浪恣肆之態了。對，這就是喇叭褲。

喇叭褲往往是紅色的，鮮紅暗紅粉紅豬血紅，都有。最妙的款式，是紅中夾雜明明暗暗寬窄不等的條紋。看幾眼你都會眼花，感覺那像一把線條突然拋撒了出去，或者像兩條腿發出了宣傳畫中常見的莫名其妙的光芒。

穿喇叭褲的人，常常是長髮披肩的，是蛤蟆鏡橫擋在眼前或豎掛在胸前的，是花格襯衫且將下襬繫在腰間的，是紅色皮鞋且鞋跟很高的。這樣的一個人或者一群人，嘴叼香菸，手提著錄音機，蹦嚓嚓蹦嚓嚓地遠遠地舞過來，你都不好意思迎面相遇，你會趕緊像躲避汽車一樣速速閃開。你斜他或她或他們一眼，瞄到的是顏色深深淺淺的鏡片，像點點暮色。你無法穿越暮色看見眼睛，所以也就不知道那眼睛是在看你還是在看什麼。這時你腦子裡馬上蹦出一個詞：流氓。

這都是上個世紀七十年代末八十年代初的場景了。日本電影《望鄉》中栗原小卷的打扮，《追捕》中高倉健和中原良子的打扮，港產片裡流氓阿飛的打扮，都可以很快出現在我居住的那座土裡土氣的小城。確實是小城，也可以說是華北平原上一個土裡土氣的大鎮子，人口不過兩三萬。這「土裡土氣」不是形容詞，是現實：城裡有農村，城外全是農村。牛車可以在紅旗大街上暢行，全不管什麼紅綠燈，因為根本就沒有紅綠燈。有拖拉機轟然而過那就已經是喧鬧的城裡氣氛了。

而如果，趕上麥收季節，這拖拉機運載的就會是滿滿高高一車箱剛剛收割的成捆成垛的麥子。你盡可以跟在後面撿它幾根，掐頭去桿之後，將青黃的麥穗置於手心，合掌，左旋右搓；幾圈一過，開掌成捧勢，吹去麥芒麥殼，幾十枚圓鼓鼓的麥粒就是你的口中美味了。那一刻你會覺得是在麥田裡，可是轉眼一想，不對，你在城中最繁華的街道上。所以，如下場景是奇異的：趕牛車的人死死盯著街邊一夥穿喇叭褲的人，看了半天好像還是分不清誰是男誰是女，只好搖搖頭狠狠抽了牛屁股一鞭子；或者開拖拉機的人看見招搖過馬路的喇叭褲們，一邊按喇叭一邊不乾不淨地亂吼幾聲。

小城還沒出現喇叭褲的時候，報紙上已經在批喇叭褲了，說那是「資產階級腐朽糜爛的生活方式」，說穿喇叭褲的人不是流氓就是「小混混」，說不剪掉年輕人的長頭髮和喇叭褲就「國將不國」。在那樣的時代氣氛裡，喇叭褲管的寬度成了判斷好人壞人的標準：愈寬，穿喇叭褲的人就愈壞。

那也正是朦朧詩流行的年代。我當記者不久，某日，編輯部來了一位投稿的人，其穿著打扮是標準的「流氓配置」：紅皮鞋，喇叭褲，花襯衫，蛤蟆鏡。副刊老編輯似乎和他很熟，打招呼的第一句話就是：「看你這流氓樣，先在辦公室走幾圈。」那人不解，問：「老師，什麼意思？」老編輯說：「地板髒了，你來回走走，省得我們拖地板了。」那人看看自己的褲管，開心地笑了幾聲，說：「老師，我又寫了幾首詩，朦朧的。」老編輯說：「什麼朦朧，我看你就是蒙人。你什麼時候會寫詩了？跳貼面舞的時候寫的？」「你要這麼說的話，老師，」那人滿不在乎，「哪天也領你去貼貼？」

那人走後，老編輯大發感慨：「這都什麼事兒啊。你說這位詩人，穿衣服流裡流氣，生活亂七八糟，一夥子男男女女整天瞎混。還寫詩，蹲廁所的時候都能寫一首。那也是詩？雲裡霧裡，天上地下，頭上一句，

我一直沒勇氣穿喇叭褲，只退而求其次，穿過一陣筒褲。

腳上一句，成心不讓你看懂，故意找彆扭。唉，你還別說，就那東拼西湊的詩，到處發表，連正規文學雜誌也都登他的，還經常遊山玩水參加什麼詩會。這年頭，亂套了。」

後來我也和詩人熟了，慢慢發現他其實人並不壞。他坦誠，率真，什麼話都敢講，最隱私的事也到處說，百無禁忌。他有些憤世嫉俗，什麼都看不慣，滿嘴髒字，逮誰罵誰。他也真的會寫詩，名氣漸漸大起來，身邊聚集的男女文學青年也多起來。那是百年一遇的詩歌年代，誰都想成為詩人。

我一直沒勇氣穿喇叭褲，只退而求其次，穿過一陣筒褲。有次我問詩人：「穿正經點不行嗎？為什麼非要穿這惹是生非的喇叭褲？」他仰頭吐了幾口菸圈，一字一頓地說：「我、願、意！這、是、我、的、宣、言！我、就、是、要、讓、老、傢、伙、們、難、受！」

三 看電影

奢侈的電影時光

——楊照

一九八〇年代後期到美國留學，感覺最奇怪的美國經驗之一，是看電影。好大的一個門廳走進去，有八、九個不同的電影放映場一起在營業，不只是買票不用排隊，而且想看電影不需要先找報紙查影片時刻表，走進電影院再抬頭對照有哪幾廳快要開演了就可以。

那個年代，在台北看電影可不是這樣。每一家電影院都只有一個大放映廳，大得驚人，國賓日新樂聲這幾家，規模與座位數，甚至超過國父紀念館的表演廳。那麼大的戲院，卻還滿足不了想看電影的人的需求，電影院一律從開演前一小時開始賣票，稍微熱門一點的電影，票窗打開時，都已經排了長長的人龍，換句話說，這些想看電影的人，必須在開演前一個半小時就來到戲院，不然可能就買不到票進不了場。「我不是在咖啡館，就是在前往咖啡館的路上。」套用這句咖啡館迷的名言，那個時代，整個西門町的人潮，基本上可以分為三種——要去電影院買票的人，買到票等電影開場的人，和剛看完電影的人。因應這樣的電影生態，才有了西門町的獨特熱鬧型態。

例如說，成都路圓環邊，有賣楊桃冰的小店。楊桃醃得夠酸夠鹹，另外還可以配上同樣強烈刺激唾液分泌的「李子鹹」，是夏天很棒的消暑點心。不過，楊桃冰店還有另外一個了不起的功能——店面牆上隨時貼有當天最新的報紙電影版。想看電影的人，與其花錢買報紙查影片放映時間，不如用同樣的錢買一杯楊桃冰，坐下來一邊喝一邊對著牆指指點點，討論哪家戲院哪一場最適合。

又例如說，那個年代大學男生遇到心儀的女生，想要突顯自己的男子氣概，最常拿出來炫耀的，一是在成功嶺上受的軍事訓練，另一個就是如何在西門町對付黃牛伸張正義。

很多男生吹噓過自己如何對付影票黃牛，不過事實上，真正的正義場面沒那麼多，還有，西門町的黃牛，沒那麼容易對付。想想也知道，電影院戲票那麼搶手，那麼難買，當然會有黃牛賣黃牛票。黃牛們每天在電影院售票口混，混好混壞直接影響一家生計，也當然會發展出他們的辦法來。

黃牛一靠耐心、二靠霸道、三靠勾結。要耐心排隊，免不了。但如果只是耐心排隊，一場一人一次只能買四張票，夠幹嘛？所以耐心是用來讓自己早在票窗開啟前，就占好最前面的位子。然後兩個人或三個人一組，票窗一開，就改用上霸道本事了。前一個買完，後一個先護航讓他插隊回來，自己再買。買過了的又插隊回來，兩三個人就輪番在窗口四張四張買。票開始賣了，但後面排的隊伍卻不會動，因為都是黃牛霸著窗口。

排隊的人當然會生氣，會罵。黃牛卻看準了一種人性心態，直接排在他們後面的人，都是最早就來的，他們雖然目睹了黃牛的囂張行徑，但動手阻止的機率卻最低。他們心裡會想，儘管黃牛惡霸多搶走幾張票，畢竟不會影響到他們買到票的機會。反正黃牛插隊插幾次，總還是會離開，黃牛一離開，就換自己買票了，犯不著硬要跟黃牛槓上，破壞了高高興興看電影的情緒。

最恨黃牛的，其實是排在後面，焦慮自己到底買得到買不到這場戲票的人。可是他們隔絕在密密麻麻排隊人潮後面，不容易搞清楚前面發生什麼狀況，等他們確定人龍被黃牛堵住都沒前進，要有激烈反應時，往往黃牛們也都買夠可以加價轉售的戲票了。

所以還真不容易輪到排隊的人來主持正義。真正能主持正義的，是窗後賣票的小姐。小姐如果不賣票給反覆插隊的黃牛，黃牛就真的沒輒了。所以黃牛還要想辦法勾結賣票小姐，這倒也不難，小姐每天要上班，黃牛很容易就找到她們，她們又何必為了不認識的、每場不同的消費者，得罪天天要碰到的黃牛？

看電影真不方便，所以看電影就不只是看電影。連帶的，既然動輒花一整個下午才看到一場電影，那電影似乎也就有了不一樣的、嚴重一點的意義。在那個時代電影裡，我們必然感受了自己生命時間的浪擲，因而不甘心電影看過了就從經驗裡溜走。我們討論我們思考，繼而我們夢想電影，要將投注在排隊與街頭閒晃的時間一起從電影裡要回來。

鄰座男子伸過來的怪手

—馬家輝

我的青春期是看電影的時間遠多於看書，經常光顧的戲院，地理動線沿著港島灣仔修頓球場往西延伸。電影向來是年輕人的色情暴力教室，功夫片、刀劍片、香艷片等等是百讀不厭的課本，我在戲裡撿拾各種知識和想像，並用之填滿我的荷爾蒙水庫。

那時候灣仔駱克道上有國民和環球兩間戲院，放映的電影種類很雜，向我展示了一個複雜曖昧的人間，附近又有東方、京都和國泰，各自補綴了灣仔少年的夢境碎片。

東方戲院在菲林明道上面，旁邊是英京茶樓。英京是維多利亞式建築物，是我父母親結婚請宴的地方，很有殖民風情，若不拆卸，必是灣仔地標；在電影《胭脂扣》裡看見十二少緩步走上青樓的闊樓梯，我便不期然想起英京，氣氛很相似。東方則是明亮的新派電影院，門戶寬敞，是香港邁向現代化的摩登代表，我在那裡看過最多的一齣戲是《兩小無猜》，至少五次，男生女生的愛情故事，情竇初開的我著迷於戲裡的叛逆與迷亂，結尾一場的男女奔逃看得我手舞足蹈，繼《金銀島》後再一次挑撥我心底的冒險渴求。成長後我幾乎每四年便須更換一個居住的地方，否則很容易有窒息不安的局促，或是因為暗暗地仍在《兩小無猜》和《金銀島》的光影夢宮裡打轉迷路。

京都戲院在交加里的角落，地點注定了性質，它放映的經常是二輪的歐美情欲電影，尤其五點半的所謂「工餘場」更是特別有味道，方便白領於下班後躲到黑暗裡投射壓抑的綺夢，結果前來買票的往往不只是西裝友而更是一群群穿著校服的學生哥。我不記得在京都看過多少場朝陽勃發的電影，只記得每回站在戲院大堂細心瀏覽貼在玻璃後面的劇照，豐滿的胴體像烈日也像射燈一樣把我照得頭暈腦脹，心底便湧起最大的壯志：希望明天馬上長大成人。

國泰就在京都旁邊的灣仔道上，有人說它是左派戲院，在一九六〇年代中期只有「左仔」才會去看電影，親國民黨的人即使路經此地亦寧願繞道而行。我出生於一九六三年，文革的火紅抗爭對年幼的我沒有直接衝擊，但在國泰裡面我確有過極不愉快的看戲經驗：曾有一位男子走近，坐於鄰座，說自己是醫生，問我是否曾經騎單車受傷。我不懂得回答，他伸手過來，從小腿開始往上摸索……返家後的我驚惶地把遭遇告之家人，換來的卻是不信任的嘲笑，自此我像沙灘上的孩子一樣，挖個深坑，把記憶扔棄其中，然後無休止地把沙覆蓋其上，可是坑內彷彿有隻怪獸一直拚命想爬出來，爬出來，經常令我悚懼難堪，很想放聲大哭。

青春期結束後，十九歲，從港赴台讀書，比較少去戲院而多往MTV店。那年頭，一九八〇年代初，台灣由於欠缺版權法規，全世界的新舊電影都可在此城以最廉價的方式現身，街頭巷尾都是錄影帶租賃店，也都是掛著MTV羊頭的個室戲院。踏進店內，選一盒錄影帶，店員會帶領你進入一間類似今天的卡拉OK的包廂，房門關上，房內便是你的光影天地，沒人吵你，沒人騷擾你，你是這裡的唯一觀眾，你是這一百二十分鐘內的至尊皇帝，出門付費，僅需新台幣五、六十元，這個價錢在今天還不夠吃一碗香辣牛肉麵。

那時候台大附近有幾間開設於二樓的MTV，針對大學生的小眾品位，提供了許多費里尼、高達和其他，二十四小時迎客，是電影浪漫族的體諒小窩。有一間設在羅斯福路台電大樓對面，店內的所謂包廂其實只是用書架間隔開不同的狹小空間，窄度剛好足供兩人坐下，近距離放置一部電視機和錄影機，為了互不干擾，顧客在看片時必須戴上耳機，簡陋之餘倒有幾分刻苦磨練的革命氣息，反正年輕人不怕苦，只怕不夠情趣。當時我和美枝住在汀州路（多動人的街名！）的小巷內，許多許多個夜裡，或騎機車或步行到這間小店，挑一部或兩部好片，在這個窄到無法再窄卻也寬廣無限的天地裡消磨好幾個鐘頭，然後到公館的路邊攤吃虱目魚或酸鴨湯，口袋若較充裕，再加一碟新台幣一百元的魚生，如此美好的晚上後來再也難求。

美枝看戲向來不喜歡別人講半句話，戴上耳機正合她意，她教懂了我怎樣做一個沉靜的觀眾以尊重電影，她也教懂了我什麼叫做好電影和壞電影，每回劇終，我鬆了一口氣地滔滔不絕大發議論，她常常耐心聽完，輕描淡寫地講兩句評語便是重點裡的重點。

兩個人看電影總是最佳享受。英國哲學家艾麗絲．默多克去世後，其夫約翰．貝利寫回憶錄追記愛戀情事，指出，弔詭地，兩人相處的最大快樂往往是能夠在共處的時候享受到孤獨。或許我和美枝的觀影經驗亦正如此。可是我們又都不會忘記蔡琴說過的故事——

小時候最喜歡看電影，常常央求爸爸帶我去看，有一次，爸爸對我說：小琴啊，你這麼喜歡看電影，你一定要練習一個人去看，總會有沒人陪你的時候啊。

跟著電影去戰鬥

——胡洪俠

三十多年前華北農村的夜在我記憶中更像是夜。夜色真的如墨一般，安穩，凝重，黏稠。夜的降臨亦如墨傾水中，無聲無息就彌漫開來。那是真正的籠罩，無邊無際的籠罩，沒有縫隙，沒有厚薄。村莊根本無力抵抗這樣的夜，它知道自己無處可逃，只好順從地隱沒在夜裡。即使想抵抗，它又有什麼辦法？所有的農具和牛羊和莊稼都沉默，都不發光；而電燈，那時村裡還沒有。

只有一樣東西，能讓鄉村的夜偶爾有呼吸，有眼睛，有腔調，有情緒，那就是電影。某個傍晚，當村口空地上突然豎起了兩根又高又粗的竹竿，竹竿間扯起了方方正正的銀幕，我們就知道，傳說變成了現實，一場戰鬥又將打響。

村裡要放電影這件事，一開始真的就是「傳說」。一個鄉鎮有一台放映機，但卻有二十一個村子。那時並不總是有新影片可放，偶爾來一部，也難得在各村完整巡迴，往往演幾場又去了其他地方。所以，誰也說不清，到底是哪個晚上，在哪個村子，放哪部電影。上學或者放學的路上，如果有誰神祕兮兮地說一句，「幾天之後咱們村可能演電影」，那就是爆炸性新聞。可是，這樣的消息，無處求證，也無從質疑，於是只好快樂地相信。家長們聽了這一類傳聞，照例先是否定，說半年前不是剛演過電影嘛，不會這麼快再來的。又或者說，快下地拔草餵豬去吧，別老琢磨這些閒事。

這怎麼會是閒事！無休無止地幫生產隊割完麥子種紅薯（地瓜）才是閒事；包兩個紅高粱餅子和一塊蘿蔔鹹菜去上學才是閒事；沒有電影的長夜，對著油燈發呆，那是最大的閒事。一年到頭，我們所能盼望的，也就兩件事，一是過年，一是看電影。至於其他，比如上課考試，下地幹活，皆避之唯恐不及，何盼之有。沒有春節，我們就沒辦法一連幾天都吃魚吃肉吃饅頭吃餃子；而沒有電影，我們哪裡又有機會看見外面的世界和外面的人？

小時候看電影經常看到韶山畫面。許多年後，我終於到這裡看了看。

童年少年那點可憐的樂趣，差不多都拜電影所賜。我們跟著電影學會了辨忠奸，抓特務，認識了越南的小英雄阿福，知道了琛姑娘如何穿梭在森林裡幫著運輸隊把軍用物資運到前線。我們不因為自己是窮孩子而自卑，因為李玉和提著紅燈說了，「窮人的孩子早當家」。我們左手持柳條，右手撩起外套，鏗鏗鏘鏘學著楊子榮打虎上山，順便把身邊的同伴當作座山雕按倒在地上。我們多麼羨慕潘冬子啊，覺得他是世界上最精神最勇敢的英雄少年；「小小竹排江中遊」，歌聲一起，我們每個人都覺得自己是「閃閃的紅星」，而旁邊的人都是胡漢三。還有，《青松嶺》中那匹驚馬，那幾聲響徹雲霄的鞭子，真讓人心驚肉跳。《春苗》中那個女赤腳醫生，長得多好看，我們認識的所有大姐大嫂都比不上她一根頭髮，至於她到底給鄉親們治好了什麼病，我們全不關心。還有，《杜鵑山》裡，柯湘黨代表，那雙大眼睛真威風，什麼事情都能算得準，什麼好人壞人都能分得清，唱得又那麼好聽，〈家住安源〉沒唱完，我們就已經偷偷地淚流滿面了。

沒有電影，我們怎麼會認識朝鮮的賣花姑娘，還有叫「老狐狸」的壞老頭？又怎麼知道朝鮮也有摘蘋果的時候，也有鮮花盛開的村莊？《寧死不屈》，對，阿爾巴尼亞的《寧死不屈》，那個漂亮的女孩，參加了游擊隊。德國法西斯抓住了她，嚴刑拷問她，幾天都不給她水喝，嘴唇都乾了，裂了，脫皮了，變色了。德國軍官晃著一杯清水對她說：「說出來吧，說出來就給你水喝。」她就是不說。她犧牲了，我們都心疼得要命。

所以，看電影才是天大的正事。當傳說終於在傍晚變成現實，村口空地上高懸的銀幕，就是我們心中的太陽和月亮。我們早早就搬著板凳、捲著草席去占座位了。隨手撿塊玻璃，劃出一個「方城」，那就是各自的地盤。

晚飯？誰還顧得上吃晚飯？你去吃飯回來卻發現你的「領土」遭人侵略，那你就成了胡傳魁了。再說，太多的事情都還沒討論清楚：今晚要放的這部片子是不是打仗的？打鬼子還是打「蔣匪軍」？明天晚上輪到哪個村放電影了？我們幾個誰跟誰一夥幾點出發？為什麼有的電影最後寫個「完」字，而有的卻是寫「再見」？既然說「再見」，為什麼第二天不接著演又跑到別的村去演了？這次來的放映員是嫁到咱村的那個漂亮媳婦嗎？放映隊是不是在她家吃飯？他們這一會是不是正吃大餅和炒雞蛋？還是燉了誰家的老母雞？唉！太多問題需要弄明白了。

終於，發電機響起，放映桌上方的電燈亮了。這發電機的聲音是放映電影的進軍號，它挑斷了捆綁黑夜的繩索，它「突突突突」地和黑夜廝殺，它是勝利者。全村的男女老少馬上就可以逃離黑夜了。很快，在驕傲的本村媳婦放映員的帶領下，我們都順利地轉移到了銀幕裡。

四

姐妹

那年，二姐突然下了決心……

——楊照

有一陣子，我對「三十歲」這件事格外敏感。那應該是我小學畢業剛上國中那段時間吧，也就是我，我十三歲左右。

二姐十七歲，在念專校，她突然下了決心，無論如何不會讓自己活超過三十歲。她輕描淡寫地跟當時和她最親近的三姐說了這件事，三姐帶著沮喪與緊張的心情，告訴了我，弄得我也很緊張、很沮喪。

因為我們很瞭解二姐，她是個早熟而且很有主見的人。她和大姐同樣都是獅子座的，都有很強烈的個性，都對這個世界懷抱著不馴的態度，然而大姐的態度常常表現為憤怒，二姐則毋寧比較接近睥睨鄙視。而且二姐的個性態度，比大姐更早就定型了。

我其實一直知道，活在這樣的家庭，作為最小的弟弟，上面有三個姐姐，我注定會是一個早熟的少年。我必定會被這三個姐姐感染她們年紀的感受與思考，更何況這其中還有像二姐這樣的人，十七歲就覺得看透了自己的生命，就看到了三十歲，就選擇了以三十歲作為終點。

如果是三姐說她不要活超過三十歲，我可以很放心地聽聽就算了，知道那是她一時「強說愁」的情緒反應，過幾天就沒事了。然而這話是二姐說的，我立刻感到背脊發涼，彷彿像命運對我揭示了：二十六歲那年，我將會失去這個姐姐。二姐很堅決、很固執，對她自己的想法，很少妥協讓步。

讓我更緊張更沮喪的是，偏偏我完全瞭解二姐做這個決定的理由。她不能忍受自己變成「大人」，變成和我們身邊看到的每一個「大人」一樣的那種人。我們的鄰居、我們的親戚、我們的老師，當然也包括我們的父母。在我們的生活中，沒有一個超過三十歲的人，可以讓我們信任、給我們希望。

他們在意的，永遠是我們覺得不值得在意的事。有沒有遵守校規成為一個和大家都一樣，徹底放棄個性的學生。有沒有學會省錢存錢，努力培養一種未來可以賺錢的本事。有沒有賺到錢，賺到了多少錢，又被什麼人占了什麼樣的便宜。相對地，我們認為重要的事，關於人生，關於剛發芽的愛情，關於藝術與自我表達，關於與朋友之間的恩怨離合，卻都不在他們心中腦中。

擺在我們眼前，很難忽視、更難否認的事實是：有可怕的力量，讓人活到那樣的年紀，三十歲之後，就會變成十幾歲的我們感到無法忍受的模樣。我們不瞭解那力量是什麼，正因為不瞭解，於是也就想不出找不出擺脫的方法。

二姐的決定，如此清晰明白——與其活著讓自己變成那樣的「大人」，她寧願死去。

我無論如何不願失去一個姐姐，然而，我想不出任何可以試圖去勸她改變主意的說法。對於大人的世界，我和二姐有著完全同樣的悲觀看法，只是，我多麼膽怯懦弱，缺乏她的那種決然氣魄。

還好，從十七歲到三十歲，遠比我們當時想像的要長要久，要多發生許多事。二姐從專校裡畢了業，在

二姐陪我參加大學畢業典禮，在台大校園裡，她二十六歲，還好已經遇上了後來的姐夫，打消了只活到三十歲的念頭。

第一個工作上，認識了後來的二姐夫。二十七歲那年，她結婚了，我還穿起西裝，像模像樣地在她的婚禮上當起招待來。二十八歲，她生下了女兒。

二姐三十歲生日時，我人在美國，我知道她會安穩地繼續過著有丈夫有女兒有一個和丈夫一起草創的貿易公司的生活，然而，那個夜裡，面對著異鄉的月亮，我還是不斷想著她十七歲時做過的決定，不是因為擔心她，而是為了自身而想的。

我想著：到我三十歲時，我會變成一個什麼樣的「大人」？我是應該以「大人」的成熟，回頭嘲笑當年自己那樣幼稚的看法？還是存記當年的沮喪與緊張，同時存記當年對於「大人」的悲觀反感，警惕自己千萬不要變成那樣的「大人」？

輾轉反側，幾乎一夜無法入眠，最終我告訴自己：我得在三十歲之前，好好地、認真地整理記錄年少時，我到底相信什麼、堅持什麼，又對什麼樣的事懷抱夢與理想，這樣我才能在三十歲之後，不遲疑不畏懼地努力做個不會被少年的我厭惡、看不起的「大人」。

那一夜的想法，其實就是我三十歲前後動筆寫《迷路的詩》，最早最早的起源。

我妹妹，一個選擇了快樂的女子

——馬家輝

我有一個妹妹，但我的妹妹更像我的姐姐，她幫助我的次數，遠比我幫助她的多，她比我能幹，比我聰明，比我堅強，比我敏銳，而更關鍵的是，她比我快樂；她一直不曉得，我其實非常非常妒忌她，不為別的，只為她的快樂。

我沒法想像做「天才兒童」是啥滋味，但我絕對有資格對「做天才兒童的哥哥」說點經驗，我妹妹，是的，她是，她是天才兒童。

天才可以有不同定義，唯物的和唯心的，都可以，而我妹妹，兩者兼備。

先說唯物的，就是考試成績，我妹妹跟我和我們的姐姐讀同一間幼稚園，但我和姐姐是鴉鴉烏地畢業然後升上鴉鴉烏的小學，我妹妹呢，是第一名畢業，然後去最好的小學，再去最好的初中，又去最好的高中，而考試成績，就我記憶所及，從來都是全年級第一名。

我妹妹的第一名都是不必用心讀書而得，否則，年年第一，不算稀奇。我妹妹總是吃喝玩樂地從學期初放任到學期末，然後在考試來臨前草草讀讀課本，bingo，便行了。我家人已是見慣不怪，初時，我妹妹從學校取回成績單，進門高喊一聲：「媽，我又考第一了！」坐在麻將桌前的母親雀躍萬分，儘管雙手仍然忙著搓牌，至少會用嘴巴遙遠地表揚幾句；但後來，年年第一，聽多了，沒感覺了，當我妹妹再喊「媽，我又考第一了！」或「媽，我又取得了流行歌曲填詞冠軍了！」之類，我母親雙手繼續忙著搓麻將，嘴巴說的卻只是一句淡然的：「嗯，知道了。」

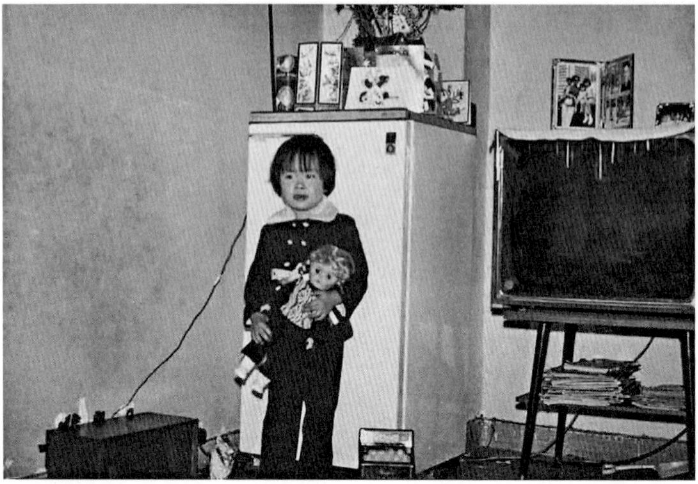

我妹妹其實更像姐姐，她比我能幹，比我聰明，比我堅強，比我敏銳，而更關鍵的是，她比我快樂。

我卻曾因考試成績而欠我妹妹一個頭顱至今未還。話說中學畢業那年她考大學，全港聯招，她考九科，故技重施卻又變本加厲，竟於考試前夜還跟男朋友去看電影。我看不過眼，調侃她道：「你肯定自討苦吃！如果你考試過關，我往脖子上橫斫一刀，把頭顱搬下來，讓你用做椅子！」

她冷笑一聲，沒答腔。日後公布成績，她考了八科A一科C，成為香港的女狀元；她本來可以是九科皆A，但因過於自大，匆匆寫完答案便提早交卷離場，看漏了最後一頁的最後一道題目，飲恨沒法取得圓滿。

然而有飲恨之感的人只會是我，絕對不會是我妹妹，她不會的，她的意志非常堅決，當她選擇了快樂，便會拒絕任何懊惱，踢走所有遺憾，全心全意把眼睛放在事情的光明面上。所以對於那份尚未寫完的考卷，如同對於她日後生命上所遭遇的種種大小挫敗，我從沒聽她發出過半句怨言或後悔，做了就是做了，發生了就是發生了，好與壞，她全收，而且是快樂地全收。許多年後我閱讀帕慕克的散文，他討論快樂，說自己向來覺得快樂是一件很沒水準的事情，只有憂鬱才夠酷，但終於發現，不，不是的，令自己快樂原來需要很大的勇氣，更是一種倫理學上的行為藝術。在那刻，我聯想到的是我妹妹，她果然是一個有勇氣的女子。

我妹妹於三、四歲時已展露出讓我驚訝的勇氣。我到幼稚園接她下課，我才十歲左右，過馬路，要求她說「阿哥，請牽我的手過路」，她拒絕，不管我如何威迫利誘，不肯說就是不肯說，拉扯了一陣子，她乾脆踏開小小的步伐，獨自一人穿越那條汽車不斷呼嘯而過的軒尼詩道大街。從後望著她細小的身影，我愣住了，何其堅毅又何其決絕的女子。

另一回印象深刻的是，母親帶我們去飲茶，我花兩塊錢買了一本《兒童畫報》，在茶樓內輪流閱讀，離開時我要求她拿雜誌，她又拒絕，又是不管我如何威迫利誘，不肯拿就是不肯拿，又是拉扯了一陣子，她乾脆把雜誌扔在地上，說，不要了，我不稀罕，說完立即自行走路回家。我又愣住了。

在成長的過程上不管玩什麼遊戲我都從沒贏過我妹妹，打電玩也好，打麻將也罷，都是，她的腦筋轉得快，心夠硬，志夠堅，十玩九勝，即使輸，亦只是輸運氣。運氣這事兒，再厲害的天才也控制不了，意志再堅決的人也操縱不來，然而這就更需要用勇氣去對抗運氣了，用選擇快樂的勇氣，告訴命運，你如何狂妄囂張亦沒法成功把我打倒，當我決定了讓自己快樂，我便快樂，快樂地順遂，快樂地倒楣，我才是自己的主人，你不是。

我妹妹其後在英國、美國都讀過書，現居北京，專事寫作，竟然跟我是同行，但我每天寫作時喊苦連天、怨氣沖天，而她，想必是寫得快樂，因為在她的字典裡，恐怕除了「快樂」已經沒有其他字詞。

她不知道，我是如此的妒忌。

有一趟車，你可能永遠搭不上

——胡洪俠

是馬家輝提議要寫一回「姐妹」的。我不反對，因為正好，我有一個姐姐，又有一個妹妹，這是如今獨生子女一代永遠無法享受到的溫暖，也是他們成長經歷中再也無法彌補的缺憾。

姐姐和妹妹相差十二歲。可是，當我試著回憶她們的音容笑貌，拼貼她們過去的成長經歷，掇拾她們如今的生活面貌，我突然發現：她們的出生年月雖然相隔區區十年有零，可她們的生活道路是如此不同，其差異簡直就如同兩代人。彷彿乘車旅行，姐姐坐的是慢車，走的是傳統線路，遵循的是老舊的時刻表。妹妹則不一樣：破舊車站裡突然開來一輛快車，妹妹順利搭上了，從此與姐姐走了不同的路，有了不同的方向。讓人感慨的是，不管誰坐了慢車誰又坐了快車，都與她們個人的選擇關係不大：相連的歲月裡忽然出現兩個時空，她們在相鄰不遠的兩個站點各自「被選擇」了。

妹妹生於一九七一年。她和她的「七〇後」同齡人區別不大：上小學時，高考制度已經恢復，接下來全是按部就班的程序，小學六年，初中三年，高中三年，然後高考，然後上大學，然後畢業參加工作，直到如今。姐姐生於一九五九年。她上小學那年，「文革」開始了。上初中趕上了「批林批孔」，學工學農學解放軍，一學好幾年。她也算是上過高中吧，可那時的高中，批完了《水滸》批「右傾翻案風」，好不容易熬到畢業，突然又說高考恢復了。對農村的那代高中生而言，高考既不是頭班車，也不是末班車，僅僅是輛呼嘯而過的車而已。他們眼看著這輛車轟隆隆駛過，但無論如何也難以成為車裡的乘客。他們手中握著可以買票的憑證，可是卻湊不齊買票的本錢：他們在學校裡幾乎什麼也沒學到。我認識村裡很多姐姐的男女同學，他

這是我兄妹五人的合影，拍攝時間距今也有十多年了吧。

們當中竟然沒有一個人的命運是通過高考改變的。他們又沒有資格像城裡來的知青那樣，說自己的青春「無怨無悔」。他們怨無所怨，悔無可悔，只好看著弟弟妹妹們一個個走出黃土地，自己則留在村裡，集中精力對付剛剛分到手的「責任田」。那時的報紙上經常呼喊「奪回失去的青春」一類口號，如今我明白，那是對城裡子弟而言的。姐姐的青春就在所謂「希望的田野上」，向誰奪回，又從何奪起？

姐姐常說她「認命」。農村的所謂「命」，常常就是父母對子女人生的安排。而這種種的安排，依從的又大多是生活的慣性。高考列車已然駛出自己的命運，喧鬧過後，姐姐那代高中生的心思重歸寂靜。若想改變命運，辦法也有：男同學須設法去當兵，女同學則要嫁個好人家。姐姐倒是集二者之長，因為她嫁給了一個當兵的。

那年從學校放假回來，母親說：「正好趕上你姐姐相親，你也去看看。」父親說：「那男的在山西當兵，是汽車兵。他爹是村裡的支部書記。」我去了，但也不知該和未來的姐夫聊些什麼，只盯著他的綠軍裝還有帽徽和領章看了半天。平日裡姐姐動不動就哈哈大笑，聲音清脆響亮，遠近聞名，那天她卻出奇的安靜，說起話來嘟嘟囔囔，全無底氣。回來後母親問姐姐相中沒有，姐姐說：「你們說怎麼著就怎麼著，認命吧，這一輩子反正就落在農業地裡了。」父親問我的看法。「還可以，」我說，「人家在村裡也算高幹子弟了，就是個子矮點，比雷鋒高點有限。」

一九九六年的冬天，我回家接父母來深圳過年，特意安排他們坐了一次飛機。在濟南機場候機樓，父親突然大發感慨：「你看看，這些坐飛機的，哪有我和你娘這麼大歲數的？」聽得出他是想表達自豪之情。這一刻想起父親的話，我卻另有一番感慨。不知父母親想沒想過，他們幾乎是農村最後一代按傳統習慣籌劃子女生活道路的父母了。他們按「父母之命、媒妁之言」的古訓，陸續娶進兩房兒媳婦，嫁出去一個女兒。到了我和我妹妹這裡，時代已劇變，他們頓時覺得無能為力了，各方面形勢都有些失控了。這其中的得失又如何說呢？他們歷經千辛萬苦操持哥哥們和姐姐的婚事，最終也正是哥嫂和姐姐、姐夫陪伴他們度過晚年，盡「養老送終」之職，而搭乘時代快車東奔西走的我和妹妹，充其量也不過是「常回家看看」而已。農村的馬車牛車是他們再熟悉不過的交通工具，而飛機，只是他們生活中的插曲。

寫到這裡，忽然想起，「姐妹」這一篇，我原本是要寫另外兩個姐姐的。她們在上個世紀五〇年代先後夭折，我不僅沒見過她們，甚至連她們的名字也叫不上來。自從知道我還曾有過兩個幼年死於傳染病的姐姐，我就一直想像如果她們還活著，我的童年生活又該是何等模樣。可惜終於是無從寫起。

五

麻將

中國男人與猶太女人——楊照

我最後一次打麻將，是差不多二十年前的事了，在美國，一桌四人，有我太太，有一位在哈佛大學念神學的朋友，還有一位，主人，美國的猶太女孩。

他倆是情侶，男生在美國唐人街長大的，祖籍是廣東台山，會打麻將、愛打麻將，感覺理所當然，好像也理所當然教會女友打麻將。然而，事實不是那樣。猶太女孩還沒認識台山男生前就會打麻將了，麻將牌也是她家中原本就收藏的。

這下我真感覺到自己的欠缺了，連一個美國土生土長的猶太人，麻將都打得比我好。那天打的到底是十三張還是十六張，我一點印象都沒有，因為我純粹就是去「湊角」而已，一邊打還得一邊問一邊復習麻將的遊戲規則，忙死了。

忙到幾乎沒有空參與麻將桌上的對話，只能勉強分出耳朵來聽。聽到他們很自然聊起了一個有趣的話

在美國居所的書房裡。那一年，羞赧地發現自己打麻將的本事甚至比不上美國同學。

題：猶太人和中國人的類似、親近性。猶太女孩和我同在東亞史博士班，專業也是中國上古思想史，是這樣認識來的，她介紹我讀了漢學家葛瑞漢（A. C. Graham）的著作，我從圖書館找出傅斯年的《大東小東說》給她看，彼此互通研究上的有無。

的確，在美國，優秀的漢學家中，猶太人的比例極高，而且學校裡與東亞相關的研究生，也有不少是猶太人。為什麼會這樣？猶太人也很重視家庭、重視教育、重視傳統，都和中國很像，所以比一般白人容易進入中國文化情境中，理解中國人在想什麼、為什麼這樣想。

還有，猶太人有強大的「解經」系統，一切都得要回歸到神聖的「摩西五書」，想要表達任何意見，都只能以經書批注的方式來進行，這不又和中國的知識傳統很接近嗎？

不過，中國人和猶太人，在一件事上很不一樣。猶太人對中國、中國人普遍好奇，家中常常有中國家具、中國字畫，或者至少收藏一副中國麻將。女孩從小家中每個成員都會打麻將，周遭猶太家庭也都會打麻將，所以她自然而然學會了。但是倒過來，中國人對猶太人卻很陌生、很有距離，也很不好奇。猶太人會在眾多「外國人」當中，將中國人標檢出來，但看在中國人眼裡，猶太人卻和眾多「外國人」沒有兩樣。

難得有中國人對猶太宗教、猶太文化有興趣。女孩的男友改用他帶廣東腔的普通話說：「在哈佛神學院，不碰觸猶太教傳統，那是『入寶山而空手歸』了。」

不過，猶太人和中國人還有一點關鍵差異。女孩從麻將牌上抬起頭看了男友一眼：「猶太人的系譜以女方為準，中國的『宗族』則只算男人那一邊。」整個句子用英語講的，但「宗族」兩個字卻是她在北京學來的標準普通話發音。

所以如果他們兩人結了婚，有了孩子，從媽媽那邊算，孩子是猶太人，但從爸爸那邊算，孩子卻是中國人。牌桌上的氣氛突然緊肅了起來。「如果是別的中國人也都還好，偏偏是個信基督新教的中國人。」她男友帶點不耐地插話：「信新教不對嗎？美國是個新教國家啊！而且我如果不是個新教徒，不是出生『聖公會』家庭，不是想要當牧師，幹嘛念神學院，幹嘛理會猶太教猶太人啊！」

這件事，我們上回和猶太女孩一起吃中飯就聽她說過了，沒想到竟然這時當著男友的面她又提了。她家裡極度反對她嫁給新教徒，更反對她嫁給同樣注重子嗣的中國人，當然對她交了一個新教徒中國男友，強烈反彈。她媽媽陷入近乎歇斯底里的恐慌，擔心猶太教的傳統，會斷絕在女孩的婚姻上，小孩一定會被中國人給搶走。

麻將桌上，男友賭氣地說：「我們都去變性好了，中國女人和猶太男人結婚，就沒問題了！」女孩聽了提高聲音說：「你寧可變性都不能放棄『聖公會』嗎？放棄『聖公會』比變性難嗎？」男友打斷她的話：「最好我也一併放棄中國血統好了……」

我和太太只能趕緊將話題硬轉到別的方向，轉得非常勉強。前幾分鐘，大家才說好以後可以找時間固定打麻將，讓我可以精進麻將技術，這下子，我心中有了預感，看來恐怕連下次一起打麻將的機會都很渺茫了，看來我的麻將技術又要停留在這種幼稚層次好一陣子了吧！

放心，媽，我會給你燒一副紙麻將！

——馬家輝

小時候一家九口住在一個五十平米的小單位，擠呀擠，毫無生活上的舒適度可言，除了有著一種非常獨特的便利：打麻將，完全不必擔心找不到牌搭子，四人一局，整整足夠開兩局，還剩下一位擠不進局的倒楣鬼可以負責倒茶遞水。

所以我家是熱鬧的，幾乎每個晚上都有麻將局，有時候一局，有時候兩局，若有鄰居或親友到訪，還可以背貼背地坐開三局，四局是從來沒有過，房子小，塞不下。

狹窄的空間奔騰著喧鬧，劈劈啪啪，叱喝笑罵，麻將桌上的高低情緒在局促的房子裡翻江倒海，如海嘯，但不是淹沒房內的世界，而剛好相反，是把外面的世界遠遠隔開，讓麻將桌變成一個孤絕安全的小宇宙，你沉迷在裡面，忘記今夕何夕，甚至如廣東人所常說的：「連老爸到底姓什名誰都不太記得了。」

成長於此，我乃練就一心二用的好本領。每天下午放學回家，或吃過晚飯，家裡有人設局，人聲牌聲，嘈雜於耳，我卻仍可蹲坐在麻將桌旁的小桌子前做功課，偶爾還抬頭瞄一下牌局的高潮迭起，八卦一下誰輸誰贏，算是做功課過程裡的中場娛樂。九〇後年輕人經常自詡善於 multi-tasking（多元操作），面對電腦同時進行幾項活動，我呸，老子於四十多年以前早已如此，自六、七歲接受母親的「麻將啟蒙」以來（我母親的教育哲學是：只要懂得加減乘除便可學懂打麻將，同理，學懂了打麻將便更有利於學習加減乘除），就如此，十分鐘讀書寫字，三分鐘圍觀家人的麻將活動，再五分鐘讀書寫字，又圍觀八分鐘，有時候更會被臨時徵召加入戰局，客串十五分鐘，結束後再度把眼睛放回書本和作業本之上。

廣東佬梁啟超亦是愛打牌的，還說過「唯有麻將可以讓我忘記讀書」，所以我把他封為偶像，而我更進一步，自認「圍觀麻將但不忘記讀書」，我比梁啟超更梁啟超。我也喜歡把讀書人那句「風聲雨聲讀書聲，聲聲入耳；家事國事天下事，事事關心」，改寫為「書聲牌聲電視聲，聲聲入耳；馬事女事八卦事，事事關心」，唉，年少的我真是無恥得無可救藥。

日有所思，夜有所夢，成長於此，如果要我追溯一個最深刻的少年夢境，理所當然地跟麻將有關。其實可能還未算是少年，應是兒童年代，大約九歲或十歲，甚至可能更早，那年頭我犯了夢遊毛病，偶爾於午夜熟睡時跳起床，走到客廳，跟隨夢境內容做些怪異行徑，或引吭高歌，或拳打腳踢，家人初時吃驚，其後見慣不怪，像看電視劇般偷瞄幾眼便懶得再理。話說有一個晚上，大概十一點多，牌局結束後，我睡覺，舅舅姐姐外婆等人仍在客廳看電視，我清楚記得做了一個怪夢，夢裡，跟幾個人打牌，刺激亢奮，突然，不知何故，手上有幾張麻將失去蹤影，我慌張地大吼大叫大哭，跳起來，在桌下椅下到處尋找，甚至拉開客廳雜物桌的所有抽屜，發狂地一邊高喊：「我的牌呢？誰搶走了我的牌？快把我的牌還回來。」一邊查找，歇斯底里，像瘋人院裡的病人。

翌晨睡醒，如常返學上課，回家後，晚飯時，舅舅和姐姐不斷看著我笑，是譏諷地笑，是愚弄地笑，是好奇地笑。我問你們這是幹啥，他們反問我昨夜幹啥，原來那個怪夢不僅是虛擬夢境而更附隨實質行動，我確實曾經從床上跳起來，衝到客廳，邊哭邊翻箱倒櫃地找尋麻將，他們厲聲喝止，但無效，我自言自語哭喊悲慟，就只為了那幾張本來就不存在的麻將牌，在夢中，我曾被麻將傷透了心。

桌上乾坤大，麻將歲月長。麻將桌是我跟親人交流得最緊密最開心的所在，多年以來，坐下聊天，閒話家常，經常聊到第二十分鐘之後便扯出家族史的恩怨情仇，翻臉了，不高興了，談不下去了。然而坐在麻將桌前，專心打牌，輸也好，贏也罷，都是刺激緊張的情緒交流，而這交流，有著「純淨」的面向，純粹由一百四十四張麻將牌堆砌而得，成於此，敗於此，成敗轉眼空，當牌局結束，眾人離場，把麻將燈捻熄，一切灰飛煙滅，無負擔，無責任，不涉感情卻又能夠拉攏感情，是非常妥善的家庭娛樂。

所以到如今，家庭聚會，我和姐妹們依然爭取機會跟父親母親打個三、四小時麻將，在麻將桌上忘掉歲月，忘掉怨懟，忘掉恩義；在桌上，我們平等對待，所以輕鬆愉快。

我七十多歲的「哲學家」母親便曾在麻將桌前感嘆過，能多打一場就多打一場吧，天下無不散之牌局，最終誰都要離桌。

我笑道，放心，媽，日後你去了，我會在你靈前燒獻一副紙麻將，附帶三個紙人，做你的牌搭子；呀，對了，另外再燒四個傭人，替你們斟茶按肩。

你真乖，兒子。母親一邊伸手摸牌，一邊回應。

我為什麼不會玩麻將

——胡洪俠

馬家輝出身「麻將世家」，他因此出道既早，「麻藝」也精，麻將桌上的故事肯定精彩。為了逗他披露自己混跡麻壇的不世傳奇，這次的主題詞中就不能沒有麻將這一條。不過這卻苦了我和楊照：我真的不會打麻將，楊照也不大會。

一九八〇年代後期，曾經有一首民謠流傳，說什麼十億人民八億賭，還有一億在跳舞，不賭不跳二百五。這其中的「賭」說的就是麻將，跳舞則指去舞廳跳交誼舞或者迪斯可。當時聽了這民謠，我暗暗叫苦：原來我竟是個「二百五」。心有不甘，於是想學。

一九八九年秋季到北京讀研究生，趕上學校舞風正盛，每逢週末大大小小的食堂全成了舞廳。同學中有一位姓高，來自安徽，人瘦瘦的，個頭適中，體態輕盈，平時走路都無聲無息，跳起舞來更是移步似花開，換形如水流，大有雲淡風輕之美。他似乎很喜歡長長的圍脖，但圍脖於他另有妙用：不圍不繞，只是掛在脖頸上，任艷紅或雪白的圍脖如瀑布一般自胸前傾瀉而下，直到小腿。跳起舞來，那圍脖忽而搖曳於前，忽而飄蕩於後，和高同學的身體若即若離，又和他的脖子不離不棄，讓人恍然只見圍脖不見人。他邊罵我們「土老帽」，邊耐心教我們在宿舍學跳舞。「噠咚，」他說，「噠咚，右腳邁向前。噠咚，左腳滑過來。噠咚……」

起初聽他這一片「噠咚」聲，我腳下就亂了方才，笑著問他跳舞和老鼠有什麼關係。「什麼老鼠？」他一臉茫然，然後語重心長地說，「學跳舞要嚴肅。」我說：「老聽見你說，打洞，打洞，這不是老鼠是什麼。」滿屋子同學全停住初學乍練的舞步，哈哈笑個不停，背部微駝的班長尤其笑得搖搖晃晃，幾乎站立不住。校園生活真是歡樂啊，各種歡樂。但跳舞的歡樂我終究無福消受：舞步尚未練成就荒廢了；舞廳也去過幾次，但在煮餃子般的擁擠舞者中，我稚嫩的舞技頻頻遭到老練的拒絕；最容易掌握的是貼面舞，可惜最不容易找的卻是可貼之「面」。

嘿嘿，寫麻將寫了一大堆跳舞，跑題跑得有點不靠譜了。麻將！麻將桌上故事多。前兩天讀到我同事@鴨蛋姑姑的一則微博，我覺得很像勵志小品。她說：「回首走過的路，我感觸頗深，人生似乎沒有過不去的坎。許多年前，我剛參加工作，第一次學打麻將輸了五百多元，離開牌桌那一刻，我彷彿覺得天快塌了，心痛無比。當時已近凌晨，為了懲罰自己，我隻身一人從廣州白雲區步行近兩小時走到宿舍，邊走邊哭，邊走邊罵自己傻……如今回眸，發現一切如煙，真的。」你看，天下哪有光輸不贏的事：她輸了幾張人民幣，卻贏了一把人生感悟。

我為什麼不會玩麻將？不妨試著也感悟一番。很久很久以前，我們村子裡經常開大會。按那時的開會程序，第一項一定是「將反革命份子押上來」。主持人的聲音剛落，幾個民兵一路推推搡搡就把五花大綁的「壞份子」押到了主席台前。村裡鄉親抬頭不見低頭見，合乎條件的「地、富、反、壞、右」不好找，於是就把推牌九、打麻將的人抓來充數。「你們這些壞份子，」一字不識的黨支部書記開始批判，「啊，在國內外一片大好形勢下，竟然賭博成性。你們道德敗壞，嗯，過的是……是資產階級腐朽生活。你們，這個這個你們，這是封建，是修正主義，是四舊，我們革命群眾要把你們堅決打翻在地，再踏上一千隻一萬隻腳，讓你們八輩子都翻不了身。你們……啊，你們跟妓女差不多，啊，和抽大菸的，也就是吸鴉片的，沒什麼兩樣。你們說，你們是不是搞得家破人亡？是不是禍國殃民？是不是花……對，花崗岩腦袋死不開竅？」

那時我上小學，根本沒見過麻將牌長什麼樣，但是我已經深深知道，玩麻將等於犯罪，等於與人民為敵，等於要挨鬥，要遊街，要家破人亡。

到了一九八〇年代，有次串門撞見了幾個同事在神神祕祕地玩麻將。他們都很緊張地看我身後，有的繃著臉不說話，有的好不容易擠出點笑容又迅速消失，有的趕緊用報紙遮住牌桌上的「真金白銀」。我則是不敢久留，彷彿躲避瘟神一般，扭頭迅速離開「犯罪現場」。再後來，聽說麻將解禁了，不算是犯罪了，可是長期積攢起來的那種莫名的恐懼並不容易消除，我也因此培養不出對麻將的興趣。莫非真是小時候參加批鬥會受了驚嚇？此為感悟之一。

感悟之二，是我的數學實在太差，從來算不清該輸多少又該贏多少，活該擠不進麻將圈子。這方面我實在太佩服我的朋友尹博士了，他在和牌之際碼牌之中能立刻風馳電掣地算出一堆數字，另外三個人乖乖聽話，從不反抗也不質疑。這才叫「談笑間，檣櫓灰飛煙滅」。一打聽才知道，高考數學滿分是一百二十分，尹博士竟然考了一百一十九。這是命啊，不認是不行的。

六

爸爸

跟父親學日語

——楊照

十五歲，我開始跟父親學日語，用的是台北開封街老書店鴻儒堂賣的課本，很明顯頗有歷史的課本，說不定還是戰前就編的了，保留了大量漢字，反正漢字好認，用這種課本學起來進度快、有成就感。

上大學時，我已經跟父親學了三年日語，有一天，在台大文學院圖書館書庫裡閒繞，看到架子上有一套精美華麗的《川端康成全集》，拿下來一翻，心神為之蕩漾——怎麼會有這麼美，卻又這麼艱難的日文？《雪國》開頭的一頁，我用盡腦筋頂多看懂三分之一，可是光是這樣，文字間就傳來撲面難擋的誘惑，挑逗身上感官極度不安。

我決心更認真學好日文，到可以閱讀川端康成的程度。那幾天，人生沒有比這個決心重要的事了，甚至重讀《論語》時遇見「朝聞道，夕死可矣」這句話，都覺得有了新的理解和感應——有一天，讓我能夠徹底領會川端《雪國》裡文字所要傳達的美，我就能無憾地閉眼死去吧！

我去聽了歷史系學長們上的日文課，卻發現「日文一」、「日文二」的課堂教的，沒有一樣我沒學過的。那個時代，台大還沒有日文系，輾轉聽來，有一位嫁了台灣人的日本老師開在法學院的日文，是全校最難的。據說一個學期進度，就等於別人兩年。川端康成的魅惑引我搭上○南公車從校本部去到法學院，摸索找到日本老師的課堂，老天，這個老師用的課本，竟然和爸爸選的一模一樣！

我在法學院上了兩年日文課，那兩年耗在法學院圖書館的時間，比在校本部全部時間加起來可能都多。一度，我也想在日文之外，找些法學院的課上上，公布欄上貼了一大片的課程表中，選了兩門最吸引我的課，一門是「法哲學概論」，一門是「羅馬法」。我興沖沖地記了時間，興沖沖去了課堂上，卻以為自己跑錯教室了。「法哲學」課堂上，除了我只坐了三個人，老師來了，看到我們竟然露出微笑說：「今年人比較多。」然後老師要我們自我介紹，聽到我說我不是法研所學生，想要來旁聽，老師臉拉了下來，悻悻地說：「你不能選課？可是課至少要三個人選才能開啊！」後來，「法哲學」沒開成。「羅馬法」呢？更慘，第一堂課連我來了兩個人，從頭到尾，老師都沒出現。噢，有一個大概是助教的人，上課鐘響五分鐘後在教室門口晃了一下，看只有我們兩人，他連門都懶得進，直接就宣布：「這課不開了！」

這兩門沒上到的課，卻比很多修了上了也得了分數的課，對我影響更深。讓我確切理解到自己真是個怪人，我有興趣的東西，大概在這個社會就沒什麼機會得到熱門注意。一直到今天，我都習慣帶點歉疚地跟從事出版的朋友說：「啊，你們出的這本書我太喜歡了……不過，恐怕不太好賣吧？」

在法學院，只能乖乖上日文。日本老師的課真的很拚，第一學期期末考，別班大概還在考五十音怎麼認怎麼寫，我們班已經都考問答題。我印象深刻，最後一大題，給了圖像顯示天氣狀態與溫度，然後要求寫出一段青森縣天氣預報的廣播稿！

別人叫苦連天，我卻慶幸感覺自己離川端康成愈來愈近。日本老師自己說話極細緻極好聽，平常她也不太在意我們日語的發音。上到第二年，有一天，或許是要獎勵我的日文程度吧，老師突然要我起來唸新要教的課文，我也沒多想，捧著書就唸了。文章滿長的，一邊唸一邊就發現老師怎麼怪怪的，身體開始不自主地微微扭曲，到我唸完文章，老師終於忍不住爆出笑聲來。想想，那麼端莊淑麗的日本老師吃吃地笑起來！大家都很驚訝，也都不知道老師笑什麼。

老師好不容易停了笑，紅著臉尷尬地解釋：造成她失禮的原因，是我發出的日語。明明是一個二十歲的男生，為什麼口中的日語聽來像是五十歲的歐里桑，而且還有濃厚的鄉下九州腔！

講戰前九州腔的五十歲歐里桑，那是父親。透過日語，父親靈魂的一部分，我最陌生的他的日據時期成長經驗，竟然附體在我身上，那一刻，我的年輕身體和父親的老靈魂不意交錯交雜了。

我家裡只有一個半「馬老總」

—馬家輝

我一直對父親的成長故事感到好奇，好多回了，想開口問，但都沒有結果，因為，咳，說來不孝，我跟父親見面的次數並不太多，每月一次甚至隔月才一次，每次都是坐在餐桌面前，而他是無酒不歡，尚未開始喝酒時，話語不多，根本不想說話；開始喝酒之後，很快，通常不到十分鐘，便已陷入接近語無倫次的迷醉狀態，即使我問了，即使他答了，亦不太可信可靠，只能當作神話傳說聽聽便算了。

我的父親以至我的家族，從來沒有「信史」。

這是我父親於好幾回醉後所說出的點滴記憶，我將之拼湊成一個稍為完整的故事，但也就只是故事，可別追問我真不真實。

是這樣的，話說我本不姓馬，我這個「馬」，是假馬，翻譯自英文Majerson的首兩個字母，因為我祖父的祖父來自英國，但不知道是倫敦抑或鄉下，無根可尋，只道他於十九世紀中葉來到中國，娶了老婆，落地生根，從此有了漢姓。當我把這故事告訴超級迷戀哈利．波特的女兒，她瞪著大眼睛，張開嘴巴，激動得差點哭出來，用顫抖的聲調問：「真的嗎？我的祖先是英國人？跟哈利．波特一樣？跟妙麗一樣？跟羅琳一樣？我們能不能再去英國，找尋我們的族人？他們會不會是貴族？爵士？騎士？」

我忍住笑，聳肩回答道：「等你大學畢業後，再去吧。說不定可以領回一大筆遺產。可是我不得不先提醒你，你祖父說話從來不可靠，看看他如何欺騙你祖母數十年，便知道。」

我並不擔心這麼講話會影響我父親在我女兒心中的形象，因為，我女兒也向來不太相信我說的話，包括好話與壞話；她跟我跟我父親一樣，都有「說謊ＤＮＡ」，說話通常純為貪玩，聽聽可以，信任不得，所以她也只激動了三秒，立即恢復正常神態，很顯然，連那三秒亦屬偽裝。

介於我高祖父與我父親之間的幾代馬姓男子到底遭遇過啥事，我父親從來沒提，而他又沒有兄弟姐妹，我祖父同樣沒有兄弟姐妹，所以我完全無法探問考證。我問過母親，你見過我祖父祖母嗎？他們是誰？有何好事可說？我母親嘟一下嘴巴，回道：「沒見過！我當年就是看你父親『父母雙亡』才願意嫁給他！我愛自由，討厭被公公奶奶看管！」

「父母雙亡」倒是千真萬確。聽我父親說過，他十六歲喪母，十七歲喪父，讀書成績不錯的他唯有退學，從此自力更生，一頭投進新聞界，從前線記者開始熬熬熬，從記者變編輯，從編輯變編輯主任，從編輯主任變副總編輯，一九九六年退休時，工作崗位是香港一份最暢銷報紙的總編輯，不管走到哪裡，大家都稱呼他做「馬老總」。

我一直對父親的成長故事感到好奇，父親從來沒提，而他又沒有兄弟姐妹，所以我完全無法探問考證。

「馬老總」對自己的成就是感到自豪的，也當然應該自豪，得來不易，熬了不知道多少個通宵達旦，為了工作。但我相信我父親更感自豪的必是對家人負起了超乎尋常的照顧責任，好多年了，他不僅顧妻顧子顧兩女，更把老年的岳父岳母以至三個小舅子——其中兩個還是經常進出監獄的資深毒蟲——接來家中居住，像廣東人所說，「有粥食粥，有飯食飯」，也就是同甘共苦的意思。所以，年老後，每回喝酒後懷舊憶人，我父親常說：「我問心無愧了！想當年，父母雙亡、孑然一身，最後我用一雙手養活十人！老婆至今仍然可以隨時打麻將和去澳門賭錢，大女兒做了快樂的家庭主婦，小女兒是香港高中聯考的女狀元，兒子成為博士，還做了家中的第二個『馬老總』！」

我其實沒有成為「馬老總」。我只曾在香港《明報》擔任十四個月的副總編輯，充其量，只是「馬副總」，我家裡只有一個半「馬老總」。「馬老總」只是我父親的 wishful thinking，他幻想我是他的接班人，所以暗暗替我升了級，再一次顯示了他的不老實。

我總不明白我父親的思考邏輯，但也或許，不是不明白，只是不肯面對，不肯承認。舉個例子：二十歲那年，我從香港赴台升學，臨行前夕，父親用極嚴肅認真的神情給我提出叮嚀，通常，父親的叮嚀大抵離不開「努力讀書」、「做個好人」、「關心社會」之類，但他偏不，我父親對我的提醒竟是——家輝，到了那邊，謹慎小心，不要亂搞，台灣很流行「仙人跳」！

畢竟非常瞭解他的兒子。我父親，馬松柏，七十一歲了，服了他。

無聲的父親

——胡洪俠

「爸爸，」胡元十幾歲時突然有一天一臉壞笑地問，「我初中班上有個女同學，她說你當年給她媽寫過情書，有這事吧？」

我一愣，又好氣又好笑：「他媽的，這事你都知道。」

現在的兒子輩，什麼事都敢知道，什麼話題都敢給你討論，我於是就想到我和我的父親。父親是沉默的，嚴肅的。嚴父，是上一輩、上上輩乃至上N輩父親們的共同性格，哪像現在如我這樣的爸爸，糊裡糊塗就當上了，兒子面前嬉皮笑臉，無話不談，全沒正經。

我其實是很喜歡沉默的，這一點我和父親一樣。不同的是，我喜歡沉默卻難得有沉默的時候，似乎我的哇哩哇啦就是為了驗證「愈是喜歡的，愈是得不到」這一人生道理。而父親，卻是終身寡言少語。父親去世好幾年了，我經常想起他，夢見他。可是很奇怪，我想起的是他的面容和身影，夢見的是他端坐在椅子上默默抽菸的姿勢，卻沒有什麼他的話迴盪我耳邊。回憶中，我的父親是無聲的。

父親有時會和母親或大哥二哥說說話，對我，因沒有事情需要和我商量，所以也就沒什麼可說的。父親很喜歡我，但那種喜歡極少用言語表達，多是用笑容，用眼神，大不了是轉述一兩句別人對我的誇獎。逢母親訓斥我，父親倒是會用語言主持公道，但那語言很多時候就是一聲斷喝，讓母親不再說話。他主持的所謂「公道」，對母親來說經常就是不公道。

小時候，我和父親之間雖然對話不多，但我並未因此就覺得怕他，或者處處躲著他；相反，我覺得親

晚年的父親。他的嘴經常這樣緊閉，似乎不想和這個世界深談什麼。

切，沒有距離，彷彿父子之間根本就用不著語言交流。長大以後，在他面前，我的話愈來愈多，他的話卻沒有增加多少。我似乎從來沒見過父親信口開河、滔滔不絕的樣子。有時候，有些事，我會徵求他的意見，他的回答大都是辭彙，而不是句子，更沒有篇章。記得第一次離家去外地上學，母親給我做了一套新衣服，讓我穿上去給父親看看。因為很少穿新衣服的緣故，我總覺得渾身不自在，見了父親不知如何開口。父親和我並排走了一陣，瞧瞧我，笑笑，半天才說：「二流子。」

現在想起這些，我覺得我和父親之間是相互有虧欠的：不虧情意，卻欠了很多話。我尤其覺得父親欠我的話更多一些。他沒有給我講過他小時候的事，沒講過他的父母是什麼樣的人，所以我對爺爺奶奶幾乎毫無記憶。我後來知道他闖過關東，去過北京，可是他沒有告訴過我這其中的艱辛與快樂，我也就無從埋怨我為什麼不是東北人或者北京人。還聽說他當過生產隊的會計，「四清」時受過「運動」的苦，但他沒講過他的委屈和仇恨，我因此對他挨整挨鬥的細節一無所知。很多個冬夜，他經常拉拉京胡，翻來覆去就那麼幾段，他沒告訴過我他是從哪裡學會的這門「手藝」，所以到現在我都猜不出他要藉沙啞、蒼涼、輪迴的聲音訴說些什麼……

從小到大，填過無數次表格，逢「家庭出身」一欄，我都要填「中農」。在那個時代，這叫「家庭成分偏高」，許多事是會受影響的。上小學時有一年學校頒發「紅小兵」袖章，我就因此而得不到。這讓我有點自卑，也有點疑惑：自己家一點都不比貧下中農家庭富裕，甚至比一些「根正苗紅」的家庭還要窮，這「中農」到底是怎麼來的？可是我沒想到要去父親那裡尋找答案，父親肯定也覺得根本不必給我解釋。

就在前幾天，因一個特殊的機緣，我拿到了一九七六年我填過的一張表的複印件。那是一份入團志願書，其中有一格要填家庭土改前的人員及經濟情況，只見所填內容是：「土地二十畝，房十一間，牛一頭，大車三分之一輛，人四口（祖父、祖母、父、母）。」我家竟然曾經有地有房有牛有車的，難怪是「中農」。可是父親從來沒說起過這些。表中還顯示，我母親的家庭出身也是中農，這說明父母的婚姻還是相當「門當戶對」的。我只知道外祖父曾被打成過「國民黨」，但那是不是因為他是故鄉知名老中醫的緣故呢？父親沒說起過，當然更沒提過他是怎麼認識母親又是怎麼成親的了。

許許多多的事情，我從來不知道，早年也沒想過要知道。如今想知道了，可是知道的人不在了。這是我們父子之間的一筆債。許許多多的歷史，從小家到大家，斷裂得太多了，我們只能徒呼奈何。舊債難償，也只好以不欠新債來彌補，所以在我兒子面前，我不想再做「無聲的父親」。寫到這裡，怎麼有了為自己的「不甘沉默」而辯護的意思了？但是，你要知道，我是多麼多麼想再聽聽父親的聲音啊，哪怕在夢裡。

七 手機

那一條羈絆著的線路

——楊照

小時候，家裡第一次裝電話，記得那號碼是583364，已經是六位號碼，顯然不算太早有電話的人家。爸媽說要裝電話說了很久。家裡開的服裝店都是量身訂製的，客人今天上門來定衣服，附上至少一半的訂金，五天後來取做好的衣服。店開到第三年吧，生意愈來愈好，終於好到爸媽不眠不休趕工都會無法準時交貨的程度了。客人興沖沖地來了要看要試穿做好的衣服，媽媽只能陪笑臉說：「還沒好呢！」客人當然不高興，難免講幾句抱怨的話，如果抱怨得太凶或太長了，媽媽的笑臉消失了，很容易就起了衝突。

應該要有電話，那就可以請客人在出發來拿衣服前，先打個電話，確認衣服已經準備好了，也就可以免掉這種尷尬、緊張、衝突的場面了。很有道理，是該要有電話。

說了一次又一次，卻都不見電話出現。爸媽對話的內容，不再是電話的好處，電話的必要性，而是申請一支電話的重重困難。要找時間自己去電信局，要填一堆看不懂的表格，好不容易填完了才被櫃檯小姐告知——要附戶籍謄本。爸爸只好回來，再多犧牲半天趕工做衣服的時間，拿了戶口名簿去電信局。排了好久的隊，到窗口，櫃檯小姐還是冷冷地搖搖頭：「不是戶口名簿，是要戶籍謄本，戶籍謄本要去區公所申請，不懂嗎？」去區公所又是一堆表格，好幾排長龍，又是冷冷地搖頭的櫃檯小姐，說：「當然不是今天就能領，後天再來領。」

來來回回費了好久的時間，終於把申請手續辦好了，那就會有電話了？不，電信局的人員說：要排排看有沒有線路，每一個區域情況不一樣，有就會通知來繳費，沒有也就沒有。除了等沒有別的辦法。

等啊等，不曉得究竟等了多久，等到一封通知書，規定哪一天幾點鐘去電信局繳交保證金與電話機押金，以當時的標準是滿大一筆錢，繳好了……再回家等牽線。當然，沒有人會告訴你什麼時候牽線，「什麼時候有空去就什麼時候牽，問那麼多幹嘛？」

有一天放學，竟然真的看到店裡多了一具黑色的電話機，簡直像奇蹟一樣。得到爸媽的特許，顫巍巍地拿起話筒，撥了住在隔壁巷同學家的電話號碼（早就背好了），那頭真的傳來人聲說：「喂？」我卻無論如何沒有勇氣說出也早就背好的話：「請問黃御麟在嗎？」驚慌地就將話筒丟了開來……

這段經驗記憶鮮明。十幾年後，到美國留學，辦好了宿舍入住手續，舍監隨手給了一張紙條，上面幾個數字：「這是你房間的電話號碼。」進了房間，等等，電話在哪裡？我去敲了舍監的門，跟他說我找不到房間的電話，他笑了：「你講的是電話機。那要自己去買，學校合作社就有得賣。」

買電話機？有這種事？我狐疑地走進合作社，真的在三樓看到了陳列的電話機，一大排，各式各樣，都是我在台灣沒看過的機型，翻看售價，最便宜的不到二十塊美金！我挑了一支最便宜的話機，帶回宿舍，半信半疑地按照指示插接電話線，半信半疑地撥了台北家裡的號碼，那頭真的就傳來媽媽的聲音！

那年去到美國，還是個不折不扣的土包子，驚訝發現電話可以那麼方便取得。

這比什麼都更真確讓我感覺自己到了美國。一個不用到電信局申請電話，可以自己選擇話機，自己裝設電話，馬上就能打越洋電話的國度。

這段經驗也讓我記憶深刻。再過十多年，一九九八年年底，我擁有了第一支手機，在八德路上一家毫不起眼的小店，店員拿出幾款手機給我看，接著拿幾個門號給我選，最後算出一個價錢給我，付完錢，手機裡裝進小卡片，開機，當下我就能夠用手機打電話了。前後，不過就是十分鐘的時間。

那一刻，我真確感覺到台灣是個很不一樣的社會了。沒有電信局，沒有文件審查，沒有漫長等待，而且不只可以自己選機型，還能自己選號碼。這不是我原本認識的那個台灣，這是個緊張控制正在消失的社會，電話沒有了電線羈絆，人也少了官僚管制的社會。

她選擇了相信

——馬家輝

第一支手機是在一九九七年買的，剛從美國讀完博士班，回台灣，再回香港，在報社工作，日以繼夜地忙著忙著再忙著，手機隨身帶，不管走到哪裡坐到哪裡都要跟別人聊電話談稿事，忙呀忙，不知道為的到底是理想抑或虛榮。

那時候，我的上司是高信疆先生，他於一九七〇年代在台灣從事編輯工作，被譽為「紙上風雲第一人」，他笑道，當年的他亦是拚命三郎，從早到晚向別人約稿談稿，每天至少要打三十通電話，幸好那時候沒有手機這玩意兒，否則他必從拚命三郎變成拚命十郎，提早燒掉了十年生命。我記得高先生說此話時是坐在香港報社的編輯台前，他擔任香港某報的編務總裁，統領著幾份報紙和刊物，他一邊抽菸一邊笑道：「那時候我身邊朋友極多，離開台灣的報社後，朋友立即減少了八成，如今重回傳媒，又掌握報社編務，朋友立即又多回八成。這就是人生，現實的人生。」

二〇〇九年，高先生因病辭世，才六十歲出頭，或許真的只因當年太拚命。

我在報社僅做了一年多的全職工作，即使做不了拚命三郎，至少亦是二郎，中午上班，忙至凌晨，體力和精神都透支了，下班後的唯一娛樂是跟「突發新聞部」的記者同事去喝酒鬼混，他們每天面對社會百態和人間萬象，紅塵玩樂，所以最懂。嚴格來說這當然是自我開脫的藉口了，自己做的事情必須自己負責，沒理由怪罪於環境或他人，但當時總覺有一股力量把我往下推拉。每夜，離開報社後已經累得無力讀書思考，頭腦一片空白，兩眼疲憊蒼茫，要嘛是立即回家睡覺，不然就是依靠酒精賭博和其他不良欲望的貪痴滿足以求暫時麻醉，那幾百天的日子恐怕是我生命裡最沉淪不堪的歲月，早上照鏡子，樣貌容顏仍然是我，可是我在心底切切實實地明白，不是的，我的所作所為已不是我，至少不應該是我，我變了，可怕的，我變得很可怕。

所以離開報社時的我是滿心喜悅，終於脫離了那個環境和那群人，終於，回到了校園，回到了一個相對寧靜和包容的空間，我有機會做回期待中的自己。

然而在拚命年代裡所做的業障仍在發酵，在鬼混的日子裡，曾在某夜某回把手機號碼在某個不適當的場合裡留給某位不適當的女子，我早已忘記，她卻依然記得，而於我重回校園工作後，某夜某回，在家裡，我放在客廳桌上的電話忽然響起，是她打來，而我當時，正在洗澡。

「喂，我想找……」電話那頭，她說。

「哦，請問是誰找他？」電話這頭，我的妻子問。「他現在不方便接電話。」

電話那頭，她用嬌滴滴的聲調問，你又是誰呀？能不能請你告訴他，我好久沒見他了，有空請他來找找阿紅，他知道在什麼地方找得到我，我很想念他。說完，掛線，沒留下姓名或電話。

我洗完澡，回到客廳，坐在沙發上，妻子眼睛盯著電視，沒說半句話。三十分鐘後，她回睡房，坐在床上看書，我也進去，也坐在床上，也看書。又過了三十分鐘，她忽道，剛才有個女人打電話找你，叫阿紅，叫你去找她。說時眼睛仍然望著書頁而不是我。

我也望著書頁，故作鎮定地淡然反問：阿紅？哪位阿紅啊？我認識十五個女性朋友都叫阿紅，一定是打電話來戲弄我，惡作劇的，別理她，神經病。

她沒回應。又過了三十分鐘，伸手把床邊小燈捻熄，蓋被子，閉上眼睛，但不知道是否睡去；我也捻熄我床邊的另一盞小燈，也閉目，但幾乎一夜難眠。

後來她從沒問過半句關於阿紅的事情，我也學懂了手機不離身，永遠不讓手機距離自己超過一米。好多回，我想主動跟她談談阿紅以及其他，但又因為某些理由而選擇了不去開口。是的，我選擇，我選擇了讓事情蒙混淡出，如同她選擇了不去問不去理，或許，她也選擇了相信。愛情的背後支柱往往是意志而非愛情本身，選擇的意志，選擇去信，或不信。

而我知道她自二十歲以後一直喜歡這句話，「擇其所愛，愛其所擇」。前四個字是前半生，後四個字，便是餘下的歲月了。

遙想「大哥大」時代

—胡洪俠

我一九九二年來深圳之前從來沒有見過「大哥大」。那年我正編一個經濟版，需要去採訪一位老總。這老總年齡長我許多，個不高而富態，膚不白而有光，語速緩慢，舉止沉穩，無老闆之狂態，有領導之威嚴。他先將一塊磚頭似的東西砰然立於桌上，然後從容落座。他滿臉是笑，但那笑不是裝出來的，倒是像非常想笑而又偏偏憋住不笑。我很好奇地盯著桌上的那塊「磚頭」，心想那一定是傳說中的「大哥大」了。那是我初識「大哥大」，只見它傲然矗立於眾人眼前，儼然一黑衣保鏢；主人尚未開口，這氣勢已然呼之欲出，威壓四座。逢鈴聲一響，必聲震屋瓦，現場氣氛驟然為之一緊，飯桌頓時變成戰壕。老總說，我要幹的是大事，嗯，大事；我要搞的是集團，嗯，集團；我不賺小錢，嗯，小錢我看不上。我耳聽他話語娓娓，眼睛卻不時瞄那「大哥大」一眼。老總說，嗨，這玩意兒，沒什麼大用，關鍵還是大腦。我只好拚命點頭。他的腦子也真大，志向真大，他說他的開發區那才叫大，想看全貌得乘坐直升飛機才行。彼時我尚未坐過飛機，所以面露困惑之色，眼睛卻又不由自主地轉向「大哥大」。老總笑了，說給你玩玩兒，你用它打個電話。我接到手中，眼盯按號盤，茫然不知打給誰。

很多年後，又見到這位老總。他老了，但氣宇軒昂依舊。我知道他終究是什麼大事也沒幹成，生意卻虧空很大，後一直賦閒在家。「你現在不用手機？」我說，「我還記得你當年的『大哥大』。」他哈哈一笑，似乎憋了這麼多年，終於可以笑出聲來了。「現在誰沒有手機？」他說，「嗯，都有了。都有的東西我不會用的。」聞聽此言，我忙用手把我的手機蓋住，覺得很不好意思。老總又說：「說起『大哥大』，記得……嗯，記得你曾經和一位帥哥老總很熟。他那『大哥大』，弄得動靜夠大。」

我知道他說的是誰。帥哥很年輕，在深圳做燈飾行業，人稱「燈飾王子」。生意做得紅火，總店門面大氣又明亮，確實當得起「亞洲第一」的名頭。若是開業典禮或週年大慶，那就更不得了，京城高官、本地政要、歌星影星、商界大老等等都是要出面捧場的。後來不知何故，資金鏈斷裂，官司惹上身，轟轟烈烈的事業一下子就垮了，人也失蹤了。因他是內地闖深圳的成功者，符合我所編版面的要求，所以和他多有來往，混得很熟。一九九四年四月二十日，上午下午忘了，他打電話來，語氣激動萬分。「我幹了一件大事，」他說，「這可是件大新聞。把事搞大了。我都不知道這事做得對不對。」

終於找到一張我初用手機時的照片。那手機是翻蓋的，通話時需要將短短一根天線扯出來才會有信號。

我忙問什麼事：「天安門城樓上的燈籠讓你給換了？」

「錯。我拍了一個『大哥大』號碼。媽的，有個人一直和我爭，競價三十九次，總算到手了。」

「什麼號碼？多少錢？」

「號碼好記，反正差不多都是八。錢嘛，不算多，六十五萬。」

「六十五萬！你說你花六十五萬買了一個『大哥大』號碼？」

「這算什麼，很值的，等著瞧吧。」

好吧。等著瞧。無聊的時候，我就撥一下那個號碼，但是沒有一次撥通過。有次見面，我問他是怎麼回事。他說他拍那個號碼不是為了打電話用的，為的只是讓更多的人知道是誰拿到了那個號碼。「這叫品牌營銷，你不懂了吧。」他笑得像個孩子。

那真是一個激情燃燒的「大哥大」時代。現在的孩子很少有機會見到「大哥大」了，豈不知，它稱得上是手機的「父輩」，是當年風雲人物才可以手提的玩物。行色匆匆的人們於是迅速分成兩種人：少數有「大哥大」的，和多數沒有「大哥大」的。你還常常可以看到聽到妙趣橫生的「大哥大謊言」。比如，一西裝革履的漢子，明明走在深圳的人行道上，卻邊走邊對著「大哥大」喊：「我在北京呢，有什麼事回來再說。」

也許那老總是對的：如今不用手機的人才是有身分的人。想至此，不免橫生一番感慨。當初，電話不僅僅是電話，還代表權力與地位。後來，「大哥大」也不僅僅是「大哥大」，還是身分與財富。再後來，到如今，還有幾個人沒有手機呢？手機是通話工具，是遊戲平台，是電腦，是互聯網，是書報雜誌，是螢屏銀幕，是地圖，是隱私，是破案指南，是偷窺視窗，是攝影機攝像機錄音機……它似乎什麼都是，唯獨不再是權勢的象徵。手機，終於讓我們平等了一回。那老總一定看不慣這些吧，所以才懶得和我們一起用手機。

八

中秋

生平最好吃的月餅

——楊照

那是我第一次在外地過中秋節，事實上，那也是我第一次離家，去接受大專暑期訓練，在成功嶺上過了六個星期。

成功嶺在台中市近郊，是個不折不扣的軍事基地，按照規定，考上大學或三專的男學生，都必須要到成功嶺訓練結業後，才能報到入學。封閉戒嚴時代，一方面看重軍事戰鬥，尤其面對人口比台灣多得多的中國大陸，非得想辦法弄到「全民皆兵」，至少是所有男人都可以上戰場打仗不可。另一方面，大學生是讓國民黨又愛又怕的社會菁英，國民黨老記得自己在大陸就是因為控制不了校園，壓不住學潮，才節節敗退到台灣的。讓大學男生都受軍事訓練，他們相信，有助於強化他們對於國家、對於政府的效忠認同。

除了這兩項政治用意之外，成功嶺暑訓逐漸又在社會上取得了「成年禮」的實質地位。那個年代，人們還堅持男人要像男人，沒有什麼中性顛覆扮裝的空間，而當兵就被視為是讓男人成為男人的保證了，沒當過兵的，不算男人。

真正去到成功嶺之前，透過各種文字或口耳相傳的故事，我們早已覺得對嶺上的生活很熟悉了。我們知道會有將「合理的是訓練，不合理的是磨練」隨時掛在口上，給你很多不合理指令的隊職幹部。會有三分鐘之內就得完成的戰鬥澡。會有突然被叫醒緊急著裝的夜晚，快速整隊，在墨黑的環境中，大家無聲地繞著營區走一圈。會有站不完的衛兵。會有可怕的五百公尺超越障礙考驗。

還會有家書和情書往返。去成功嶺之前，我將早先就熟讀的《三三集刊》拿出來，找到封面上大字標題寫著「嶺上雁字」的那一集。「嶺上雁字」就是謝材俊（後來的唐諾）從成功嶺寫給朱天心的長篇信件。那不是普通意義的情書，是充滿感情與自我反省的成功嶺紀事，以感情與反省，給了嚴苛軍事訓練特殊的浪漫色彩。

例如，剝奪睡眠、枯燥無聊的站衛兵，在謝材俊的筆下，成了最有意義的事。深靜的夜，暗黑產生的效果，並不是隱蔽了所有的事物現象，而是在現象上鋪設了一種白天裡不會有的效果，在不能隨意移動的衛兵崗位上，彷彿被一個不同的，既近又遠的世界包圍著。還有眾多人群聚集卻在夜晚產生的寂靜，也和我們日常中領會的寂靜不一樣。有著龐大集體被取消被平伏之後，才會有的空虛，那不是沒有聲音的寂靜，而是挖掉了聲音留下來的欠缺。

或許那不是謝材俊寫的，而是我讀著謝材俊的書信，自己想像的感受。那感受誘惑著我，迫不及待地想要換成自己去到成功嶺上，儘管沒有確定可以寫長篇情書的對象，至少可以想像一個夢幻中應有而現實中尚未存在的情人，藉著對她說話，創造並記錄嶺上時光。

畢竟少年的我，是善於想像的。

抱持著這種心情，我的成功嶺生活格外痛苦。軍事訓練、集體生活不只不浪漫，甚至沒有留給你什麼動用想像去創造浪漫的機會。一天二十四小時被塞擠得滿滿的，總是在集合整隊，總是有隊職幹部在耳邊罵人，總是有讓你神經繃緊的恐怖氣氛，總是有讓你疲憊不堪的訓練活動……

就連站衛兵，都不是那麼回事。簡直不理解謝材俊怎麼能在半夜站衛兵時思考的，我自己的經驗是，別說大腦，身上的每一個感官都被濃厚的睡意遮蓋了，一時斷電停頓了，下一刻突然驚醒過來，看看表，怎麼才過了一分鐘？

現實如此，卻又無法輕易、徹底地放棄原本的浪漫想像，就那樣和自己僵持著。不願承認厭惡這樣的生活，也就不能承認想家，也就不能向家人或朋友求救。暑訓六週會遇到中秋節，爸媽問要不要他們來陪我過節，我逞強地拒絕了。在信裡說：「反正中秋節只有白天幾小時的假，我到台中去逛一逛就沒時間了。」

中秋節那天，我真的去了台中，真的去逛了逛，但很快就不知道自己要去哪裡要幹嘛了。離收假還有四、五個小時，只好百無聊賴地一個人坐在咖啡館裡，讀張曉風的散文集《你還沒有愛過》。

下午走出來，發現咖啡館旁邊有一家叫「犁記」的餅店，他們正準備打烊過節去了，我信手買了一個綠豆沙裡包滷肉的月餅，一口咬下，突然覺得自己好像從沒吃過這麼好吃的月餅，眼淚差點奪眶而出。

因為意外，所以過癮

——馬家輝

到底應該買白兔，抑或楊桃？

這是我小時候每年中秋都須面臨的嚴峻抉擇。

白兔和楊桃，一白一綠，都是傳統的燈籠式樣，紙張糊在竹籤上，圓滾滾的，在燈籠裡點上蠟燭，用一根短短的木棒提著，火光閃爍，忽明忽暗，深深引攝著孩子的眼睛，孩子朝裡看，彷彿窺探宇宙奧祕。

燈籠於我，幾乎如同世間所有事物，只要能夠選擇，我總沒法子下定決心，我總做不了明快的抉擇。所以，這已經是個被我父親複述了千百遍的「家族笑話」了：小時候我跟隨他去玩具店，店內擺滿模型玩具車，每回，我站在它們面前，伸手摸摸左邊這個，又伸手摸摸右邊那個，左右左，右左右，挑了半天依然做不了主意，終於，我父親生氣了，連店老闆也生氣了，幾乎異口同聲地說：「別買了！走吧！男人大丈夫，竟然沒法做個小小的選擇，以後怎會有出息！」

如果我稍有志氣，應該一咬牙道：「不買就不買，誰稀罕！」但我偏偏確實沒出息，低著頭，匆匆隨便選了一個玩具，回家後便非常懊惱後悔總覺得自己選錯；甚至還未回家，僅在回家的路途上便開始後悔了。

買玩具車如是，買燈籠，不必問，當然一樣。是白兔抑或楊桃，決定不了，猶豫良久，舉起頭，盯著一對純真的明亮的眼睛，口水都快滴下來了，卻遲遲沒法說出確實的答案，而其後，買了白兔，必懷念楊桃；買了楊桃，又必思念白兔。或許用英文來形容更貼切，「後悔 is my middle name」，天性容易後悔，總覺得沒選擇的總是最好，於人於事，都是。

記得前幾年的中秋之夜，驟雨急來，在公園賞月時淋個衣髮盡濕、狼狽萬狀，然而心底暗暗矛盾地慶幸有此一淋，好讓愈來愈平淡的節日有了比較難忘的經歷，他日憶起這個晚上，恐必不記得雨中的狼狽而只深深記住雨後的刺激。「天有不測之風雲」是對的，但自己的心情可以控制，感謝香港氣象局沒有預報驟雨之來，因為意外，所以過癮，一點點意外的慌亂有如生活裡的一點點味精，便宜了味蕾，卻不會傷害到腸胃。

現代孩子的中秋節或許正因愈來愈欠缺「意外」空間而致愈趨乏味，且看那些摩登燈籠，結結實實的電池、乾乾淨淨的燈泡，任你左右猛搖亦不會東歪西倒，當然更不會燃點起火，此乃安全的遊戲，令父母們放了千萬個心，可是，孩子呢？失去了燃燒的刺激與威脅，提點燈籠還真有快感嗎？經常暗暗慶幸自己是「最後一代」有機會玩傳統燈籠的孩子。當下的小朋友也可以玩，但不流行了，也不被鼓勵，孩子都被保護得妥妥貼貼。

真的，玩燈籠之最最過癮處真的不在於奇特造型或刺目亮光，而在於紙張與蠟燭之間存在著一種「恐怖平衡」，孩子的小手小心翼翼地提著燈籠，想走快又不敢走得太快、想擺動又不敢劇烈擺動，手提著燈、眼看著手，步步走來都能激發陣陣快感，一旦剔除了個中威脅，在「保證安全」的穩妥狀態下，燈籠注定變成一種沒落的遊戲，甚難讓孩子們打從心底愛之悅之念之，如同成年人坐上麻將桌時，如果知道牌局將不涉金錢的輸贏刺激而只是「純娛樂」，或會立即轉身離開，免得浪費時間。

我家孩了已從小女孩變成大女孩，早就不玩燈籠了，而且開始懂得欣賞詩詞之美，所以我曾經拉著她坐在客廳沙發上唸了康有為寫於一八八七年的〈八月十四夜香港觀燈〉，那年，康南海南遊香港，寫下一詩：

空濛海月上金繩，又看秋宵香港燈，

曼衍魚龍陳百戲，參差樓閣倚高層；
怕聞清曲何堪客，便是群花也似僧，
歡來獨惜非吾土，看劍高歌醉得曾。

遊子離情，躍然紙上。二十一世紀之南來遊客，自由行，散千金，在中秋之夜、在維港海旁抬頭看月，想必再無康有為的幽幽離愁，反而，月是故鄉明，香港的經濟暗淡反襯了他們故鄉的經濟冒升，他們比南海先生快樂得太多太多了。

大女孩聽完了詩，無動於衷，臉無表情，我覺得有幾分詭異。其後才發現，她兩邊耳朵塞住了耳機，她根本是在聽著 iPod 裡的 Lady Gaga，康有為於她畢竟有點遙遠和過於沉靜。

我唯有放棄，對她道，算了，你回房間，我進書房，各自上網去。中秋下雨正是上網的好時機，虛擬世界無風無雨無休無止，我們活在網路裡，中秋與我何相干。

不叫中秋，叫八月十五

——胡洪俠

十六歲以後，我就很少在故鄉和父母一起過中秋節了。在外面的世界生活，年年農曆八月十五，雖然照例也過中秋節，但畢竟人在城中，鄉關已遠，於高樓間偶爾瞥見明月在天，也不過空添些思念與惆悵之類，兒時快樂的中秋心情卻再難體會了。況如今的中秋愈來愈是商家的狂歡節，月餅滿天飛，無數花樣爭新鬥奇，簡直吃不勝吃，避無可避。更有一奇：說是「團圓節」，可最早短信祝你中秋快樂的人，常常是你根本不認識的人；而送你月餅的人，往往都懶得見你一面，寄過兩張月餅票來就算給你面子了，至於去不去領甚至領不領情，隨你的便。

其實，我們是應該把諸如此類的變化想想明白的，可是都忙，都沒時間想。這一刻想起一九七〇年代，發現我竟然連記憶中的中秋也想不明白了。比如，我記得，有那麼幾年，因為要「破四舊，立四新」（破除舊思想、舊文化、舊風俗、舊習慣，立新思想、新文化、新風俗、新習慣），過春節時，不允許鄰里親友之間互相拜年。拜年是多麼好玩兒的事啊，去姥姥家，去姑姑家，大魚大肉，大吃大喝，足可以把整年虧欠的營養補回來，可是「大喇叭」裡說這是「四舊」，路口派了民兵把守，不讓去。拜年既然是「舊風俗」，過中秋是不是呢？吃月餅是不是呢？祭拜「月亮奶奶」是不是呢？好像都不是，因為沒人管。中秋大概是最能體現國人「家」概念的節日：無宗族味道，也沒什麼時代氣息，各家過各家的，和別人別家關係不大，是一年到頭最安靜的節日，所以也能成為躲避大風暴的靜謐港灣，誰都「破」不動它。

又比如，村裡人從來不說「中秋節」這個詞，只說「八月十五」。不獨中秋，春節也不說「春節」，說

當年的中秋夜，母親就是在這個小院子裡拜月。

「大年三十」、「正月初一」；也不說「端午」，說「五大五」；也不說「元宵節」，說「正月十五」；也不說「鬼節」，說「七月十五」……似乎鄉村的節日不是初一，就是十五，就這樣把一個月掰成兩半，好記些，好過些。他們說「躲過了初一，躲不過十五」，這是何等的舉重若輕啊：只舉出兩個日期，就把所有的歲月都窮盡了。日子就是日子，鄉親們不給日子附加什麼詩意或者意義，比如「春節」、「中秋」之類，只淡淡地說出「正月初一」、「八月十五」，一派至於素樸、波瀾不驚的氣象。這些都是此刻所想，我承認我依然沒想明白。

還有一件想起來就很溫暖的事。我家雖是「中農」，但那是「舊社會」的事，到了七〇年代，早和「貧下中農」一樣貧寒了。那麼緊巴的日子，每逢中秋，父母竟然還捨得買幾個月餅。那時的月餅，比現在市場上見到的更大，更薄，也更硬，沒什麼雙黃、鮮肉、蓮蓉豆沙之類的餡，只是紅糖，偶然有點桔子皮做的「青絲玫瑰」。忘了多少錢一個了，但不管幾分或幾毛，對家裡來說，仍是額外的開支。我一直痛恨那條規矩：一定要等到月上中天，一定要等拜完「月亮奶奶」之後，月餅才能分到手，吃到口。因此，那時我總覺得中秋之夜的月亮比其他夜晚的月亮懶惰。她磨磨蹭蹭，迷迷糊糊，遲遲升不到我家的院子裡。

我主動報名負責監測月亮的動向，等月亮終於在別人家的樹梢上冒出來，我會趕緊報告母親：「來了，趕快供香吧。」母親抬頭一望，說：「再等等，那是別人家的月亮，還不是咱家的。」好吧，繼續等。終於，月亮更高了，更大了，更亮了，院子裡也就擺上小桌子了。桌子上放幾個盤子，分裝月餅、石榴、西瓜、甜梨。母親又磕頭，又燒香，嘴裡唸唸有詞。我聽不清她都說了些什麼，只知道那是說給「月亮奶奶」聽的。心想：「月亮奶奶」一定煩死了，家家給她說話，她如何聽得過來？既聽不過來，又如何聽得進去？既聽不進去，母親給她說話又有何用？還不如趕快分月餅了事。月餅很少，所以要分。分到多少要看年景。起初是兩人一塊，漸漸地，每人能分到一整個了。當晚月餅通常是不吃完的，哪裡捨得！那是真正的淺嚐輒止，然後包起來，藏起來，慢慢享用。

那時我們過中秋，沒什麼團圓概念。一家人天天在一起，無所謂「團圓」。舊有「男不拜月，女不祭灶」之說，所以中秋之夜，母親是主角。父親小名有個「月」字，所以村裡孫子輩的人總叫母親「月奶奶」。誰給父親起名叫「月」呢？聽見別人叫「月奶奶」，母親會想起月亮或者她主祭月亮的事嗎？他們都去世好多年了，這樣的問題無人回答了。我只能於中秋之夜心裡默唸一聲：「爹，娘，中秋快樂。」

九

金庸

《小白龍》其實不是《小白龍》

——楊照

討論校刊編輯分工的會議上，一位高二學長突然裝模作樣地說：「我的肩膀窄窄，擔不了太大責任。」一時間，好幾個人一起爆出了笑聲。我們幾個列席旁聽的高一社員彼此面面相覷，沒人知道他們在笑什麼。

會後，另一位好心的高二學長跟我們解釋，那句話來自他們幾個人最近傳流在讀的小說，叫做《小白龍》，那是一本「最好看也最好笑的武俠小說」。他接著加了一個莫名其妙的尾巴：「不過《小白龍》其實不是《小白龍》，以後你們就會知道。」

這說的是什麼啊？我們聽不懂，不過卻很有默契地沒向學長追問。我們已經很明瞭這樣的遊戲規則了，當學長的，逮住機會總要炫耀一下他們知道很多我們不知道的事。你好奇地問他，他就得意了，他就愈是要享受這種炫耀的樂趣，擺出一副嘲笑學弟無知的態度，愈是不告訴你答案。

別問，寧可疑惑也不想讓他太得意。

那幾天，我們跑遍了南海路、牯嶺街、南昌路的書攤，找《小白龍》。找到了，而且還找到了兩種《小白龍》。一種是舊版的，三十二開小字排得密密麻麻，每本只有八十頁左右，全書分裝成二十冊。另一種是新版，二十五開本，每本超過四百頁，一共有六冊。有趣的是，兩種版本上，作者名字不一樣，舊版是「飄風」，新版則是「司馬翎」。

「飄風」一看就是個隨便亂取，不可靠的名字；「司馬翎」卻是個成名的武俠大家，我讀過他的《斷腸鏢》、《聖劍飛霜》，還滿喜歡的，尤其喜歡《劍海鷹揚》。因此看起來應該是：司馬翎寫的《小白龍》，被不肖出版商盜印了，盜版給改了作者名字。

雖然如此理解，不過我們畢竟還是買了認定為盜版的二十冊舊版本。不只是這個版本便宜得多，更重要的，四個人湊零用錢買書，一定要輪流看，二十冊本要比六冊本容易安排。

經過猜拳，我分到了從第二冊看起。一打開來就是韋小寶偷點心吃，遇見了「小玄子」的那一段。接下來海老公出現，然後揭曉了「小玄子」竟然是康熙皇帝，看到午夜時分，第二冊結束在海老公和太后的生死決鬥。

第二天進了校刊社，我迫不及待地對死黨們宣告我的重大發現。第一，《小白龍》的確是精彩絕倫的好武俠。第二，《小白龍》絕對不是司馬翎寫的。喔，我的說法是：司馬翎絕對寫不出《小白龍》來！

第一條大發現，沒有人有異議。第二條大發現卻馬上引來不滿。一個死黨提醒我：我怎麼率爾推翻了昨天才得到的結論，如果《小白龍》不是司馬翎寫的，那難道是那個莫名其妙沒人聽過的「飄風」寫的麼？另一個死黨明顯受不了我說那話時，斬釘截鐵的口氣，他語帶嘲諷地說：「你問過司馬翎了？跟他很熟啊？」

我回他：「是滿熟的，對他的小說很熟！《劍海鷹揚》我讀了兩遍，他的情節文字我記得很清楚，不可能，《小白龍》比《劍海鷹揚》好太多了。尤其是韋小寶信口胡說的機智，真的不是司馬翎寫得出來的！」

我們愈爭愈大聲，將高二學長們吸引過來了。上次故弄玄虛吊我們胃口的那個學長忍不住插嘴了：「就告訴你們《小白龍》不是《小白龍》嘛！既然《小白龍》不是《小白龍》，那司馬翎也就不是司馬翎了，這麼簡單的事都搞不懂？」

司馬翎不是司馬翎，司馬翎其實是金庸。高二學長們七嘴八舌爭著告訴我們這個祕密。金庸在香港寫武俠小說，他的立場「親共」，他有一本小說叫做《射鵰英雄傳》，前面開頭就引用毛澤東的詩，明顯告訴人家這本小說中的「英雄」說的就是毛澤東，把毛澤東寫成大英雄，在台灣當然是禁書啊！不只《射鵰英雄傳》禁了，金庸所有的書統統都禁了，進來台灣，只能改換書名、作者名。《小白龍》原本的書名是《鹿鼎記》。

原來如此。這是我第一次聽到金庸的名字。一個神祕、禁忌，圍繞著一些不知是真是假訊息的名字。我想到一件事，急忙對高二學長們發問：「那《小白龍》，不，《鹿鼎記》，也和毛澤東有關係嗎？」他們不意有此一問，彼此對看看了，給了還是故弄玄虛的答案：「也許有，也可能沒有，你們不會自己去看嗎？」

我對金庸仍未死心

——馬家輝

我家大女孩不喜中文，只讀洋書，故常被我戲稱為「漢奸」，年紀小時是「小漢奸」，如今長大了，升級了，變成「大漢奸」。我計劃寫一本書叫做《漢奸筆記》，分兩部分，前半部談的確是抗日年代的漢奸故事，後半部呢，筆調軟化，談的是親子關係，說的就是她的故事。

可是，嬉戲歸嬉戲，每回看見女兒躺在長長的沙發上捧讀蟹行洋書，我必深感遺憾，不讀中文，錯過了這麼多的好詩好詞好散文好小說，儘管仍能享受那享受不完的洋文經典，生命圖譜終究缺掉了半壁江山，未免愚蠢復悲哀，於是，我決定想想法子，盡力誘引她親近漢語，而其中一招便是，說服她閱讀金庸。

金庸小說全集就擱在我家客廳書架的最上層，凌亂地橫躺著，舊版，不齊全，我記得是父親買回家的，但也或許不是他買的，是朋友送的；但也或許確是他買的，他自己不看，只故意買回家放在客廳上，讓我看，讓我的中文有所進步，用意跟我今天對女兒所做的事情完全相同，希望金庸的文字引領她躍進一個用漢語書寫建構的異想世界。

父親的計畫沒有失敗，卻也沒有完全成功，少年的我確曾讀了他所帶回家的金庸作品，然而沒有進入出神忘我的著迷狀態，我的閱讀口味向來偏重於歷史、政治、社會之類的評論著作，對於小說，我總是輕輕地讀過、輕輕地領悟，便算了；好看當然是好看，但金庸，並非我的那杯茶。必須承認，咳，說來慚愧，我對於由鄭少秋、汪明荃等人所主演的金庸武俠電視劇的著迷程度遠高於金庸文字，以至於周星馳的《鹿鼎記》電影我看了不下二十遍，對原著卻只瀏覽了一次，匆匆讀過，印象不深。

那麼，我為何仍用金庸作品來誘惑我的大女孩？

因為我親眼見過金庸小說發生在其他人身上的奇妙效果。中學時，曾有一位死黨的考試成績甚差，在課堂上不是聊天便是睡覺，下課後則常跟我和其他同學打麻將或追女孩，不必說，六年的小學課程，他讀了八年；五年的中學課程，他讀了六年。初中（香港那年代的初中只是由中一至中五）畢業後，沒讀預科（亦即中六和中七），投身社會工作，可是，他考試十科有八科不合格，偏偏中文科考得了尚算不錯的B級成績，體育科亦是好的，得了A^-，因為他愛踢足球，而他的中文閱寫能力全部得自金庸作品，金庸小說，他全讀了，據他自己說，讀了至少二十遍，幾近於倒背如流的段數。

所以我暗想，如果金庸作品當年能夠迷倒我的懶惰死黨，今天豈不可能亦會迷倒我家的「大漢奸」？說不定，只要翻開《倚天屠龍記》或《神鵰俠侶》或《天龍八部》的任何一部作品的第一頁，耐住性子往下讀，讀到第二頁，再一頁，第三頁，再一頁……我家「大漢奸」的中文觀感從此山河色變，改邪歸正，棄暗投明，一發不可收拾，開展她跟漢語文學的狂熱愛戀。

於是，有一個夜晚，我從書架上取下《鹿鼎記》第一集，把大女孩從睡房喚喊到客廳，搬出父親威嚴，命令她好好坐下來，把書捧起，把書翻開，從第一個字開始，好好讀。

或因從沒見過我如斯認真，她聽話了，坐下來了，但於坐下以前不忘先到廚房給自己泡一杯熱牛奶，再從冰箱裡取出粉紅色的挪威鮭魚和鮮紅色的美國草莓，讓口舌與眼睛同時獲得享受。那時候，我瞄一下牆上的鐘，是晚上十點四十五分。

我不打擾她了，轉身到睡房忙自己的工作，大約一個鐘頭後，重回客廳，看見她仍然在讀，吾心大慰，然而趨前一看，發現她的眼睛仍只瞄著第一頁的第一段：

江南近海濱的一條大路上，一隊清兵手執刀槍，押著七輛囚車，衝風冒寒，向北而行。前面三輛囚車中分別監禁的是三個男子，都作書生打扮，一個是白髮老者，兩個是中年人。後面四輛中坐的是女子，最後一輛囚車中是個少婦，懷中抱著個女嬰，女嬰啼哭不休。她母親溫言相呵，女嬰只是大哭。囚車旁一清兵惱了，伸腿在車上踢了一腳，喝道：「再哭，再哭，老子踢死你！」那女嬰一驚，哭得更加響了……

原來她剛才趁我不在，激活了客廳電視偷看HBO的電視電影，待得聽見腳步，始再重拾書頁，卻又純真得不懂翻到後面，仍從首頁讀起。

看來金庸先生昔年不曾令我著迷，今天也沒法贏得我女兒的歡心。那部《鹿鼎記》，後來一直擱在客廳沙發旁的小書架上，我故意不將之放回大書架，因為我仍未對金庸的魅力死心，渴望總有一天，會的，或許會的，大女孩會因金庸而拒做「漢奸」，我仍然期待金庸把她拯救回來，覺今是而昨非。

有一場春夢是盜版的

——胡洪俠

在北京讀研究生的老同事寒假期間回衡水住了幾天。幾個月沒見面了，忽然又相聚，我們幾個都很高興。鼻梁上的眼鏡還是走前的那一副，但他的頭髮已燙得彎彎曲曲，彷彿直挺挺的頭髮已然承載不了更多的學問更多的見識。不見了那件灰濛濛的防寒服，他現在的羽絨服是鮮艷的藍色，宣示的是他高飛遠走後的心情。他急著打聽他離開後報社有什麼變化，我們說你先不要管這些閒事，「你先說說，你們研究生都上的什麼課，北京現在流行讀什麼書，有沒有帶幾本回來？」

他嘿嘿一笑，腦袋一晃：「急什麼呀。」從包裡掏出幾本書，他說：「這本波普的科學哲學，你要讀。知道什麼叫『證偽』嗎？」「這一本，」他亮出窄窄一本小冊子，「是大家議論比較多的書，《在歷史的表象背後》，講的是『超穩定結構』。你們他媽的也不給兄弟一根兒菸抽？這廝！什麼鳥人啊。」他這裡話鋒一轉，換了台詞，人馬上就從天上墮入了人間。我們邊笑邊說你小子這才算回家了，罵人的話都還是原來那一套。他忽然又神祕兮兮起來，說還有好書，但不能借給你們，得自己先看完再說，「不過，可以先讓你們開開眼。」我們輪流翻了翻，見是香港的原版書，豎排繁體，書名《天龍八部》，署名金庸。此刻附近那個叫謝村的地方傳來幾聲「二踢腳」高亢嘹亮的脆響。一九八五年的春節果然要來了。

我至今都能輕易重溫初次觸摸港版書時那種奇異的陌生感：是分成幾冊的一套書，每冊都不厚，但卻沉甸甸的；紙張又白又挺，翻起來書頁啪啪作響：豎排繁體，帶線描黑白插圖。書名也怪，聽了多年的「八路」乍聞「天龍八部」簡直不知所云。金庸這個名字依稀聽說過，知道是寫通俗武俠的。「懂不懂啊？是新派武俠。」老同事一把把書搶過去，「有華人處有金庸。鄧小平、華羅庚他們都喜歡看呢。」

因為有了他這套金庸，《衡水日報》那個院子在那個春節也就加入了「華人社會」行列。大家傳來借去，《天龍八部》最終也沒有傳到我的手上。我倒是翻了幾次《在歷史的表象背後》，若有所悟地認同了「超穩定結構」。

春節過後是春天，小城中一大一小兩個書店裡署名金庸的書突然就多了起來。當然不是港版，現在也知道了，那些竟全是盜版。真該有人研究研究那幾年金庸武俠的出版「版圖」：大江南北的出版社好像都在印金庸的書，景象堪稱壯觀。寶文堂是武俠出版重鎮，幾乎將金庸的書都翻印了一遍。寶文堂版和黑龍江朝鮮民族出版社的《倚天屠龍記》都是四冊一套，湖南人民版和湖南文藝版的則是上下兩冊，海峽文藝版的則又是豎排。山東文藝社出了《笑傲江湖》，江蘇廣陵古籍刻印社和鷺江出版社印了《射鵰英雄傳》，安徽文藝社出了《天龍八部》，中國文聯出版公司和四川社會科學出版社都印了《雪山飛狐》，海南人民社印了繁體豎版的《碧血劍》，陝西人民社和安徽人民社則印了《神鵰俠侶》，春風文藝社和浙江文藝社又分別印了《飛狐外傳》……

讀金庸時代我竟然長成這副樣子，很像有些武術功底的「練家子」。

這麼多正規出版社「聯合」翻印一個人的書，毛澤東之後，論規模恐怕只金庸一人而已。然而金庸又有「後來居上」之處：想當年儘管處處都印《毛主席語錄》，但無人敢冒殺頭風險偽造無中生有的毛著。金庸則「幸運」多了：《小煞神》、《父女恩仇記》、《玉簫一曲情人淚》、《唐門奇俠》、《飲馬黃河》、《報恩劍》、《天火爐》、《毒煞》、《一世英雄》、

《赤膽紅顏》、《復仇浪子》、《有情山莊無情劍》……這些書都在書店書攤出現過，封面上都署著金庸的大名，可是金庸從來沒有寫過它們。

老同事回了北京之後，我一直想著找本金庸看看。還好，《俠客行》來了。是農村讀物出版社的「中華文學黃河版」，十六開，上下兩冊，印製質量和港版金庸有天壤之別。可是也真好看。開頭即殺機重重，到結尾仍是撲朔迷離。看到第二十章「俠客行」，我簡直如雷轟頂：唯獨一字不識、機心全無的石破天能夠破解石室壁畫與蝌蚪文祕笈，無意中將所有上乘武功一網打盡。廢書長嘆，我對大我十幾歲的同宿舍老李說：「咱天天讀書，還有用嗎？」他說：「你又傻了。金庸不讀書能寫出這本書？」那好吧，繼續讀，逢「金」必讀，只讀得各路武林人物忽聚忽散，朝死暮生，俠男義女，東輸西贏，哪裡還分得清誰是從哪本書裡哪個門派殺出來的：一統江湖常常就變成了一桶漿糊。金庸武俠是那個年代我們做過的一場春夢。這夢雖是盜版的，但身陷其中，真的不願醒來。現實太容易「證實」了，而江湖，誰忍心去「證偽」？

十

書店

人生經濟學的第一課

——楊照

高中一年級，第一次到學校辦完註冊手續，回到家，將帶去註冊剩下來的錢交還給爸爸，爸爸鄭重其事地從中間抽出五張一百元鈔票，正式告知我，過去每個月兩百元的零用錢，從那天開始，增加為五百元。

如果沒有重慶南路，沒有放學散步經過重慶南路的習慣，我想這樣的零用錢額度，應該會讓我高中三年過得很不錯吧！反正每天吃飯有便當，學校費用可以另外支領，就只剩下每張六十元的公車月票固定要從零用錢裡支付了。每天到餐廳多買一個饅頭夾蛋不過十元，看一場電影學生票也才七十元吧！

但是卻存在著重慶南路，和重慶南路所有的誘惑。應該這樣說吧！重慶南路是我人生經濟學的第一課，讓我開始清楚意識到要用有限資源去追逐無窮欲望的痛苦。

重慶南路一整排的書店與書攤。逛書街最大的麻煩是，你喜愛但捨不得買或買不起的書，會一而再再而三出現在不同的書店裡，反覆考驗你的抗拒能力。例如說「傳記文學」出版了劉紹銘等人合譯的《中國現代小說史》，夏志清教授原來用英文寫的大部頭作品，裡面講魯迅講老舍講錢鍾書，我們無緣接觸的，至少可以透過夏志清的敘述，知道這幾個傢伙究竟寫了什麼樣的東西。裡面還有一大章講張愛玲，我正在熱情耽讀的作家，夏志清講得眉飛色舞，好看極了。先在文化圖書公司翻到了這本書，一看，厚厚一本定價超過一百元，實在買不下手。站在書架前讀了一段，悻悻然將書擺回去，走出來，到了隔壁宏業書局，跳入眼中的，赫然又是《中國現代小說史》！口袋裡的錢，不會因為從文化走到宏業就突然變多了，但被逗引起的渴望卻倍數增加。勉強忍住，再往前走，彎進店面最寬廣的建宏書局，沒走兩步，自己悲涼地嘆息了，還是那本《中國現代小說史》淺褐色的封面在架上招著招著！

老是覺得窮，覺得錢不夠花。因為重慶南路教我們體會到人生最早的財產滿足，書是一個十幾歲少年唯一能夠擁有、累積的明確財產。書店裡那些財產一字排開光溜溜地在我們伸手可及地方展示著，然而我們能帶回家的，卻那麼少那麼有限。

走在重慶南路上，從一家書店換到另一家書店的空檔，我們談論著如何克服有限資源與無窮欲望的巨大落差。最簡單的答案當然在對話中浮現出來——有辦法不付錢就把書「拿」出來嗎？我們寬大的夾克，或是吊在大腿邊的破爛書包，可以掩護我們將書「拿」出來嗎？需要什麼樣的快手技術，才能瞞過店員的眼光呢？幾個人應該怎樣互相配合阻擋店員視線呢？萬一，萬一被發現了，怎麼辦？

正因為不敢，這個話題就成了我們那段時間的執迷。講來講去，不曉得是誰，用了應該稱為「逆向思考」的原則，找出了大家聽了都覺得很興奮的辦法。「我們不要偷書，但我們可以進到書店，故意裝做好像是偷書賊一樣。店員一定會過來要查我們的夾克和書包，我們說沒偷書，他們一定不信，我們就說：『如果沒查到你們的書怎麼辦？可以給你們搜，但沒搜到你們要負責！』」

這真是個好主意！或許店家不好意思，會送我們書表示歉意。或許下次看到我們去，他們再也不敢盯著我們看，我們輕輕鬆鬆就可以把書「拿」出來了。我們就近找了一家我們知道店員最多看得最緊的書店，大家分頭進行假裝偷書的把戲，幾分鐘後，我們的演技顯然奏效了，突然之間，店裡三個店員同時起身靠近我們……

他們一句話都沒說，直接拉住我們的書包，然後就將我們用力朝店門外拉，毫不猶豫地拉向店旁邊的暗巷中。在暗巷中我們原本準備好的說辭與威脅毫無用處，一個個書包被那幾個惡煞翻倒過來，我放在書包裡的手錶重重敲在水泥地上玻璃殼碎裂開來。書包裡沒有偷來的書，那三個人非但沒有絲毫歉意，還好像因此更恨我們，更想揍我們一頓。

唉，少年想像的大人世界，總是少了那麼一點沒有提防到的現實，讓少年驚愕，在驚愕中成長。

書店盡頭的暗房密室

—馬家輝

在我出生和成長的灣仔區，書店還真不少，有由「南來文人」開設的二手書店，有由國民黨做後台老闆的政治書店，有由美國CIA撐腰的外文書店，有只賣簡體字書的國營書店，當然，更多的是由本地人經營的文具書店，裡面什麼都賣，從鉛字筆到毛筆，從筆記簿到釘書機，從教科書到風水書，亂中有序地擺放，要什麼有什麼，你要什麼，只要向店老闆或老闆娘問一句，幾乎必可找到。

「強記」就是一間這樣的雜貨店式的書店。它在軒尼詩道和芬域街的交界處，小小的，面積大約像今天到處泛濫的7-ELEVEN，卻絕不如7-ELEVEN般明亮整齊，它的燈光是暗淡的，書架和貨架是布滿灰塵的，老闆劉叔是猥瑣肥胖的，可是我偏喜歡常去走動，因為一來劉叔不介意我來打書釘，或站或蹲於書架前，只看不買，由於地方狹窄，當他或其他顧客在我身邊走過時，我側一下身，把路讓出，他們也從不給我看臉色。我喜歡這種自由而省錢的閱讀空間。

但該店最重要的吸引力倒不在此，而在於，它在最後排的貨架旁邊有一道小木門，門後有一個大約十平米的小房間，裡面成堆成層地疊放了大大小小的書刊，或圖，或文，或洋，或中，或日，所刊所載的都是男女情事，別說翻開內頁，即連只看封面亦已得見欲焰沖天、性潮缺堤、波濤洶湧、春風狂亂……

少年如我別說站在房間內，即連只走近房門，已夠心跳先是加速，繼而猛跳，再而失控，猶如有人把一杯蜜糖倒在我的體內血管上面，再放進一群螞蟻，讓牠們任意全身爬行。我的天，那股無形的誘惑亢奮，過癮得難以言說。

香港人慣把色情書刊稱為「鹹書」，意指「鹹濕」之書。「鹹濕」二字確是絕妙的嶺南修辭，味道和色調和溫度，統統有了，真是精準無比的語言藝術。對於鹹書，如同其他正規書刊，我終究是看的多，買的少，只因沒錢，也只因劉叔大方，像對待其他正規書刊一樣，繼續容許我打書釘。所以我通常在店內亂翻亂看四、五十分鐘後，慢慢挪動步伐，移向小木門外，然後，趁店內沒有客人或沒有客人注意我的時候，用最快的速度閃進房間；門總沒鎖，輕輕用手指一推，便開了。

敢情我是命中注定以寫字為業，打從十多歲開始、從成為鹹書讀者開始，我即親文字而遠圖片，對於影像上的那些美女熟女狼女，我一概興趣不濃，瞄一瞄當然是有的，意淫想像亦是曾經，但真正令我著迷的是那些小說文字，儘管情節內容大同小異，語言來來去去亦只局限於某些形容詞和動詞，可我就是愛看，極享受從大同小異裡建構出另一個屬於自己的情欲世界，在那天地裡面，我是王，善男子善女子都是我的奴隸僕人，沒遮沒掩，衣不蔽體，任由我奴役驅使以滿足最最陰邪的欲望。許多時候我把故事內容默記下來，尤其一些以楊貴妃、慈禧太后、武則天之類歷史人物為主角而胡亂編寫的古代鹹濕小說，返回學校，利用午休時間跟幾位死黨瞎扯轉述，像「說書人」般，我用說故事的口技令這群少年欲火高漲，而我自己，亦在述說的過程裡得到某種近乎病態的控制滿足感。

我就是這麼病態的人，對文字著迷，不管書刊上的胴體多麼炫目誘人，相對之下我仍喜歡在字詞與字詞之間尋找刺激，每個字都如一棵樹，樹與樹相連，密不透風，抬頭不見天日，那是我的欲望森林，迷途其中，我心甘情願。

所以許多年後我成長了也通透人事了，但到了美國留學，偶爾深夜開車到成人商店探祕尋幽，都對那些彩圖艷照無動於衷而直奔文字書架，偷偷翻開那些小說或雜誌，在橫行的蟹文裡偷取片刻的解放歡悅。有些時候，我還隨身帶著字典，因為英文底子弱，看不懂某些精彩字句，不服氣。看色情小說兼進修英文，一舉兩得。

但洋書店的店員很小器，經常阻止我打書釘。我就更懷念劉叔。他明白少年的綺夢，他真是一個好人。

遠去的書店遠去的人

——胡洪俠

我已經很多年沒有去深圳國貿大廈一帶閒逛了。不是因為沒時間，更不是因為路途艱險，而是根本就想不起來還要去那個地方走走。有些地方有些人，我們是「從來不需要想起，永遠也不會忘記」的，或者說是「相見亦無事，不來常思君」。但另有一些地方一些人，儘管曾經熟稔，可是一番時過境遷之後，竟然就念頭不生、記憶不存了，想起來也真是可嘆之事。據此也可以說，在我心裡私家版本的深圳地圖上，國貿大廈一帶已經「死掉」了。

然而當年，對我而言，那是何等鮮活、明媚的地方！剛到深圳沒幾天，我就迫不及待地要去找國貿大廈。當年那裡正是特區繁華的核心：往南走幾步，是南國影聯；再往南走走，是火車站，是羅湖海關。往東走不遠，是終日喧鬧的陽光酒店，附近一個酒店挨一個酒店。緣路北行，過深南東路，似乎就跨越了時光隧道，一頭即可扎進原始破舊的東門老街。而往西看，一路之隔，是幾根筷子一樣矗立著的海豐苑大廈。

對，海豐苑。我後來喜歡那一帶其實就與這座大廈有關。某次在海豐苑下了「招手即停、就近下車」的小巴，正要過人民路直奔國貿大廈時，頭右擺，無意中看見海豐苑裙樓北側一店面之上，懸掛一塊暗紅色匾額，匾上是據毛筆手書陰刻復填綠漆的六個字：深圳古籍書店。

深圳竟然有古籍書店，之前真是聞所未聞。畢業前師兄來深圳探尋南下之路時，曾寫信感嘆說，深圳自然有無邊的繁華，可惜報刊亭中買不到《讀書》雜誌。這耳聽為虛的話，我來深圳後輕易就眼見為實了。可是一個連《讀書》雜誌都不容易買到的城市，怎麼可能會有一間古籍書店？

1995 年前後我常常去逛深圳古籍書店。某次在書店巧遇攝影記者張萬極，於是有了這張難得的照片。這家書店關門已有十五年。

真的是一間非常靠譜的古籍書店，是和北京一些古籍書店相比也絕不遜色的書店。營業面積不大，書卻非常多；書架縱縱橫橫，高高低低，擁擠不堪。各大古籍出版社新整理、新影印的古籍，這裡都有。洋裝的線裝的單本的成套的，這裡都有。民國年間石印的、一九八〇年代據今藏舊版新刷印的，這裡也有。更神奇者，這裡竟然有兩架明清版的「原裝」古籍。

來深圳前，我於買書藏書之道並未入門，只是喜歡而已。偶爾設法擠出一點閒錢，也多是跟著當時的讀書風尚買點新書或者特價書。聚書雖略有規模，卻全不成系統。發現這家古籍書店後，我開始「快意恩仇」般地買書了：輕易就湊齊了中華書局版的點校本二十五史；藏書需要圖錄？乾脆買一函貴得離譜的《中國版刻圖錄》；新刷印影印的線裝古籍也是書房必備啊，於是買繆荃孫《藕香零拾》，文廷式《純常子枝語》，全套《雪橋詩話》、《續話》、《餘話》，七函裝的《西園聞見錄》，還有上海古籍的「清人別集叢刊」小開本線裝多種……我甚至動念想買幾種價廉的線裝舊籍，書店的老闆說，這套《越縵堂日記補》民國影印本，不錯；這套《明季南略》、《明季北略》，都是晚清刻本，也不貴；三種打折後你給一千塊吧。好！

也就是在那裡，我常常遇見姜威。我初來報社，做的是跑線記者，他則是夜班編輯。我雖然也常聽人說起他，但因為他過的是「黑白顛倒」的生活，所以我們並無多少見面聊天的機會，只是偶爾辦公室說笑幾句而已。記得是某個週末，我們第一次古籍書店相遇。他嘿嘿一笑：「嗨，你也在這裡啊。」我略表驚訝：「你常來？」他點點頭，然後開始書架前的「巡閱」。「聽說你帶過來十幾箱書？」他貌似不經意地邊翻書邊問，「哪天去看看？聊聊。」我客氣幾句，連忙答應。當時怎麼能想像得到，這即是我們長達近二十年密切交往的開始。他比我懂書，書店裡閒聊之間，我獲益良多。他當時買書的氣魄真大，足令我目瞪口呆。「這一套，搬過去。」他用「大哥大」一指，服務員即將書搬到收款台。用不了一會兒，收款台上的書就堆成小山了。

都遠去了！深圳古籍書店早在一九九六年底就不復存在了，而姜威，也在幾天前，拋下萬卷藏書，走了。幾十天前我扶他出家門上車去醫院，他沒有回頭再看「色香味居」一眼，心裡肯定想著他會回來。誰知道他就這樣匆匆和他的書房分了手。剛剛有朋友約稿，說寫寫姜威吧，長短不拘。我是想寫，可是，近二十年的朋友啊，書情似酒，親如手足，千頭萬緒，究竟要從哪裡說起？我說我先不寫，我不知寫什麼……

十一　股票

爸爸的股票帳戶

——楊照

我是個毫無賭性的人，因為從來不覺得自己會是個特別的人，也就從來不相信特別好或特別壞的運氣，會降臨在我身上。對我來說，飛機遇到亂流上下劇烈波動時可以用搭雲霄飛車的心情安然享受，和始終不會動念想要買一張彩券，是同一回事。幾百萬分之一的機率中彩券，和幾百萬分之一的機率遭遇飛機失事——都不會是我吧！

所以股票市場對我也就很難有現實的吸引力。股票行情漲跌，絕大部分不在人力主觀意志控制中，或者該說，能夠在人力主觀意志控制中的部分，不是投資股票的重點。

然而不管喜不喜歡，有沒有興趣，我們這一代的台灣人，很難不受到股票市場的衝擊，作為一種社會現象的衝擊。因為我們年輕剛出社會時，曾經親歷了台灣股市的狂飆年代，股票指數從六百點一路飛上了一萬兩千點，然後又在當時的財政部長郭婉容表示考慮徵收「證券所得稅」之後，一路狂跌，跌到剩下兩千點才勉強止住。

在我們眼前上演了以前只在課本上，而且是西洋史課本上讀過的投機泡沫故事。突然之間，我們明白了「南海公司泡沫」是怎麼一回事，也明白了「鬱金香泡沫」是怎麼一回事。在我們身邊充滿了暴起暴跌的財富奇觀。

都來自股票市場。雖然房地產市場那幾年也出現大漲，但畢竟投入房地產的資本門檻比較高，不是一般人、尤其年輕人玩得來的，相對地，只需幾萬台幣就可以開始炒股票，搭到對的潮流，幾萬塊很快變幾十萬，甚至變幾百萬，那種刺激傳奇程度，和我們才二十出頭年紀的人，比較相稱。

於是有了對股票市場的觀察興趣，拿股市當作社會、尤其是政治變化的重要指標。後來主編週刊，主持電視和廣播的新聞節目，工作上就更離不開股市資訊了。股市每天的指數變化，和一些重要個股的表現，成為台灣新聞節目的固定服務，要報那些數字，有時還要連線專業人士來分析，想要不知道也難。

有一陣子，有鑒於政論讀者大幅減少，我編的《新新聞週刊》還曾積極想轉型為政商綜合雜誌，那就更不能不對產業及股市新聞有所涉獵了。結果，我對股市的研究，後來卻沒有用在自己編的雜誌上（轉型失敗，還是回到政治新聞和政治評論的老路上），而是用在幫一本專門的股市投資雜誌《萬寶週刊》寫的專欄上。

當然最怪的，還是這些研究知識，從來沒有用在實際的股票買賣上。台灣經歷了好幾回買賣股票成了「全民運動」的熱潮，我卻始終不曾開過一個股票買賣的戶頭，而且心中愈發篤定，這輩子應該不會經手買賣任何一張股票了吧！

一直到二〇〇六年春天，父親突然去世，留下了一本股票帳戶存摺。父親生命中的最後幾年，因為嚴重青光眼的關係，視力差到無法自己出門，偏偏他又有無論如何不願麻煩別人的習慣，就大部分時間都待在家中，收音機成了他最重要的陪伴。連帶的，可以靠收音機接收訊息，靠電話下單買賣的股票，就成了他每天最重要的活動了。

他買了不少，但畢竟心中還是留著上一代的價值觀念吧，買進來的東西，是財產，既然是財產，就不會輕易脫手。他去世之後，媽媽把他的帳戶資料交給我，我看得傻眼了，好亂的一筆帳，股票種類太多又太沒章法，而且有很多在手上留太久，留到跌破票面價值成了「水餃股」（一股只夠換一顆水餃），甚至成了「壁紙股」（根本換不到錢只能拿股票當壁紙貼），都沒有賣掉。

爸爸在花蓮太魯閣。就是這次回花蓮，賣掉了一塊土地，拿那筆錢爸爸開始做股票。

我知道該怎麼做。先將殘餘還有些價值的股票趕緊賣出，選定幾支值得長期投資的不動，其他一些看市場行情變動，稍有漲價就賣，累積資金逐漸調整出一個比較符合市場動態的投資組合（portfolio），如此降低損失風險，並培植未來賺錢的基礎。

我知道，這些理論我懂。我答應媽媽要處理。那幾個星期，我每天上網看盤，卻一看就頭痛。作為純粹的知識，過去股市資訊很有趣，一旦變成了買賣決定的依據，股市資訊突然就變得極其無聊，沒有辦法引發我追蹤看下去的動機。

還有，看到那些數字，我就想起爸爸，想著再也見不到的爸爸。

股市輸錢的理由

——馬家輝

股票之於我，必須承認，純屬賭博，除此別無意義。所以我必輸無疑。賭博欲勝，必須依靠三項法寶，一曰技術，二曰運氣，三曰性格，而我在這些方面都是loser中的loser，無論是玩股票或其他任何形式的賭博，都是。

先說技術吧。

投資股票必須分析市道與趨勢，懂得細看產業和企業的高低走向，什麼圖表什麼數字，即使沒必要成為專家，至少亦應掌握個十之六七始有贏錢的把握。我對數字，是極度無能的，儘管必須慚愧地說，在美國攻讀博士班時曾經先後擔任「統計學導論」的課程助教和講師，並且取得全校優秀教師獎和全系優秀教學獎，但那只是以勤補拙的結果，每一個鐘點的課，我用三至四個小時去準備，站在講台上，照本宣科，添加例證，也精於授課時運用美式幽默，例如提醒學生，「如果你們不準時交出作業，you will be in deep doo-doo（你們將有像失禁般的大麻煩，doo-doo是糞便的俗稱）」，學生像看脫口秀一樣開懷大笑，期末對我評核教學表現，自會出手善良。

然而踏出課堂之後，我對所有數字皆恐懼避諱，至今家裡所有帳目皆由妻子管理，稅務則交給會計師，我碰也懶得碰。大約十三年前，我離開報社，尚未回到校園，在六、七個月的工作空檔裡，我曾經夢想炒股致富，於是興沖沖地跑去書店抱回一堆《股市圖表分析必勝法》、《三小時讀懂企業報表》、《市況走勢一本通》之類書本，坐到燈前，靜心研讀。此類書籍本來就是寫給普羅看的，幾乎連文盲也讀得懂，但我偏偏讀

對數字極度無能的我，在美國攻讀博士學位時，曾先後擔任「統計學導論」的課程助教和講師，並且取得全校優秀教師獎和全系優秀教學獎。

得一頭霧水，初時讀完了，似乎都懂了，豈料翌晨睡醒，卻又全忘了，記不得半個名詞半項技法，唯有對鏡苦笑，寫完一本四百頁的英文博士論文卻讀不懂幾本股票爛書，愧對列代聖賢，愧對指導教授。

此以「技術狀態」，我有可能在股市賺錢嗎？

好吧，輪到運氣，我只要說一句話你便明白了：我從小學開始已經被朋友們笑稱做「黑仔輝」，理由並非我的膚色黑，我天生白皙，皮膚優雅得很；有此綽號，只因我經常碰上倒楣之事，例如趕回學校考試卻遇上停電，被困電梯；又如約了女孩子出門拍拖吃飯看戲卻遇上狂風暴雨；再如玩抽獎遊戲時不管有多少份禮物卻永遠不會被我摸中任何一份……每個人都知道；每個人都笑我；從八歲到四十八歲，老友們都這樣喚我。「黑仔」於廣東話是「倒楣鬼」的意思，在黑暗裡走路，見不到光明。

以此「運氣狀態」，我又有可能在股市賺錢嗎？

至於性格，那更別提了，一位精明的賭徒或投資者必須能忍能守、敢攻敢進，做出入市或退市判斷後，義無反顧地操作實踐，稍見勢頭不對，立即轉向，無所謂「考慮面子」或「從一而終」；廣東人常說，在賭場裡，「求財不求氣」，而欲求財，須有堅強的意志和ＥＱ，控制情緒，理性主導。是的，這些，我都知道也都懂得，但偏偏沒法做到，明明買錯了股票，不肯放手就是不肯放手，將之長期持有，直到股價低殘到無可再低時才長嘆一聲，慘賠離場，而當買對了股票，卻只賺少許便急忙脫手，唯恐股價回吐時由賺變虧，結果，股價不僅沒回吐，反而一飛沖天，我唯一能做的事是像周星馳的無厘頭電影般向牆上張嘴噴血。

以此「性格狀態」，我怎可能在股市賺錢？

「棄文從股」確曾是我的春秋大夢，但十多年來在股市的挫敗經驗已令我殘夢不再，休提矣，不敢回憶，未能忘記，一想起那些耗擲在股海裡的血汗稿費，我即無心細說。然而，樂觀地想，阿Q地想，萬事或有定數，話說半年以前我重遇一位文壇舊友，他昔日跟我一樣賣文為生，但忽然，看破了，不寫了，轉為研究股票，大炒特炒，賺了八位數字的利潤，於是每天大吃大喝大玩大樂，最高峰時，單身的他同時有八位女朋友，自視為「股壇韋小寶」，可是沒過多久，才四十歲出頭便患上胰臟癌，目前正在痛苦治療中。他最近寫書回憶生平，自述簡介如下：

「作者是一條貪威識食、練精學懶，先使未來錢的『廢柴』，從小到大學都未曾畢業過，從離校以來沒做過一份正經工作。他的專門才能是利用股票經紀為他賺錢，而自己則坐享其成，吃喝玩樂，大手花錢。也許正因為他的荒唐人生，導致了天譴，令他從『廢柴』晉升為廢人，不亦哀哉。」

讀此自述，我乃自我安慰道：如果讓我在股市大賺特賺，想必懶得再寫作了，搞不好亦因縱樂過度而礙了健康，所以，我在股市輸錢其實跟什麼技術什麼運氣什麼性格都沒關係，純粹是老天爺疼惜我，保護我的筆鋒。

感謝股市，感謝上天，請讓我繼續買股輸錢，繼續做個股市才子雷鋒。

李同學和股票和我

——胡洪俠

李同學和我同屆畢業，二十年前一起闖深圳，進了同一家報社。在學校時他已經是股市股票不離口了，深圳股市的消息他知道得最多，股民一夜炒股暴富的故事他也講得最生動。同學中我和他常打嘴仗，逢他一邊手梳日漸稀少的頭髮一邊唾星四濺講股票時，我更是不屑一聽，往往反唇相譏。「不是我說你，」他把那雙亮晶晶的小眼睛瞪圓了以後說，「你這都是什麼觀念啊。股市是骯髒的？股民是瘋狂的？炒股是賭博？是拜金？都讀的什麼書啊！中毒太深了你！都什麼年代了！不炒股你去深圳幹什麼！」我說我去深圳是要做報紙搞新聞的。「好好好，你去當你的記者，」他又歪著頭，眯起眼睛，一臉壞笑，手指著我說，「知道我的理想是什麼嗎？就是到了報社，想辦法當你的編輯，最好當總編室主任，專門槍斃你的稿子。起碼也要把你的稿子刪個亂七八糟，哪段精彩就刪哪段。」

謝天謝地，來深圳後李同學和我在同一個部門當記者，槍斃我稿子的理想他未能實現。在黃木崗又一村臨時住宅區他又做了我的鄰居，如此，聊天鬥嘴就方便多了。總編輯照例要一一和新員工談話。那天我剛走出總編輯辦公室，李同學把我拉到一邊，問都談了些什麼。我說無非就是問候幾句鼓勵一番而已。「沒問你有什麼打算？」他追問。「問了，」我說，「我表示會好好幹，不會去炒股票。」他小眼睛又眯起來了，「深圳人誰不炒股票？報社的人也都炒。老總又怎麼說？表揚你了吧。」「老總說，只要不影響工作，炒炒股票也可以嘛。」李同學一下子手舞足蹈起來：「看看！看看！我說什麼來著，這是深圳！你，你就是一土老帽。」

這是我剛到深圳時在報社辦公室的留影。其時辦公室的熱門話題正是股票與股市騷亂。

我嚴肅考慮了這一「土老帽」問題，結論還是堅決不炒股。其一，我數學奇差，算不清帳。其二，我心裡承受能力差，贏錢可以，輸錢受不了。其三，我這人兼顧能力差，如果炒股，必全身心投入，別的什麼也幹不好。我對李同學說：「你股票帳戶不是都開了嗎？你炒你的股，我寫我的稿子。」「好好好，」他說，「把你的身分證借我用用。」我問他做什麼用。「傻啊你，」他仰天長嘆，「現在全國的身分證差不多都滙集到深圳了。新股抽籤啊。我都懶得給你講。簡單說吧，再過些日子，八月十日，深圳要發售新股抽籤表。得用身分證買，一個身分證可以買十張；買得愈多，中籤的機會愈大。沒發現這些天大家都忙著收特快專遞嗎？那裡面裝的都是身分證。」

一九九二年八月九日下午，李同學晃了過來，眼睛笑成一線：「哎呀，老同學嘛，幫幫忙。」我問何事。「外面都亂了你不知道嗎？都在排隊啊。哪個銀行門前都是一堆人啊。去看看？」傍晚時分，我們來到華強路一家銀行門口，立時就目瞪口呆了。明天才發售新股抽籤表，現在竟然已經人山人海，擁擠異常。說是排隊，哪裡又有隊形？都說自己那列隊伍是「龍頭」，都在指責別人不該插隊。男男女女，前擁後抱；人浪洶湧，分分合合。維持秩序的保安居高臨下，手舞竹竿和長柄掃帚，在萬頭之上橫掃豎推，激起無數怨聲罵聲苦笑聲。李同學哪裡容得下這等亂象，安頓好我們幾個人排隊之後，即搶過一保安的長掃帚，邊掄邊喊：「秩序！秩序！」以他的瘦弱體格，也不過幫著維持了幾分鐘秩序，便敗下陣來。

八月十日，辦公室空空蕩蕩，殘存的人也都行色匆匆。我沒有股市採訪任務，終究也耐不住寂寞，從下午到晚上，騎單車到處轉。那真是難忘的一天，種種情狀，實難在此備述。那天誕生了我人生中諸多的第一次：第一次見到燃燒的警用摩托車；第一次聞到催淚瓦斯的辛辣味道；第一次感覺一個城市可以一夜間沸騰起來……第三天報上的消息說：「這次發售新股抽籤表，對群眾的反應熱烈程度估計不足，有七、八十萬人從外地趕來，排隊輪候購表人數多達一百二十萬，而發售新股抽籤表只有五百萬張，供不應求，致使大部分人購不到表。……入夜以後，一些人阻塞交通，燒毀汽車、摩托車，多名值勤幹警被打傷。武警戰士緊急出動，維持秩序，事態逐漸趨於平靜。」

我至今不知李同學在「8.10」股市騷亂中買到中籤表沒有，但他的聰明和與時俱進我是愈來愈佩服：他股票炒得好，「下海」機會也抓得好，還拿到了博士學位，現在成了教授。有次聚會我給他說我當經濟編輯部主任時，曾在證券版大樣上大筆一揮，把「北大青鳥」改成了「北大青島」，他狂笑之後很關切地說：「你與股票無緣，好好搞你的文化吧，反正我也沒興趣刪你的稿子了。」

十二 孫中山

孫中山與浪漫夢想

——楊照

那時候劉君祖還不是「國師」，還沒有被聘去當李登輝的《易經》老師，只是個開書店的人。他的書店開在台北麗水街上，正對著淡江大學城區部的門口，店名叫「星宿海」。應該是謝材俊（後來的唐諾）告訴我，「星宿海」是黃河和長江的共同源頭。我很驚訝，讀了這麼多中國地理，為什麼地理課本上竟然沒提這個地名，也沒提這個聽來如此浪漫的事實——長江和黃河有同樣的起源地？

多年之後才知道，原來是一九七六年，《人民畫報》的記者探索長江源頭，追到了星宿海地區的姜根迪如冰川，發表了令人驚艷的報導照片。這件事在台灣一般人不會知道，當然更不可能進入中學課本裡了。

第一次走進星宿海書店，應該是一九七八年年底，或一九七九年年初。最早，是我寫了一篇標題叫〈廊風〉的散文，投寄到創刊沒多久，充滿青春活力的文學刊物《三三集刊》，不意竟然收到朱天文的回信，給我很慷慨的鼓勵。一九七八年夏天高中聯考放榜後，我就寫了一封信向天文報告考上建國中學的事。九月開學，兩個建中學長杜志偉和游明達突然出現班上找我，邀我參加「小三三」的集會。

「小三三」聚會剛開始用皇冠出版社的閒置倉庫，後來轉到星宿海書店。小小的店面排了兩牆書架，靠門的地方有一個容一人座位的櫃檯，裡面樓梯邊另有一張小小的辦公桌。樓梯通往鋪著榻榻米的二樓，也就是我們不定時聚會的場所。

其實很少遇見店主劉君祖，但因為「三三」的關係，好像就取得了在書店裡自由進出的權利。有時候會幫幫忙看看店，更多時候只是在店裡閒晃，取下書架上的書免費閱讀。

在那裡免費讀完的書，就包括了三大冊的《國父全書》。很大的十六開本，加上每本五、六百頁的厚度，讓這三冊書很有分量，沒辦法「捧讀」，只能放在桌上一頁頁煞有介事地翻閱。

那段日子裡常做的事，是傍晚下課後晃到「星宿海」，如果劉君祖坐在後面的辦公桌後，我就跟他點頭打招呼，上樓坐在榻榻米上讀《李太白全集》或背《老子》。更常遭遇的，是劉君祖不見人影，我就去搬下《國父全書》，不客氣地占用辦公位子來讀書。從《三民主義演講稿》開始讀，讀完後讀《實業計劃》，然後試著讀《民權初步》卻讀不下去，轉而讀《倫敦蒙難記》，然後又讀他早年寫的各種革命宣言。

或許是受到那個環境以及自己的少年心態影響，或許也是出於對台灣教育體系建構的神聖「國父」形象的叛逆，我所讀到的孫中山，一直帶著強烈的浪漫夢想色彩。不管是他用文言文中規中矩寫的文章，或是滔滔不絕的白話演講稿，不曉得為什麼，都給我一種「自說自話」的感覺。和《飲冰室全集》裡的梁啟超文章形成強烈對比。梁啟超雄辯風格把讀者吸進去，渾然將梁啟超的意見自然就當成自己的意見了；孫中山卻將人推在一定的距離之外，讓人家看他發揮表演其夢想熱情，替他擔心：抱持這麼不切實際的夢想，你怎能不挫折、不失望呢？

《國父全書》對十六歲的我而言，既非學問、亦非道理、更非教條，毋寧更像更接近是詩，而且是那種我當時最沉迷的具備悲劇誘惑的詩。孫中山的流離、孤獨，堅持做著大夢的人格，接近詩；他一次次發動失敗革命的衝動，以及革命成功遭遇的反彈，明寫著悲劇。他不是因其成功，而是以其壯麗的失敗取得作為「中華民國國父」的資格的。如此理解孫中山，似乎也讓「中華民國」變得更可愛些。

有一個晚上，在「星宿海」讀《國父全書》，突然起了寫詩的衝動，我拿出書包裡的稿紙，寫下「淒美事件」四字詩題，寫了八行左右吧，一個北一女的「小三三」走進書店，走到我面前，問我有沒有讀過波特萊爾，我隨口跟她講起波特萊爾寫路邊死屍的那首名詩，講完了又低頭繼續寫「淒美事件」，想不出下一段該怎麼繼續寫時，就無意識地翻翻《國父全書》，好像可以從裡面找到詩的靈感似的。

一切如是自然，自然如是。

外公口中的孫中山

——馬家輝

「我老豆跟孫中山好鬼熟，還一起打過麻將、賭過牌九呢！」

第一次聽我外公吹牛的時候，我大概十二歲，早已過了「他說什麼我都相信」的幼稚年齡，可是，我仍然聽得津津入味，願意坐在狹窄的客廳的小小的沙發上，安靜地聽他上下古今、無所不吹。而他邊說邊停，低頭猛啜捧持在雙手之間的那管竹筒水菸。我們廣東人慣稱之為「大碌竹」，菸筒朝地擺直，底部有小孔可供填塞菸絲，再用嘴朝頂部的小缺口或吹或吸，菸絲點燃，雲霧飄起，筒內熱水傳出呼嚕呼嚕的滾動聲音，外公閉上兩隻眼睛，彷彿置身人間仙境，在高潮深處，不願回。

外公曾經讓我抽過幾口大碌竹，可能抽啜的方法不對，菸沒進肺或血管，故毫無快感，只覺新鮮。在我七、八歲那年，外公和外婆和兩個舅舅搬進我家，跟我一家五口擠住一起，兩位老人家的感情關係非常糟糕，要嘛就是互視冷臉，彷彿互不存在；要不就是吵得臉紅脖子粗，所有能講的廣東粗話都被搬了出來，我和姐姐和妹妹雖然是小孩子，卻常被迫在生殖器官語言下瞭解世界、窺探人生。

外公的老豆，亦即我的外曾祖父，為什麼會跟孫中山拉上關係？

輕問了一聲，外公便又說了整夜的故事。外曾祖父於清末營商在中環致富，照例，如那年代的所有富人，家有一妻三妾和房子一堆，據說整條街道的產權他占了一半（但當我追問「到底是哪條街道？」的時候，外公瞪我一眼，道：「我忘了！總之是一條街道！難道我會騙小孩子！」），又據說有十五個兒子和八個女兒，我外公，是老二，老大於二十三歲時患上梅毒，掛了，我外公便於父親死後成為當家，接管了家祖

我外祖父的母親，我們稱她做「細太婆」，因是妾侍。

生意，據說是賣「西洋花露水」，亦即，進口香水。

先不談我外公的故事，談他老豆的。如果你相信我外公的話，他老豆曾經把營商致富的錢分送了三分之一給孫中山，資助反清革命，別讓中國再有皇帝。「真的是三分之一？」我問。我外公再瞪我一眼，啜一口大碌竹，聳肩回答：「好像是五分之一吧。這有差別嗎？」

孫中山在香港習醫的事情，大家都知道了。大家也知道他在香港有楊鶴齡、陳少白、尤烈等三個死黨，合稱「四大寇」，經常在楊的「楊耀記」家族店舖內聚集，喝酒聊天，議論國是，那店舖位於中環歌賦街二十四號，目前成為Soho區內的一間小小的茶餐廳，凌亂不堪，或如民國。我外公說他老豆其實是「四大寇」以外的另一「寇」，跟他們非常熟絡，一週有四天見面打混，除了議論國是，也打麻將和賭牌九，甚至找來不三不四的女人坐在旁邊。

「真的嗎？他是國父呢！國父也愛搞三搞四……」我不敢置信，問他。

外公這回沒瞪我了，只顧抽水菸，沒答話，說不定在心裡取笑我，「當然也愛！連這也要問，果然是小孩子！」

據我外公說，他老豆跟他一樣也跟我一樣，很喜歡講粗口，「丟那媽」不離口，但那已是最低消費，最長的一句廣東髒話可以有十六個字之多，每個字都是對男女生殖器官的描述和侵占，非常精彩燦爛；在我聽來這就意味，「四大寇」——不，應是「五大寇」——當年聚會時，必是三級語言滿天飛，用最髒最辣的修辭狠批滿清，甚至在打麻將賭牌九以至男歡女愛時，亦是國罵不離口，丟那媽得極端痛快。

這便是我對孫中山的最深刻的印象，自我外公口中，猜想這位革命家的性情面目，這面目，有別於老師於課堂所講和在課本上所讀；我印象裡的這位革命家，遠比我同齡同學們所知道的活潑得多、人性得多、曖昧得多。

至於我那外曾祖父，據說去世時五十五歲，留下的財產被我外公很快地花得七七八八。家道敗破後，我外公去「行船」，即上船工作，做水手，跑碼頭，每年回家生孩子，共得四子二女，另有兩女夭折。我外公很牛逼，老了，沒錢了，仍然很懂得享受生活，偶爾在家燉牛鞭、焗禾蟲、燜狗肉、喝白酒、抽大碌竹，並對外孫如我回憶昔時的醒夢人生，談女人，談車，談賭，我記得他說過，行船到了印度，泡了個印度女人，皮膚溜滑如絲如奶……

他也常站在窗前，眺遠街景，嘴裡哼著南音小調自娛，「涼風有呀信……秋月呀無邊……」兩個月前我和妻子逛廟街夜市，不知何故，忽而懷舊，買了一張《平湖秋月》的南音CD，在我的跑車內播放，極不搭調，但我聽得非常舒服。我畢竟，老了。真的老了。

三洲田的起義，孫中山的手稿

——胡洪俠

多年以前，深圳三洲田一帶地貌樸素，風景幽絕，野趣盎然。有幾座山，有一片水；山水之間有茶園，有瀑布，還有一家餐館。店家拿手的菜是「桶子雞」。儘管桌椅簡陋，房屋破舊，但土法燒製的土雞，味道實在誘人。那時登山熱初起，我們幾個人常常做「驢友」狀，去那裡爬爬馬巒山，登登梅沙尖，又溯溪又登頂，最後即是去山中餐館喝頓啤酒吃頓雞。餐館旁有幾株年歲頗大的老樹，店家特意於兩樹之間捆了個吊床，供食客飯後晃晃悠悠解悶消食。我問吊床上的朋友：「這房子夠老。有多老？」

「一百多年了吧。孫中山的隊伍可能都在這裡吃過飯。」

「別瞎扯。都扯到孫中山那裡去了。」

「你不知道？」朋友忽地從吊床上坐起來，「這一帶可是庚子首義的地方，孫中山的人馬在這裡打響革命第一槍，那要比武昌起義早十來年呢。」

於是大家開聊孫中山。話說一九〇〇年，是光緒二十六年，是庚子年，孫中山派人策劃襲惠州，各路人馬在三洲田集結。未到起事之日，誰知消息走漏，清軍趕來圍剿。無奈，義軍提前動起了槍炮。先襲沙灣，再逼新安。此時孫中山有消息傳來，說自台灣運來的武器馬上就到了。義軍於是改赴閩南，一路之上，屢敗清軍，聲勢漸壯，隊伍發展到了兩萬多人。不料，託日本人買的武器全是假冒偽劣，派不上用場，而日本駐台灣的總督又奉命不再援手。眼看大事難成，孫中山只好又派人傳話，讓義軍見機行事，自決進退。既無援軍，又缺彈藥，義軍遂風流雲散，持續一個多月的首義就這樣失敗了。「明白了吧，」朋友說，「庚子首義又叫三洲田起義。咱剛看的那瀑布，義軍曾在那裡喝過水。咱現在吃飯的地方，義軍肯定來過。附近有所小學，『強華學校』四字是孫中山當年親題。」

後來查資料，知道孫中山曾對庚子首義有如下評價：「惟庚子失敗之後，則鮮聞一般人之惡聲相加，而有識之士，且多為吾人扼腕嘆息，恨其事之不成矣……吾人睹此情形，心中快慰，不可言狀，知國人之迷夢已有漸醒之兆。……有志之士，多起救國之思，而革命風潮自此萌芽矣。」

再後來，追看電視連續劇《走向共和》，我特別留心劇中拍不拍三洲田，提不提庚子首義。或許劇本要講的大事太多了，比三洲田起義更壯闊的場面有的是，幾十集的電視劇裡，鏡頭始終搖不到這個角落。還是商家有眼光，知道這一帶號稱深圳「世外桃源」，因偏僻而生態保存完好，大有商業利用價值，於是開發成了旅遊勝地。寂靜的三洲田從此人生喧譁，墮入紅塵之中，那間小餐館也不知流落到了何方。

中國之走向共和，三洲田是起點之一，我也因此對那部電視劇更加喜歡。嫌跟著電視一天兩集看著不過癮，我託人找來碟片，一連幾日看了個昏天黑地。如今我仍然將《走向共和》最後一集的視頻珍藏在電腦收藏夾裡，疲憊的時候，寂寞的時候，就點開重溫，聽孫中山講那番驚天動地的大道理。音樂悠遠，低回，凝重。一組鏡頭由彩色變了黑白，成了背景，夢幻般時隱時現。孫中山身穿自己設計的「共和衣服」，站在那裡，對著他的隊伍，也對著歷史和民眾，開講：「我知道，你們很著急。張勛復辟了，國會又開不成了。我知道。我啊，我急的不是這個。這些日子我想了很多……」然後他就一次又一次地問：民國六年來，我們看到的是什麼？每次聽他這樣一次又一次地自問自答，我都啞口無言，滿目滿心都是荒涼。

問完了，答完了，電視劇也就結束了。歷史上真實的孫中山繼續奔走各地，一邊革命一邊著書立說，寫了《孫文學說》和《會議通則》。這兩本書的手稿影印本二〇〇二年我在台北牯嶺街一間舊書店買到了。各線裝一厚冊，各有暗花紋藍布面函套。無版權頁，無定價，無出版社名稱，顯見是內部印行的贈品。編者秦孝儀在後記中說，一九八八年春，在海外輾轉獲睹孫中山手書《孫文學說》與《會議通則》原稿，「墨跡燦然，手澤如新，為之狂喜者累日」，「爰以手稿影印若干冊，分貽諸同志」。落款為「中華民國七十七年七月衡山秦孝儀敬記於陽明書屋」。網上的資料顯示，此兩函影印手稿另由一紙盒合裝，盒上貼有白紙書名籤，印有「中國國民黨第十三次全國代表大會祕書處敬贈」字樣。國民黨的「十三大」是一九八八年七月召開的，可見此書專為黨代表影印，數量不大，來頭不小。得此書時我正和梁文道等人在台北開會，我問梁文道知不知道寫後記的秦孝儀是誰，他脫口而出：「是個老混蛋。」我一驚，沒再深究下去。

十三

選舉

那「美好的一仗」

——楊照

二〇〇二年，老友初安民離開《聯合文學》，創辦「印刻」，先有出版，接著才有《印刻文學生活誌》。「印刻出版」叢書排名第一號的，是我的長篇小說《吹薩克斯風的革命者》。

這本小說主體部分，從一九九八年開筆寫，三年後完成。本來的書名叫《我們的哀愁》，後來覺得這樣的書名拿來當初安民的創業出版作品，既不響亮又不吉利，所以改了。第一版的書封上，是一個人吹薩克斯風的剪影，模特兒竟然是支持初安民實現文學理想，「印刻」背後的金主老闆張書銘。

張書銘的剪影帶點瀟灑，容易讓人家錯覺《吹薩克斯風的革命者》是一個豪情熱血的故事。其實不是，小說的基調，還是「哀愁」。寫的是一個帶著政治上的挫敗記憶，愛情上被離棄的痛苦的中年男人，在美國的生活。而促使我寫下這本小說的，是我在一九九五年加入許信良陣營，投身總統大選民進黨黨內初選的經驗。

那是奇怪的一年，事情以遠超過一般認知與記錄的方式快速展開，快到來不及好好想想自己究竟在做什麼，所以只能等到事過境遷，而且只能用小說的方式予以整理。小說容許對所發生的事動手動腳，重排次序，增添細節，才有辦法將所有這些碎裂的、錯亂的現象組構出意義來。

台灣從來沒有過這種選舉，甚至連對於選舉的「想像秩序」都還不存在。會開放一九九六年的第一次民選，主要是因為當時的政治局勢很清楚，李登輝占盡了一切優勢，一定可以在選舉中勝出，換句話說，開放民選對李登輝沒有什麼敗選的風險，反而能給他新的權力基礎，藉由民選選票讓他再幹四年，而且還能擺脫國民黨舊勢力對他的牽制。

那是一場腳本寫好了一大半的選舉，結局已經知道，國民黨怎麼選已經知道，剩下還沒寫的部分，只有：誰來陪李登輝選？要用什麼方法選？我們手忙腳亂地，在別人留下來的這點有限空間裡，煞有介事地忙碌著。

許信良最早決定要陪李登輝選，最早決定寫一本宏觀歷史角度的書《新興民族》來作為選舉的基礎。透過許信良的外甥，我的好友蔡詩萍的介紹，我加入了《新興民族》的寫作團隊裡。接著就順理成章做了競選辦公室的一份子。

競選辦公室成立時，民進黨內甚至還弄不清楚要怎麼選出自己的候選人。這給了許信良足夠理由，重用像我這樣才三十歲出頭，過去沒有選舉經驗的人。反正是歷史頭一遭，以前的經驗也不見得用得上。

突然之間，我肩上承擔了全台灣文宣策略與執行的責任。突然之間，我以許信良辦公室專案主任的身分，周旋在各式各樣地方勢力代表之間，努力學習聽懂他們在講什麼，並且用他們聽得懂的語言提供一些意見。突然之間，我的身邊每天圍著記者，問一些與選舉有關或無關的問題，更多時候是一起喝咖啡喝酒交換牢騷。突然之間，我換了一種眼光關心所有的新聞訊息，不斷地自言自語想著：要不要回應？該如何回應？突然之間，過去熟識的廣告界、設計界、電影界的朋友，見面時區分出了不同角色——我是擁有預算資源的「業主」，他們是替我做文宣的潛在「廠商」……

第一階段初選，由黨代表和黨內的公職人員投票，經過細膩的組織運作，早早開始布局的許信良排名第一，要和排名第二的彭明敏進行第二階段的初選。二階段初選的形式，是密集到各個不同地方進行的連串政見發表會，兩人發表過政見後，到場的民眾，不管是不是民進黨員，都可以憑身分證領到一個特製的圓幣，願意支持誰，就將圓幣投入寫有那個人名字的木箱中……

那是馬不停蹄的全台奔波。那是每天晚上的密集動員，密集全台性及地區性的媒體操作。那是和「敵營」不斷角力、拉鋸、猜測、攻擊、防守的勞心勞力過程。對我們來說，那更是在劣勢中每天計算落後票數，盡力維持信心、鼓舞士氣的辛苦掙扎。直到最後一晚，在台北中山足球場，讓自己能夠保持優雅風度，更保持冷靜頭腦，接受原本就預知的失敗。

「這美好的一仗，我已打過」，沒辦法，腦袋裡能有的，還是這麼一句通俗的自我鼓勵。

「姐妹會」的拉票飯局

——馬家輝

如果在一九八〇年代曾在台灣替台大心理系的老師在街頭派發議會競選傳單不算的話，我這四十多年生命裡的唯一「助選」經驗是陪伴我母親吃喝拉票，我那可愛的媽媽，真是大姐大。

但當談到選舉，大姐大亦有必要放下身段，對選民擠出笑臉，祈求她們賜下神聖的一票；我媽媽，不是競選議員，更非競選特首，而是競選「麻雀會」的會長崗位，在香港，在英國殖民年代的香港，在我的少年、她的熟女年代（如今我已是中年，她則已是超熟女了）。

我媽媽的「麻雀會」有個很溫柔的名號，叫做「好姐妹」，成員人數最高峰時多達三、四十，少則亦有七、八位，一半是家庭主婦，一半是在舞廳上班的公關小姐或俗稱「媽媽生」的女大班，她們都住在我成長的灣仔區，都是我媽媽的好姐妹，故以此為組織名目，經常聚會或飲午茶或吃夜宵，但不管是午茶抑或夜宵，之前之後的娛樂活動必是搓麻雀，而會長的責任正是發號司令，安排每桌的牌搭子、決定麻雀的打法規則（她們懂的可多呢，有上海麻將、廣東麻將、潮州麻將，當然還有近年流行的被稱為「愛國牌」或「祖國牌」的內地打法）、選擇打牌的場地和時間……忙得很，簡直是一門「物流技藝」，若非心思細密的人，實難長久勝任。

做會長有何好處？坦白說，啥都沒有，唯一能夠勉強稱為「好處」的是享受到擔任頭領的權力感和「話語權」，你有權指揮今天誰跟誰打牌、明天去哪裡打牌，這對於某些家庭主婦來說，恐怕是非常有助提振精神的虛幻滿足；而我媽媽，正是這類家庭主婦。

我媽媽年輕時做過工廠妹，後來嫁人，做妻子和母親，不上班了，只偶爾接些零碎縫紉工作回家以補家計，但身邊一直有一群工廠妹死黨，她能言善道，性格爽朗，喜歡掏錢請客，故被姐妹淘們視為大姐大。除了工廠妹，圍繞在這位大姐大身邊另有一群風塵女子，因為我住的社區有不少舞廳，不知何故，朋友介紹朋友，慢慢便有了這個圈子的人婀娜現身，年少的我經常有機會偷瞄這些眉騷目媚的阿姨們，她們的曲線，她們的香水，她們的化妝，皆曾令我於一夜夢裡潮汐漲退好幾回。

我這四十多年生命裡的唯一「助選」經驗是陪伴我母親吃喝拉票，競選「麻雀會」的會長。她能言善道，性格爽朗，喜歡掏錢請客，一直被姐妹淘們視為大姐大。

「姐妹會」的名目由誰所取，我問過我媽媽，她說是她，但我懷疑，她從來不文藝腔，對文字冷感麻木，沒理由懂得替組織改名。我暗猜是她的一位好姐妹，長相很華麗，有點似鞏俐，喜歡看書，每回到我家打牌，總是在我的書架前瀏覽一兩分鐘，背著光，我窺視衣服透影下的她的身段，熟透的美態，令我當天再無心情閱讀。可惜她後來患了憂鬱症，某夜，在自家廁所，上吊自殺；她的十八歲女兒於兩年後亦患癌病逝；丈夫移民加拿大，三年前我和爸媽和他共聚，喝了點酒，趁著酒意，憶起往事，嚎啕大哭，我從沒見過六十多歲的老男人流眼淚，這是首回，亦希望是最後一回。

像「姐妹會」這樣的鬆散組織，本不需要搞啥選舉，因為根本沒有固定的成員名冊，誰來往得比較頻密，誰便算是會員。「選民」未定，如何投票？然而不知何故（或因受了一九七〇年代末出現於香港的選舉制度的刺激影響），某年某月，有一位頗具家底財富的阿姨忽然於吃蝦餃燒賣時輕輕說了一句，不如我們來個選舉，正正式式選出會長，大家交點會費，可以補貼一下姐妹們的聯誼活動。桌上有人隨口和議，那麼，選就選吧，我媽媽也就不好意思反對了。

這趟所謂選舉其實過程非常粗糙，姐妹們約定一天，去飲茶，浩浩蕩蕩二十多人，喊出候選人的名字，大家舉手示意支持與否，誰取得的手比較多，便算誰是會長。結果我媽媽拿了全票，所有人都投給她，連她也為自己舉手，頗搞笑。我當時不在現場，這都是聽我媽媽說的。我唯一付出的貢獻是，於選舉前的兩星期內，不斷陪我媽媽去跟不同的「選民」吃飯聊天，每回或兩三人或三、四人或五、六人，一共吃了六、七次，幸好我絲毫不覺累，因為許多阿姨都動人撩人；其中一位阿姨還偷偷向我伸出舌頭，舔了一下她自己的烈焰紅唇。

煙消雲散了，那群阿姨們。老的老了，去的去了，聞說「姐妹會」其後也沒有改選，就此一任，一任到底，唯一會長是我媽媽，永遠的會長，永遠的大姐大。她到今天仍然是大姐大，十年前搬了家，從港島搬到新界以北的偏遠社區，身邊又多了一群朋友，另一群姐妹，另有一個沒有「姐妹會」名目的姐妹會。

她活得比她的中年兒子生龍活虎。

冬天裡的那一場春夢

——胡洪俠

研究生宿舍樓突然變得熱鬧起來。法律系、財經系的人紛紛到新聞系的房間串門，找同學，認老鄉。樓道裡也經常有三三兩兩的男男女女在交頭接耳，嘁嘁喳喳。同宿舍的人對我說：「你也該出去轉轉，拉拉選票。你可是代表新聞系呢。」

這是一九九〇年十一月的北京。時值初冬，天已經很冷了，新一屆研究生委員會選舉在即。說起來也真莫名其妙：在一個我不在場的場合，不知誰出的壞主意，竟然把我推舉為代表新聞系參選研究生會的初選候選人。我素未受過選舉訓練，對各種選舉一向興趣不大。我小時候甚至認為，所謂「選舉」，就是老師給出人選，全班一起舉手。得知成了候選人後，我連忙堅辭不迭。「這是組織上對你的信任。」班長說，「這次選舉可不一般，如果你能選上委員，就有可能成為常委；成了常委，就有可能成為研究生會主席；萬一真的當上主席，你就走上仕途了，人生的道路由此改變。多好的機會啊，別人都搶不到，你還辭？」我哈哈大笑，說這麼好的事你小子怎麼不去。班長說：「你口才好啊，整天胡說八道，現在派上用場了。」這都什麼爛同學啊！

事已至此，只好出山。我被安排參加第二團的小組預選，需登台演講五分鐘。五分鐘能說什麼？不妨就「譁眾取寵」吧。我不說有機會參選是件很榮幸的事，也不說一旦當選如何不辜負大家的信任，我只說我們需要一個什麼樣的研究生會主席。記得我說的是：我們的研究生會主席綜合素質要高，知識、經歷、才能、氣質、容貌、口才等方面都要出色才行，不能窩窩囊囊；當我們的主席以顯赫身分出入重要場合時，我們不能因為他很猥瑣、很痴呆而閉上我們的眼睛。好傢伙，台下掌聲雷動。第二團代表十八人，我竟然得了十七票。

初戰大捷，我本俗人一個，定力不強，此時難免動起了小心思：難道我之人生道路果真要改變？萬一真當上主席那可如何是好？莫非真的天將降大任於斯人我？翻來覆去地想，連睡個安穩覺都難了。正式選舉那天，競選演說我不再一味譁眾取寵了，態度嚴肅了不少。是日與會代表一百人，我得了七十六票，排位第二。第一名也不過比我多兩票而已。再戰又告捷，舉手投足間，我幾乎有點飄飄然了。

就這樣，我成了研究生會委員，接下來是委員選常委。我開始主動和其他委員打招呼，可是，許多委員好像不太願意理我了，笑容都有些僵僵的。我不明就裡，自信滿滿，繼續春夢之旅：以我的得票率，弄個常委該是輕而易舉之事。不料，偏偏此時上演了一場驚天大逆轉：常委選舉結果，我的得票竟然倒數第一。我都反應不過來，頭大如斗，左顧右盼，茫然的眼神找不到停留的地方。

在北京讀研究生時，遊過一次長城。那時還興致勃勃參加過一次學校的選舉，如今想起來仍覺荒誕。

許多年後，同在深圳工作的法律系一位同學告訴我說，你的參選將原來的部署全打亂了，我們不得不加緊串聯，拉你下馬；運作了那麼多天，豈能讓你上山摘桃子。我說我得萬分真誠地感謝你們，不是你們替我懸崖勒馬，我可能就回不到讀書愛書藏書寫書的道路上了。

話雖然如此說，可當年哪裡會有這樣一笑置之的心態。我很憤怒，還連夜給校團委寫信，宣布放棄委員資格，退出研究生委員會，大聲疾呼「研究生會絕不應該成為某些人爭名奪利、謀求資本的園地」。信的結尾還提了幾條改進選舉的建議。現在想來，那真是多此一舉，傻得離譜。一場春夢就這樣醒了。我繼續研究義大利女記者法拉琪，繼續去北圖為論文搜集資料，繼續騎自行車逛琉璃廠買些便宜的特價書。大敗而歸的選舉很快就變成了同學間掛在嘴邊的笑料。再往後，連提都沒人提了，正應了蘇軾那句「人似秋鴻來有信，事如春夢了無痕」。

最近倒有兩次又想起此事，一次是翻自藏書信時翻出了當年給校團委所寫請辭信的底稿，另一次，是在報紙上讀到了母校一副教授發表的一個「研究結論」。「大學的團委和學生會，早已成為高校的藏汙納垢之地。」副教授說，每年換屆階段學生會競爭對手之間暗中互相傾軋，手段極其卑劣，「學生會幹部，官腔連篇，言不由衷，敗壞了大學生的形象」。呵呵，話說得雖直白，卻沒多少新意：得出這樣的結論還用得著研究？

十四 童年美食

「甜不辣」和搖滾樂團 ──楊照

台北開封街上，有一家老店「賽門甜不辣」，這家店的老資格舊資歷，就寫在它的招牌上。

短短五個字，「賽門甜不辣」卻說了好多。「甜不辣」不是中文，是日本裹粉油炸食物名稱的翻譯。日文原來的漢字寫成「天婦羅」，簡稱為「天」，在日本看到店名叫什麼什麼「天」或「天」什麼什麼的，九成九是以「天婦羅」為主力商品的。

台灣人發揮了高度套用誤用的本能，將人家「天婦羅」的發音轉譯過來，創造了「甜不辣」，可是台灣的「甜不辣」，雖然也是油炸的，並不是日本的「天婦羅」。

台灣「甜不辣」基本原型，是用絞碎的魚漿調味，做成片狀或條狀，放進油鍋裡小炸一下就完成了。然而，「賽門甜不辣」賣的是稍微複雜一點的東西，除了炸魚漿之外，還有魚丸、油豆腐一起放在蘿蔔湯裡煮，這種食物，也是從日本來的，不過在日本，當然不叫「甜不辣」或「天婦羅」，而是「關東煮」。

光是「甜不辣」已經很複雜了，「賽門甜不辣」的「賽門」兩字，也有來歷。「賽門」也不是中文，是英文「Simon」的翻譯。怎麼了？這家店的創始老闆原來是個外國人？還是老闆四十年前就預見了今天的職場風氣，幫自己取了一個時髦的英文名字？都不是，是四十年前，台灣還只有一家電視台的時代，有一部美國的電視影集，叫《七海遊俠》，播出後大受歡迎。《七海遊俠》影集的男主角，名字叫 Simon Templer 或 Simon Templar。我現在查不到確切的拼法，不過估量叫 Templar 的可能性應該高些。或許美國編劇就是故意取這樣的名字，影射在西洋教會歷史上鼎鼎有名的「聖殿武士」Templars。

「聖殿武士」到了台灣，卻因為讀音的關係，失去了神祕與緊張，添加了庶民喜感，變成了「甜不辣」，「賽門甜不辣」成了大家習慣稱呼《七海遊俠》男主角的方式，於是腦筋動得快的老闆，就借這個流行名字，在開封街賣起「甜不辣」了！

多年以前，我第一次到「賽門甜不辣」的老本店，是和一位要好的國中同學等電影開演時，他帶我繞過去的。那位同學小學念的就是和「賽門甜不辣」隔街相望的福星國小。坐在「賽門甜不辣」簡陋的位子上，同學開始回憶起念福星音樂班的往事。我很驚訝原來他從小學琴，更驚訝為什麼班上沒有人知道他學琴，更沒有人聽過他彈琴。他的答案很有意思：因為大家都覺得女生才彈鋼琴，如果被知道會彈琴，一定有人笑他娘娘腔。

我忍不住告訴他，一樣沒有任何同學知道的祕密——我才剛剛中止學了多年的小提琴課，正在自己練吉他。我還講起我喜歡的幾個吉他樂手，木吉他當然是唱「Vincent」的唐麥克林，搖滾電吉他有一個瘋狂的韓德瑞克斯，另外我最近逛功學社，找到一本神奇的吉他樂譜，怎麼練都練不起來，可是想像那音樂一定很驚人，那個樂手的姓很長，蒙特甘馬利，名字很短，威斯，看他的譜，我才知道原來吉他可以這樣彈……

我一邊講，同學低著嗓音，開始哼唱起當時最流行的搖滾樂團英文歌曲來。先是Chicago，再來是The Who，再來是ABBA，被他的歌聲逗起興趣了吧，我不自主地在手上裝模作樣彈起並不存在的吉他來。

同學突然說：「來組個團吧！」他扳著手指算，他自己是鍵盤手，我當吉他手，以前音樂班同學裡有一個敲定音鼓的，後來改打了一陣爵士鼓，可以找來當鼓手，那麼就只缺另一把吉他了，說不定還可以找個女生來代打主唱……

奇特的氣氛，讓我們都陷入一種做夢的情緒中，被無法解釋的快樂淹滿了，兩人輪流唱腦中不斷浮湧上來的各種歌曲，一邊沒頭緒的講些片片段段的話……

一直到他瞄了一下手錶，大叫：「電影開演了！」我們拔腿狂奔往電影院去，一邊跑一邊瘋狂大笑，弄得自己幾乎喘不過氣來。

到現在，三十年過去了，每次聽到那個年代的樂團歌曲，我都不自主地從記憶中聞到「賽門甜不辣」蘿蔔湯的香味，搖滾樂和甜不辣，奇異卻又再自然不過的感官組合。

初吻獻給了咖哩魚蛋

——馬家輝

先說點比較正常的童年美食吧。

成長和生活於香港，恐怕沒有什麼美食能比「咖哩魚蛋」更普遍普及於童年人的世界了，從我的童年，到我女兒的童年，甚至到我女兒的女兒或兒子的童年（咳，我是說，如果她有孩子的話，世情難料，儘管她目前咬牙切齒地對天發誓絕對不會戀愛不會結婚不會做母親），皆是如此，在街頭可以隨處買到的這些一粒粒的黃色小丸子，便是我們的最愛。

從我有記憶開始，彷彿地球上便有咖哩魚蛋，不知道有沒有人做過考據查證，到底是什麼樣的一種社會歷史因素導致如此。或許因為曾有不少潮州人在街頭淪落做熟食攤販吧，「潮州魚蛋」在香港，是聞名的，昔日這樣，現在亦是，你在香港街道上舉頭張望招牌，只要是售賣魚蛋粉的店舖，例必冠上「潮州」二字，而其店主或師傅可能根本連潮州在何省何地亦不知曉。

我小時候吃潮州魚蛋，理所當然地是在路邊攤檔買的，攤販把小小的車子推到學校或公園附近甚或街頭任何一個角落，把蓋子掀開，鐵皮鍋裡冒出陣陣熱氣，刺激的咖哩味道隨風飄起，孩子們遠遠嗅聞，猛力吸一下鼻子，便衝過來圍購，每串售價一或兩角，用尖尖的竹籤串起三粒魚蛋，熱騰騰，一口一粒，但絕對捨不得立即咬噬，而是先用舌頭承托著那粒珍貴的小丸子，讓咖哩汁液鋪滴到舌面，把味蕾包圍，麻辣得像曖昧的挑逗；然後，轉動舌頭，輕輕地把魚蛋在口腔裡揉搓，讓帶有彈性的小丸子碰撞腔壁，像對著牆壁打乒乓球，有點控制狂的滿足感。待把魚蛋蹂躪得差不多了，才是最後一步，用牙齒發狂地啃咬，把它咬成碎片，再一片片地吞進肚裡。如果這樣的過程跟「濕吻」有所類近，好吧，我的初吻獻給了咖哩魚蛋。

用這種方法享受咖哩魚蛋，每回需時十五分鐘才吃完一串魚蛋，徹底值回蛋價，不吃半點虧。

一九九〇年代以後的香港已不多見流動熟食攤販，但咖哩魚蛋仍然芳蹤處處，像「老情人」一般，只要走到鬧市街頭，環顧四周，必可嗅聞到她從小吃店所飄出來的香氣，她在喚我喊我，在喚喊每一個香港人；那些店舖，真的小，往往小到只容店主一人站立，他或她把鐵皮鍋架起來，便賣咖哩魚蛋，或許不妨這麼說，在香港，只要仍有一個足以架起鐵皮鍋的空間，便會仍然有人販賣咖哩魚蛋，也當然便會仍然有人買她吃她鍾情於她。

好吧，說完正常的，應該輪到不正常了。

在童年，或應說是在少年時代吧，大概只有十四、五歲，我嚐過的叫我終身難忘的食物是一種超乎我年齡所能理解的東西，長長的，粗粗的，大大的，厚厚的。猜到了吧？猜對了，不是狗鞭，不是虎鞭，不是羊鞭，而是，牛鞭。記不記得我在關於孫中山的那篇文章裡提及我的外公？我說過，我那外曾祖父據說去世於五十五歲，留下的財產被我外公很快地花得七七八八。家道敗破後，我外公去「行船」，即上船工作，做水手，跑碼頭，每年回家生孩子，共得四子二女，另有兩女夭折。我外公很牛逼，老了，沒錢了，仍然很懂得享受生活，偶爾在家燉牛鞭、焗禾蟲、燜狗肉、喝白酒、抽大碌竹，並對外孫如我回憶昔時的醒夢人生，談女人，談車，談賭，我記得他說過，行船到了印度，泡了個印度女人，皮膚溜滑如絲如奶……

沒錯，他在家裡燉的牛鞭，我有份品嚐，但當時並不知道那是什麼東東，只清楚記得，外公在廚房裡忙乎半天，如珍似寶地捧著一個瓦鍋子到客廳，臉上展露詭詐的笑容，有點神祕。我半蹲在小椅子上寫作業，瞄一眼鍋裡的東西，見是一根又黑又粗的長條狀物體，乃問，是什麼？香蕉？怎麼會是黑色？

外公沒回答，執起筷子，用力裁出了一小塊，夾到我眼前。我猶豫了兩秒，就只兩秒，為了表示我是個有膽量挑戰任何事物的年輕人，二話不說，接過筷子，把那肉塊吞了。之後外公才告訴我，那是牛鞭，是寶物啊，你以後會變得很強。

我沒答腔，低頭繼續寫作業，我是好學生。成長後，我真的變得很強，儘管不一定跟吃過一口牛鞭有關，但我仍然非常非常感激我的外公。

我的童年沒有美食

——胡洪俠

終於說到童年了。其實，童年時的童年，和如今記憶中的童年，雖然是同一段歲月，面貌卻已經大為不同。它們甚至相互間變得非常陌生，有一股死不相認的勁頭。這樣的童年該怎麼說？

譬如所謂「童年美食」。席間偶爾把酒話當年，各自描述童年的食品。我說我童年時吃得最多的是紅薯，至今深惡痛絕。旁邊的年輕人就驚呼：健康食品啊。環保食品啊。綠色食品啊。抗癌食品啊。烤地瓜，烤白薯，嘖嘖，都是美食啊。我聽了感到彆扭與無奈，腦中一陣地老天荒，不知如何作答。就彷彿你寫了一篇檢討書，讀的人卻高調置評，說是雄文是妙文，是美文。

所以童年的有些事難與人說，非親身經歷者不會懂。何謂美食？色香味俱美的是美食，不管吃什麼心裡覺得美滋滋的算不算美食？是不是有「普世」的美食，也有「各美其美」的美食？永恆的美食之外，又有「此一時彼一時」的美食吧：昔日的垃圾食品，忽而有可能晉身為美食，而曾經光鮮一時人見人愛的美食，也極可能墮入爭相棄之的境地。如果美食的解釋可以如此多元，那麼，好吧，紅薯，算你是美食。

不過且慢，我還是堅持我的立場：我的童年沒有美食。不僅沒有美食，連美食的概念也沒有，連美食這個詞都不會說，也從未聽別人說起過。我們用得最多的詞是「吃飯」，圍坐飯桌前的唯一目標是「吃飽」。鄉親見面從不說「你好」。你我都一樣，能好到哪裡去？所以只問最關鍵的話：「吃了嗎？」至於吃沒吃飽，則不屬問候範疇。此事涉及理想與現實諸多問題，見面打招呼隨隨便便問一句，太輕飄了。村裡人在這方面比較含蓄。當然，也確實沒什麼可說的。

好吧，就說說紅薯。也叫地瓜，這都知道。多年來想起紅薯我就猶豫或抑鬱，不知是該感謝它，還是該痛恨它。當年如果沒有紅薯，我們一家人，我們村裡所有的人，包括三里五鄉所有的人，極有可能都活不到今天。很多年間，紅薯是我們的主食，一日不可無此君。尋常日子，逢開飯時，滿滿一大堆紅薯就上了桌。熱氣騰騰的紅薯旁邊，會擺幾個玉米麵和紅薯麵和紅高粱麵「三合一」混蒸的窩窩頭或餅子。偶爾也有純玉米麵餅子，但極少見，一般秋天嚐鮮時才奢侈幾頓。紅薯邊上的餅子像報紙版面上文字周圍用以裝飾的花邊，又像是書後的跋。它不是主體。它是用來欣賞或點綴的。

家裡人都自覺遵守吃飯程序：先吃紅薯，把胃填滿；再吃塊餅子，給肚子裡的紅薯蓋個「帽」，就像給主食環節做了個鑑定；再喝碗稀飯湯，俗稱「灌縫兒」，一頓飯就此結束。可以不遵守這一程序的，是父親和母親。父親是一家之主，終日為全家辛勞，可以少吃或不吃紅薯；母親操持家務，以辛苦自己為己任，所以常常只吃紅薯。至於我，是最想破壞這一規矩的人。我不想吃紅薯。我願意直接吃餅子，我願意讀花邊而不讀新聞，我願意把餅子當作書的序而不是跋。可是，幾雙眼睛盯著你呢。大哥看過來，默不作聲，但不意味著默許。二哥挺身而出，一筷子敲過來：「紅薯！」很多很多這樣的場景，積存心中也很多年了，每次想起來，胃酸馬上增多。

我的童年歲月其實也可以稱之為「紅薯歲月」。紅薯是我們的生活中心，一年四季許多的勞作都圍繞著它展開。春天就開始種了：挖一坑，澆點水，插根秧，培一小土丘；彎腰直腰，站起蹲下，循環往復，頭暈眼花，以至無窮。夏天要除草，要澆水。好不容易等到秋天，一壟一壟刨起，一棵一棵摘淨，一車一車運回；該放地窖的放地窖，該切薯乾的切薯乾。曬紅薯乾堪稱「紅薯產業鏈」中最煩人的事：將一塊塊紅薯「嚓嚓嚓」擦成片，一筐筐提上房頂，再一片一片地擺開去；見縫插針，無處不擺，只覺天地太寬，而房頂太小，似乎永遠沒有擺完的時候。初冬時節，木葉盡脫，村內外灰灰黃黃，無一點綠色。此時，家家房頂上，是刺目的白，猶如冬雪初降。那是我們的紅薯乾。那是我們今年冬天來年春天乃至夏天的口糧。寸草不生的房頂，頑強生長著的，是老老少少曬紅薯乾的人。

不用說，我的少年也是「紅薯歲月」。終於，青年了，「紅歲月」結束了，可以不吃紅薯外加紅高粱了。我隨即發一宏願：今生今世，再也不吃紅薯，管它是街頭美味還是「抗癌一號」。飯桌上我反覆解釋：「這不是美食問題，不是營養問題。是立場問題。」朋友說，吃一塊紅薯沒準讓你重溫童年歲月，也不錯啊。我說，我不願意順著酸水翻湧的腸胃回憶童年。那樣的童年，重溫不重溫有什麼要緊。

十五　新年

得到了新綽號的那個新年

——楊照

高中畢業那年暑假上成功嶺接受軍事訓練，晚上睡前通常有一段可以稍喘口氣的時間，全連集中在教室，一邊擦槍準備送回槍架，一邊等輔導長發放信件。

一晚，輔導長唸到我的名字，我去取信時，他突然握住信件不放，問我：「D.T.是什麼意思？」我愣了一下，才會過意來。家人來信，二姐和三姐的信開頭一律都稱呼我為「D.T.：」，連輔導長管理全連思想，檢查信件也在他的權責範圍內，顯然他是藉此一問讓我知道、提醒我，他已經先拆信看過的事實。

姐姐寫來的，又不是情人，也不是匪諜，沒什麼好擔心的，然而輔導長那一問，卻還是讓我為之支吾，勉強敷衍回答：「從小就有的綽號，不記得怎麼來的了。」輔導長也沒追究，只是帶點不以為然地補了一句：「你們家都用英文取綽號喔！」

其實，我當然記得那兩個英文字母代表什麼，記得那綽號怎麼來的，正因為記得，所以不好意思說。看來很炫的英文D. T.，代表的卻是再幼稚不過的中文綽號——死東西，對了，就是「Dead Thing」的縮寫。

那是我和兩個姐姐感情最好、互動最密切時，留下的紀念。從一個新年的共謀建立起來的。應該是我小學五年級時吧，三姐國中一年級，二姐國三。入冬之後，家裡的服裝店推出了一款新的毛衣洋裝，大受歡迎，每天上門來訂做的客人絡繹不絕。爸媽每天從早忙到晚，都不見得能應付得來那麼多訂單，於是大姐一放學就被「徵調」去幫忙，跟著沒日沒夜。二姐因為只剩一個學期要考高中聯考了，三姐和我則是因為太小還沒有操作機器的能力，沒有參與那波忙碌。

爸爸幫我們四個孩子和媽媽拍的合影。應該就是新年出遊的前後，我得到了一個新綽號。

這意味著：我們三人過著「放牛吃草」，沒有人盯沒有人管的日子。住家和店面隔著街，非到三更半夜，爸媽連過街上樓看我們在幹嘛的時間都沒有。還有更好的，生意興隆收入多，爸媽對於金錢的防心也跟著下降了許多，隨便找個名目去要錢，很少會碰壁的。還有更好的，就算跟爸媽要不到錢，也可以改向大姐要，爸媽按日給她在店裡幫忙的獎勵金，她根本沒時間去花，她又心軟，完全禁不起弟妹哀求。

還有更好的。住家巷底，靠近晴光市場出口的地方，蓋了一座新式的商場。由當時最火紅的建設公司——台北建設——規劃興建。商場蓋好了，地下室開了一家新式的超級市場。我們不是沒看過、沒去過超級市場，但一來超級市場遠在一公里半以外的「欣欣大眾百貨公司」裡；二來「欣欣大眾」的超市不像這家新開的有那麼多進口舶來品；三來，更重要的，以前逛超級市場就單純只是閒晃看看，沒有能力、甚至沒有想過要買東西。

我們三人決定要給自己一個特別的新年，陽曆年，正因為爸媽不在意陽曆年，只過陰曆年，陽曆年他們會照常開店，正常作息。掏出存下來、要來的零用錢，我們連著好幾天泡在新開的超級市場裡。買的，都是過去不容易看到、不容易吃到的東西。最稀奇的，是咖啡和專門煮咖啡的水壺。我們那時候並不知道買到的，其實只是即溶咖啡，不是研磨咖啡豆，那水壺也不是正統的滴漏式咖啡機，是在鐵壺中加一根鐵吸管，水滾時吸上來，淋在一個小小可以裝咖啡粉的過濾小盒上，如此就能快速沖好一整壺的咖啡。

那像儀式般煮咖啡的過程，逐漸瀰漫滿一屋子的咖啡香，讓我們感受到未曾有過的異國幸福感。搭配這種幸福的，是放入咖啡去除苦味的罐裝煉乳，是圓粒而非片裝的口香糖，是牛肉乾，還有，以前也沒遇過的「堅果巧克力」，濃濃滑滑放在手上立刻融化的巧克力，包著花生、核桃、杏仁果和葵花子。

十二月三十一日，爸媽和大姐累倒在三樓睡著了，我們三個聚在四樓的書房裡，煮起咖啡，擺開點心，準備我們自己的「守歲」儀式（那時候連「跨年」這種字眼都還不存在呢），突然二姐叫了一聲，原來她打開「堅果巧克力」，發現袋裡的東西只剩下不到一半。她們兩人不約而同轉頭看我，我無從抵賴自己忍不住偷吃、一吃不可收拾的事實，只好心虛地咧嘴笑笑，兩人的拳頭狠狠打上來，不曉得是二姐還三姐先罵的：

「你這個死東西！」

最溫柔的稿子

——馬家輝

曾有一段日子，我父親替報社撰寫「怪論」，每天寫寫寫，用詼諧的語言，談天下的大事，八方風雨，四海江湖，盡付笑談中。

寫怪論，我父親的師傅是高雄先生，在香港大名鼎鼎，筆耕不輟，每天替七、八份報紙撰寫小方塊。據說能夠一邊打麻將一邊寫稿，左手摸牌，右手執筆，寫出來的文字卻絕無灌水，乖乖不得了。

不妨探究下文人與麻將之間的隱祕關係，像梁啟超酷愛打牌，留下名言：「唯有麻將可以讓我忘記讀書，也唯有讀書可以讓我忘記打牌！」像胡適年輕時也酷愛打牌，還在青樓叫角，其後戒了，直到晚年在美國才陪太太每天打幾圈，他留下的名句是：「麻將牌裡有鬼！」意指打牌時，常有奇妙莫測的詭異經驗。

高雄先生寫怪論，用筆名「三蘇」，曾有一段日子，許許多多香港人每天必讀「三蘇怪論」，看他如何以廣東粵語入文，冷嘲熱諷世態人情。曾有一段日子，高雄先生患病臥床，沒法準時交稿，「三蘇怪論」常有開天窗之虞，於是，作為副刊編輯的我的父親，跟師傅商量後，幕後代筆，務令專欄繼續現身，避免讀者流失。就這樣，我的父親成為「山寨三蘇」，稿照寫，稿費卻仍支付給高雄先生，以示對師傅的尊敬與尊重。這樣的寫作歷史跟「新年」有何相關？

別急，聽我娓娓道來。

話說，曾有一段日子，高雄先生停寫怪論，我父親繼承「師」業，決定另起爐灶，開設一個叫做「三叔怪論」的報紙專欄。繼續把人間世態放在筆尖之下，壓扁，扭弄，戲仿，嘲譏，努力令讀者在啼笑皆非的詼

父親其實是個嚴肅的人，但不知何故，下筆時卻能談笑生風，寫出一則又一則言之有物、意在言外的逗趣段子。

諧笑意裡領悟人生的荒謬與荒唐。我父親其實是個嚴肅的人，但不知何故，下筆時卻能談笑生風，寫出一則又一則言之有物、意在言外的逗趣段子，這或正是寫作的奇妙，也是寫作的美好。作家與筆之間彷彿有著一種神祕的互動感應，作家驅動筆，但筆也能倒過來感染作家；作家透過筆寫出他的意見與經驗，但筆也能倒過來勾引作家，令他情不自禁地或隱或現地洩露心底的祕密與私密。我父親，一樣，在紙上，我看見了另一個父親。

但父親仍然是父親，於我仍然有著無上權威。於是，曾有一段日子，他因為健康的緣故而沒法準時交出「三叔」怪論，乃打我的主意，眼見我平常喜歡閱讀喜歡寫作，定能替他分憂，遂下令由我代筆，以「三叔」之名冒名頂上，替他撰寫怪論。就這樣，我父親做了「山寨三蘇」，我則做了「山寨三叔」，兩代之間在筆端之間產生了微妙的相遇碰撞。

好了，讓我說說關於「新年」的故事：我記得第一篇替父親代筆的「三叔怪論」就是刊登於一月一日，標題叫做「合皮扭耳」，這是廣東音譯，「合皮」是Happy，「扭耳」是New Year，直接祝賀廣大讀者新年快樂。

太久遠的事情了，文章內容我已忘得八八九九，大概是說，新年到了，在新年來臨的日子，應該把過去忘掉，快快樂樂地迎接未來，把未來歲月掌握在手裡，而快樂的關鍵在於，把眼「皮」「合」上，把「耳」朵「扭」轉，亦即不聞不問，把混沌的世界抵擋在外，讓心靈和耳根同時清淨，唯有如此，方得自在。世界太亂，若不如此，恐怕會把自己弄得心情煩躁，欲求安靜，難矣哉。

我的「三叔怪論」寫得好看嗎？我不認為。那或是我寫過的最糟糕、最難讀的文章類型，自己寫得不過癮，相信讀者也不會讀得開心。然而，我的心是溫暖的。在我父親最需要幫忙的中年歲月，我曾經替他承擔了微細的辛勞，他是「三叔」，我也是「三叔」，兩個三叔、兩代三叔在紙和筆之間建立了信任和依靠。

這批「怪論」文字，其實是四十八歲的我所寫過的最溫柔的稿子。

我要離開，我要去遠方

——胡洪俠

過慣了春節的人，對元旦其實沒什麼特別的感覺，尤其在農村，尤其在我小時候。大喇叭裡廣播元旦社論時，我們會知道「陽曆年」來了，但也僅此而已，並不歡天喜地，也不回顧與展望。如果非要挑出一個印象深刻的元旦回憶一番，那就要從一九八八年說起了。

一九八八年實在是一個值得回味的年份。在我生活的那座小城，在我認識的朋友圈子裡，大家突然都有一種要逃離既有生活的衝動，都想著去遠方看看。遠方在哪裡，遠方的生活又是什麼樣子，心裡倒未必很清楚，就是一心想著出去闖一闖。那年正流行齊秦的〈外面的世界〉，那幾句散發著淡淡惆悵滋味的歌詞，一下子擊中了我們，至今不忘：

> 在很久很久以前，你擁有我，我擁有你。
> 在很久很久以前，你離開我，去遠空翱翔。
> 外面的世界很精彩，外面的世界很無奈……

我先是哼著這首歌去了海南。求職失敗歸來，已是深秋了。在一個有月亮的晚上，我突然想起，世上原來還有考研究生這回事，不妨也去闖闖。距一九八九年的考研時間只剩四個多月，應該還來得及吧。於是暢想，於是失眠，於是下決心。當晚寫好辭職書，偷偷塞進主任辦公室的門縫裡。我不太敢當面辭職，覺得對不起一直關心我的主任老大哥。他允許我以休病假的名義去海南碰碰運氣，已經是「法外施恩」了。當初他說你去看看吧，求職不成就回來安心工作。他說：「你這個年紀也還是闖蕩的年齡，到了我這歲數想闖也闖不動了。」如果再給他提辭職的事，難免不好意思。

第二天一上班，主任叫我去他辦公室。我咳嗽一聲，給自己壯壯膽子，準備去挨訓。老大哥拍了拍桌面上我的辭職書，慢悠悠地說：「考研究生?考什麼專業啊？」

「考新聞專業。不考數學。所以我想試試。」

「你沒有本科學歷啊。」

「所以得麻煩組織給我開一封證明信，證明我通過自學達到了同等學力。」

「辭職是大事。萬一考不上呢？」

「那就接著復習，接著考。」

「你就這麼不喜歡現在的工作？」

「再這樣下去我這一輩子就完了。」

老大哥沉吟良久，最後說：「你還是休病假吧。先考完再說。」我當時眼淚差點掉下來，出辦公室門時連謝謝也忘了說。

我在城外的一所師專找了間學生宿舍，帶著被褥帶著飯盆帶著復習教材住了進去。冬天來了，處處荒涼。學生宿舍的暖氣常常是奄奄一息，白天也要身裹一件軍綠大衣，大聲朗讀出來的英語單詞因此在寂寞寒冷的房間裡變得顫顫巍巍，語調升降全沒個準頭。學校在郊外，走幾步即到農田。憋悶時，可以出去走走，看看陽光，看看無人也無趣的鄉野。某日在枯草中見到幾隻蒼蠅，竟也隨口吟出了勵志的句子：「陽光之下，蒼蠅的翅膀也是金色的。」我正在尋找的，不正是一對「金色的翅膀」？也常常把自己像釘子一樣釘在鄉間路旁，長時間仰頭望天。天很藍，很高，很深，莊嚴而寧靜。看得久了，會暈，有飛升的感覺。我想像著天上住著各路神靈，我一一呼出他們的名字：釋迦牟尼，基督耶穌，老子孔子莊子……請你們保佑，我一定要考上。

研究生一考而中，我終於可以離開衡水了。這是臨行前我和研究室同事的合影。照片上的人如今升官的升官，退休的退休。前排正中是主任劉家科，他現在已是有成就的書法家和散文家。後排左二是我的師範同學，姓齊，多年前死於車禍。

那是一段苦日子，卻是有夢想的日子，是有追求的日子，是看得見朝陽和落日的日子，是和藍天與星星在一起的日子。回憶中那段日子如今依然閃亮。

師專的老師中，有三位也要考研。很快又知道，衡水中學的兩位老師也在備考。加上我，這就湊成了一個六人的考研隊伍。幾個人會經常聚一聚，互相打氣，共同想像著考研成功後的盛況。我們像幾個晝夜急行軍的人，雖目標城市不同，但個個腳步匆匆，志向遠大，疑似都有絕技在身，只待考場一開，便可殺入陣中，攻城略地，彷彿奪高分如探囊取物一般。

就這樣昏天黑地地朝著考場奔跑，腦子裡年月的概念早淡了，只記得距考試還有多少天。某日六人聚在衡水中學一起亂猜政治考題，一人問：「今天你們學校怎麼這麼安靜？」另一人答：「今天是元旦啊。」元旦？我突然不明白元旦是怎麼回事了，於是問：「元旦是一月幾號？」大家一愣，面面相覷。平日最少說話的兄弟小聲說：「元旦不是一月一號嗎？」「不可能，」我大聲說，「元旦怎麼可能是一號？」見我如此堅持，那幾位也表情惶惑，最後有人提議：去問問傳達室的老大爺吧。我們前呼後擁跑去問了，老大爺邊捅火爐邊搖頭：「你們是酒喝多了，還是腦子出問題了？」

呵呵，那個新年，我們每個人滿腦子裝的還真都是問題。過數月，成績單公布，六個人中考走了五個。

當然，剩下的不是我。

十六 小學同學

小小的生活奇蹟

——楊照

我們這樣的人，從少年時代就開始大量讀書看電影，早早就掛上愈變愈厚的眼鏡，會先從眼睛開始出現明確的老化現象，毋寧是必然的。

從前年底到去年初，我一直為突然又開始增加的近視度數困擾。照理說應該出現的老花眼症狀沒有出現，遠方東西沒有變清楚的跡象，反而是近在眼前的東西愈來愈模糊。看了幾個眼科醫生，忍受點散瞳劑的不舒服，做了幾回眼底鏡檢查，終於宣判了——輕度青光眼，必須開始每天點降眼壓的藥水，而且當然得去重配眼鏡。

新的眼鏡比原來已經戴了快十年的舊眼鏡，增加了一百多度。我平常還是留著舊眼鏡在鼻梁上，但要開車時，就一定換新眼鏡，以策安全。

那應該是去年初春的一天，換了眼鏡後第一次開車上高速公路，在黃昏燦爛的陽光下，從宜蘭要回台北。出發時，其實人已經有點累了，猶豫著要不要先在路邊停下來，睡個幾分鐘再說，自己衡量一下，決定還是就走吧，早點到台北可以多點時間悠哉地和妻女吃頓晚餐。

稍稍疲倦的狀態下開車，除了嚼口香糖、聽比較複雜的古典音樂之外，還要往腦袋中裝些比較容易專注的東西。絕對不能想工作，那只會弄得更睏。最常想的，是手頭上正在寫的小說，往下要發生什麼事，這個角色要對那個角色說什麼，或不說什麼。

偏偏那天手上寫的小說，早想好後面很長一段情節了，就差沒有時間可以把想法轉成文字。那怎麼辦呢？突然之間，一個念頭不請自來：究竟老化到什麼程度呢，自己？過去曾經有的記憶，會不會開始在老化中的腦袋裡無聲無息地消逝著呢？

對於最久遠的生命經驗，還記得多少？例如說，小學時發生的事？

車子正進入雪山隧道，台灣公路上最長的一條隧道，十二公里又九百公尺，還沒換眼鏡之前，隧道中央頂端一長排沒有盡頭的日光燈管散放出的是昏晦的白光，然而很奇妙地，換了新眼鏡，那光線變亮了，甚至變成帶有一點透明的性質，不只光的亮度，連光的質地都改變了。

然後，在那樣輕盈的光亮中，我看到了一個小學同學林聰明，六年級從南部轉來，只跟我同班一年的，但他的面目，他的笑容，他素樸帶有濃重口音的國語，都如此清楚明確。我們幾個人站在學校圍牆外的人行道上，每個人手拿著一隻竹掃把，那是我們負責打掃的公共區域，不過我們當然沒有在掃地，我們繞著林聰明，央求他再做一次後空翻。他臉都紅了，靦腆地說：「剛剛已經做兩次了啊……」我們還看不夠，那麼漂亮精彩的動作，不像是現實裡會出現的呢。熬不過我們持續起鬨，他稍稍將兩臂攤了攤，又是在我們來不及細看的情況，就朝後翻了過去。我們忍不住高舉起竹掃把高聲歡呼，就在這時，隔壁班導師，也是學校的衛生組長走了過來……

我們幾個人被衛生組長帶回班上，衛生組長氣呼呼地對我們班導說：「沒有在掃地也就算了，還拿著竹掃把在打架，難怪學校的竹掃把那麼容易壞！」這實在是太冤枉的罪名了，我們忍不住抗辯：「我們沒有在打架，真的沒有……」衛生組長堅持：「我明明看到還敢說沒有，你們集體說謊啊！」

可是沒有就是沒有啊，要打手心要罰站都無所謂，但就不能用這種方式冤枉我們哪！我們要解釋，衛生組長卻氣得臉色發白，大吼：「誰再頂嘴就送到訓導處去！」我們，包括班導，被他的大吼鎮住了，瞬時四下靜寂，大家原本比手畫腳的動作也凍結了。就在這樣的異樣時空中，林聰明突然兩臂稍稍一攤，身形一彎，就做了個乾淨利落的後空翻。

衛生組長嚇了一大跳，驚呼：「你在幹嘛！」林聰明小小聲說：「剛剛我就在做這個，因為我做這個，所以他們就舉起掃把在叫。」衛生組長和班導眼睛瞪得又大又圓，停了一秒，衛生組長問：「你到底做了什麼？」「就是這個啊。」林聰明兩臂一攤，又來了一個後空翻。

班導先笑了，接著衛生組長也笑了，然後我們一起都笑了。面對著擋風玻璃前變得如此明亮的一條隧道，我彷彿聽到那幾十年前的笑聲，穿過隧道而來，重新感受到遺忘了幾十年，當時的一種奇特的滿足之感。

活在手機裡

——馬家輝

話說一九九七年，香港回歸那一年，一月中旬，我從台北回流香港，甫下機場，左邊是三十多歲的妻子，右邊是四歲不足的女兒，還有三大箱行李，還有五大箱書本，那時候的機場，並非如今的赤鱲角新機場，而是九龍塘的舊機場，當飛機降落，望向窗外，城市樓房密布如模型玩具，燈火閃耀如阿里巴巴四十大盜的山洞寶藏，我女兒看得出神，目瞪口呆。

她定睛望著香港夜景，我定睛望著她眼裡的香港夜景，她被迷倒了，我也被迷倒了。

舊香港的舊機場，曾被航空人員評選為「全世界最具挑戰性的機場」，因為樓房高而密，飛機從樓頂穿越，必須瞄準窄窄的跑道始能降落，不管是從飛機外或機艙內望去，皆易產生錯覺，誤認機肚或機翼快將碰撞到房子之上，往往忍不住發出恐慌的叫聲。一九九七年七月一日之後，回歸了，舊機場棄用了，新機場開幕了，在離島大嶼山，空曠遼闊，跟昔時景況萬般有異；新機場如大河之水深不可測，舊機場則如瀑布衝擊飛流直下三千丈，對於視覺聽覺都是挑戰。

喔，糟糕了，又跑題了。這篇文章打算說的並非機場而是老友，一位小學同學，從小學二年級起認識，整整四十年了，一直仍有聯絡來往，而在一九九七那年，他亦在場，跟其他三位老友，他們一起站在機場入境大堂內等我候我；而他們，都沒讀大學，都於中學畢業後便下海從商，也都，發達了，比我這個剛取得博士學位的窮書生風光多了。

那一年，在美國畢業後，先回台北，再回香港，在高信疆先生之號召下，出任《明報》副總編輯。我絕不會是香港報界有史以來最年輕的副總編輯，但極有可能是香港報界有史以來資歷最淺的副總編輯，生平沒在報社上過半天班，卻忽然空降，成為高階主管，手下有九位記者和六位編輯，威風凜凜，頗為飄飄然。坦白講，對於編報辦報，我純屬紙上談兵，結果把副刊部門搞得天翻地覆、人仰馬翻，自己亦遭辦公室政治鬥得狼狽不堪，唯一值得慶幸的是創出了一個叫做「世紀副刊」的東西，以人文關懷為經，以社會思潮為緯，以文學為品位，以藝術為風格，十五年了，仍然對香港文化界產生著一定的影響力。如果問我於過去十五年在事業上做出了什麼，我不會談電視電台，不會論文字文章，更不會提及演講或教學或研究，而會說，是「世紀副刊」，它凝固了我的努力。

然而事情總是說來容易做時難，十五年來，有好多回了，為了編務工作上的委屈和挫敗，我找了這位不喜喝酒的小學同學到酒吧聊天發牢騷，他賺大錢了，卻仍不喜喝酒，他是室內設計師，有自己的公司，所以他能夠自豪地說，喝酒的事兒我都交由下屬去辦，我只需專心造好設計創意便夠了。這位老友，身材高而不大，一米八五，卻很瘦，極瘦，瘦得像皮包骨，小學時住我家附近，故常有來往，一起玩樂，親如兄弟；在成長過程裡的他簡直是我的「對立面」，我滿口粗言穢語，嫖賭酒抽什麼都來，他卻文雅淡靜，只喜畫畫和音樂，除此以外全無喜好，或許，僅是喜歡沉默地聽我發嘮嘮叨叨，在他面前罵盡人間仇敵。偶爾，當我嘮叨得累了，稍作休息，他會緩慢地安慰我道，家輝，別理他們，只要盡了自己的本分，對得起自己，晚上回家睡得著覺，便很好。

說來我即使對得起自己亦對不起這位四十年老友，我只有在失意落寞時才會想起他，才會打電話找他做我的最佳聽眾，當我開心當我得意當我高昂，我的腦海從未浮現過他的名字或臉容。他變成我的止痛藥和萬金油，用過了，便忘了，我是個對女子和男子同樣負心的中年男人。

有一陣子沒見過這位老友了，但並非因為我不再失意落寞，而是因為他比我更失意落寞，他染了怪病，好像叫做什麼「肌肉萎縮症」，連帶併發肺炎，三年以來不斷進出醫院，還有好幾回進了加護病房。我看望過他兩回，病床上，他仍是那麼沉默，更沉默，只是靜靜地看著我，微笑。我沒法忍受如斯沉默，難過，遂沒再去。

前兩天，忽然接到他傳來的手機短信：「過去幾年我都在醫院度過農曆新年，希望今年不會。下回見你，記得替我在書上簽名，我外甥女是你的粉絲，你送書給她吧。」

我們從此開始了手機對話。他不再沉默，在短信往來中，倒過來，我經常變成了他的聽眾。生命逆轉，友誼久存，他「活」在我的手機裡。手機真是一個奇妙的東西。

塵封在心底的那些名字

——胡洪俠

小學我是在我們村子裡讀的，班上的同學也都是本村的孩子。此刻想起他們，忽覺十分驚心：許許多多的同班學友，竟然有二、三十年沒再相互見過面了。若小學算是人生道路的第一步，那小學同學正是我的第一批旅伴。時光流轉，歧路紛紛，走著走著大家就走散了，多少當年的小夥伴，終其一生也難有再相聚的機會。這樣的聚散離合雖是這個變革時代的常態，卻是傳統鄉村社會的異數。僅僅上溯幾代人，大家還會在一個村裡共同生活一輩子，離鄉背井的事偶爾也有，終究少之又少。昔日的遊子，出行的最終方向畢竟還是回家，哪裡像我們這一代，早早就走上了一條逃離的路：愈走離故鄉愈遠；愈走，身邊的幼時玩伴愈少；愈走愈覺得，故鄉真的就成了故去的家鄉，生前死後，心與魂其實都回不去了。

我試著一一回想起小學同學的名字。一開始，我沒有信心，懷疑自己可能早把他們忘了。鍵盤上敲出第一個名字後，奇蹟出現了：一個接著一個，他們的名字爭相浮現。彷彿在心底深處，早豎著一塊路碑。碑上深深淺淺刻著他們的姓和名，有「大名」有「小名」還有外號。一旦你叫出其中的一個，那碑立刻就甦醒了，時間的煙塵轟然抖落開來，斑駁的字跡漸漸清晰。很快我就寫出了二十幾個。每寫一個，他們的長相和腔調，他們的特長或劣跡，他們的健全或殘疾，剎那間都變得鮮活，如在眼前耳畔。

望著螢幕上成行成列的名單，我笑了，覺得他們的名字是如此好玩，又是如此的毫無特色。而原來我從沒有發現這一點。同學中男多女少。女的都叫「蘭」、「香」、「花」、「芝」、「英」之類，是那種流傳了千百年都沒改變過的雅致與土氣。男的就有氣派多了，也新潮多了，都是「山」、「海」、「群」、「眾」、

「國」、「春」一路。男孩子的「小名」倒很傳統，很鄉俗，不是叫「保」什麼，就是「留」什麼，如「留根」、「保有」等等，顯見農家需要靠男丁「保留」住家族的香火和日子的興旺。

第一批湧進腦海的名字，都是成功逃出鄉村的同學。因為都已出來混了，見面的機會反而多些，印象自然也深。有一位如今在衡水某中學當校長，是幾十位同學中這些年唯一沒有中斷聯繫的人。在村裡他輩分低，循舊例得管我叫叔叔。考上大學後他曾當面商量，說都是同學都在外面闖蕩叫你「叔叔」多難聽啊，還是叫名字算了。還有一位，和我同姓，早早輟學，去了縣城一家五金店上班。有一年我回鄉探親，遇見了他。我說我得謝謝你。他靦腆地笑笑，說你還用得著謝我，你別拿我們老百姓開玩笑。我很鄭重地說：「小學時你救過我的命。」他一雙小眼睛瞪得大大的，連連說：「沒這回事。」我說：「是一年級還是二年級我忘了，有一回幾個人偷偷摸摸灣裡嬉水，我一下子滑入深水區。頭暈腦脹喝了滿肚子水時，一個人把我撈了上來。那人就是你啊。」他笑笑說：「都是小時候胡打亂鬧的事了，什麼救命不救命的。」另有一位姓姜的，該是我們這夥人家境最好的，也是頭一批吃上「商品糧」的。小時候看完一場電影，他記住的台詞最多，模仿得也最像。那時我就想，他的記憶力當然好，因為他父親在外面工作，有固定工資收入，在家裡他紅薯比我吃得少，饅頭和肉比我吃得多，沒辦法比的。

在很長一段時間裡，村裡的年輕人如果想逃離農民這個身分和農村持續已久的貧困，參軍入伍幾乎是唯一的途徑。算了算，我這班同學中，當兵的足有七、八位。可惜時移世易，穿上軍裝未必能換個好前程，他們後來大都復員回鄉了。留在家鄉的，和回到家鄉的，我因為很少回去，也就很難見到他們。有年春節回家上祖墳，突然見到遠處一個人，走路一瘸一拐，在雪地裡磕磕絆絆地挪動。家人說，那是你要好的同學啊，得了腦血栓好幾年了，也沒錢好好看病，就成這樣了。我連忙上前招呼，心裡難過得要命。村裡得心腦血管疾病的人多的是，可是他罹患此病也太早了些。

最後想起來的是位女同學。三十多年好像我從來沒有想起過她，這次能記起她的名字實在出乎意料。她爺爺當年是「現行反革命份子」，聽說罪行是革命群眾發現他家裡凳子上墊屁股的報紙上有一幅領袖的頭像，又聽說他還偷聽過「敵台」。逢開批判大會，村裡的民兵必然把他五花大綁，押到主席台前彎腰挨鬥。那時我們全班在會場一邊振臂呼口號一邊瞧不起「地富反壞右」的孫女，那位女同學常常是不敢抬頭也不敢給別人說笑。現在想來，當年她內心深處一定是極為自卑又傷痕累累的吧，可是我們誰都沒有想過要同情她，勸解她。時空相隔已經太久，我這裡特向她表達愧疚之意，不知她是否能夠看到。

十七

第一次照相

沒拍成的照片

——楊照

舒國治寫過名文，叫〈水城台北〉，平平淡淡四個字，卻含藏著真正「語不驚人死不休」的雄大企圖。「水城」該是威尼斯吧？再怎麼富於想像力，也很難將台北和「水城」扯在一起。

台北當然沒有像威尼斯那般被水包圍的環境，至少從原本台北大湖被切出關渡水口，露出台北盆地底部之後。不過，曾經作為一個大湖，怎麼可能沒有在台北留下眾多水的記憶、水的痕跡？

舒國治是對的，台北原本水路縱橫，早年發展的方向，受到水路很大的影響，水怎麼走，人的聚落就怎麼跟著變化。一直到百年前，帶著現代殖民經營使命感的日本人進來了，挑中了台北作為行政中心，開始用他們新學到的西方幾何理性進行「街路改正」，水路才逐漸失去地理上的決定性位階。

原本彎彎曲曲的巷路，一條條被拉直了，當然就得克服原本讓巷路長得歪歪扭扭的因素。巷路歪，因為水路歪。家住水邊最方便，可以取水也可以排水。要拉直巷道就要破壞水路，將本來的溝渠溪澗填塞起來，或掩蓋起來，用現代化筆直的自來水管跟大小排水管，代替本來溝渠溪澗的功能。經過日本建城努力後，台北生活不再被水流水聲包圍了。水馴服在水管裡，要不然被放逐到城市的邊緣河流中。

一九七〇年代之後，台北進行新的一波改變，高高的堤防陸續築起來，新店溪、景美溪、大漢溪、基隆河、淡水河，全都被圍在牆外面，徹底跟市民生活隔絕了。

算起來，一九六〇年代初出生的我們這一代，是最後一代台北「水人」，水經驗到我們就結束了。小時候到圓山，固定會到基隆河邊走走。那裡有一個河濱公園，公園裡的涼亭是全新的，做成像是巨大香菇的造型，頗具童趣。從河濱公園抬頭看，最美的景觀卻是舊的中山橋。橋的表面平直莊重，橋下則是圓拱的橋柱與橋洞，過橋的人看不到，要轉下來到河邊，才能感受那幾何圖形中理性和浪漫的巧妙結合。

那個年代，橋柱橋洞並沒有封住，很容易就可以爬進去。人在水泥橋洞裡看出去，看到河濱公園的大香菇，看到基隆河緩行的河水，看到兩邊河岸，心中有某種奇特的東西，就被啟發被打開了。

無以名之，勉強說是對於形象的好奇吧！就是在橋洞中，聽著水聲和頭頂車輛壓過橋面隆隆聲相雜混，在形與音的變與不變落差中，我第一次萌生出要把爸爸的相機偷來用的衝動。

相機在爸爸手裡，一貫有著老式老派的穩重。爸爸教過我們怎麼調光圈快門怎麼對焦，方法都是固定標準的。通常連在什麼地方拍照，要讓什麼景色入鏡，爸爸也都有他自己的標準答案。所以我不曾覺得拍照有什麼好玩迷人的地方，也不自覺地相信，有一天我負責拍照的話，拍出來的相片一定會跟爸爸拍的，一模一樣。

是在圓山水邊，十歲左右的我，突然感覺到自己原本的照相觀念，何其錯誤！照相，把影像與時間分離留下來，是件多麼迷人又多麼自由的事。

我和姐姐密謀，真的有一天把相機帶了出來，看準了裡面還有十幾張底片。我們興奮地趕到中山橋下，從不同角度看那一弧弧彎曲曼妙，既靜又動的橋體結構，然後試著將橋體弧形和各種不同背景形態相配合。然後走到河濱公園，走近基隆河，另一種新鮮的經驗開展了——第一次，透過相機的觀影窗，我設想著，如果快門這樣一按，眼前看的景象就被保留下來，可是窗口之外就消失了，尤其是本來跟如此景色貼合的聲音，就完全被隔離在外了。視覺永久存留，聽覺卻永久消失。我們的經驗，可以這樣分別開來，甚至還可以這樣改造。

我永遠記得那份發現的興奮。一整個下午我的臉都是通紅的。兩隻耳朵燒熱得難受。在水邊，我大概下決心三百次，要按下快門，拍自己生平的第一張照片，不過最後，一張都沒真的拍。因為和姐姐商量了半天，怎麼也想不出要如何瞞過爸爸，讓這些相片能夠沖洗出來。

這些沒拍成的照片，就只能存在我的記憶裡。沒多久後，高速公路開始興建，圓山的水景與橋影快速改變了。河濱公園拆掉了，基隆河也被圍起來，不再是我們生活的一部分了，最後，中山橋也拆了，想像記憶中的相片元素，就這樣完全解體了。

照片裡的淚

——馬家輝

如果「第一次拍照」指的是生平首次被拍照，於我，那肯定是嬰兒時代的事情了，因為至今我母親家裡的老相簿內仍然貼著一張我的照片，黑白的，袖珍的，比郵票大不了多少，照片中的我，才出生兩三個月吧，伏臥在床，被毛毯緊緊包裹著身體，像一隻小貓咪，連我自己看了亦忍不住說一聲「可愛」——而我一輩子打死也不會用肉麻的「可愛」詞彙來形容自己。

但如果「第一次拍照」指的是生平首次對被拍的照片有感覺、有印象、有領悟，那必須等到四、五歲，在灣仔，父母親帶我和姐姐到影樓拍照，那是一幢五層高的老房子的三樓，沒有電梯，只有樓梯，黑而暗，窄而長，母親在我前面，牽著我的左手，姐姐也在我前面，牽著我的右手，父親走在最前頭，分別牽著母親和姐姐的手，咯咯咯的樓梯響聲，響亮而恐怖，梯級彷彿隨時崩坍，我很怕，卻亦很溫暖，直到踏進影樓門內才鬆一口氣。

那張照片亦是貼在我母親的老相簿裡，每回看見，奇怪，我都似重返現場，站在又熱又燙的舊式鎂光燈下，強擠笑容，眼睛卻有淚水。

我從小愛哭，不知道是什麼原因，情緒稍稍激動便哭，生氣哭，高興也哭，彷彿心底有著一個小小的噴水池，隨便找個缸口便往上湧出來。印象中有兩回哭得最傷心，一是在澳門，一家大小前往旅遊，吃喝過後，父母親照例把孩子安頓在酒店房間後便往賭場「搏殺」，那夜完全忘了是什麼理由，我忽然放聲大哭，一直哭，一直哭，哭得無休無止，哭得頭暈腦昏，哭得天旋地轉，長大後在國文課本裡學到「斷腸」二字，我暗想，那便是。我姐姐至今仍然記得當時情景，我在一張床上，她在另一張床上，看見我像中邪般痛哭，她嚇呆了，才是十一、二歲的女孩子，手足無措，不懂得如何處理，唯有陪我哭，我大哭，她小哭，她哭到無可再哭時，我卻仍然在哭，直到父母親於半夜回來我才停止；「你真的整整哭了六、七個鐘頭啊，細佬！」姐笑道，當她說這話時，已經五十歲，我也已經四十八了。

另一回記憶猶新的痛哭是初中時期，應是中學二年級，夜裡，手癢，拉開母親房間抽屜，偷偷取出一百元，故布疑雲，把鈔票丟在化妝桌底下，打的如意算盤是如果她發現了，便可辯稱只是她自己不小心，掉了錢；如果她沒察覺，我便過一兩天將之撿起，拿去買我心愛的坦克車模型。結果，前者發生了，但精明的她立即明白是我所為，半夜裡執起一支鐵衣架把熟睡中的我打得從床頭滾到床尾，再從床尾滾回床頭，我哭號不止，然而為的不是皮肉之痛而是深深的羞愧，尤其第二天下課回家，母親把我喚到客廳，坐在沙發上跟我平心靜氣地聊了十分鐘，訓誨我「勿偷勿搶，要堂堂正正做人，否則很容易身敗名裂，信用全失」云云；她多年以來基本上只有興趣教孩子打麻將和賭馬和說謊之類，此番忽然正氣凜然，必須承認，我被感動了，淚水由之流下，如缺堤，不可收拾。這是親情的眼淚，特別滾燙。

至於在影樓流淚的原因，我又忘了，可能是不耐煩，可能是不喜歡被攝影師呼喝擺布，也有可能，我一直眉頭緊鎖，父母親不斷勸我展露笑容，我卻怎麼展露都只似哭而不似笑，他們便罵人了，我便哭泣了，終於，拍下了一張全家福，父親在笑，母親在笑，姐姐在笑，只有我雙目含悲，似是出席喪禮。那時候，我妹妹仍未出生，沒她份，如果有她，我猜，她亦必在笑。

拍照，哭泣，第一次。如果「第一次拍照」又可指生平首次替孩子拍照，那便是在美國，中西部，威斯康辛州，陌生地，小女孩出生，我用新買的相機替她拍下彩色照片，她看著攝影鏡頭，小眼睛張張望望，忽然，哭了，我記錄下那童真的剎那，卻亦忽然傷心，唯恐她跟她老爸一樣，都是廣東話俗稱的「喊包」，是個愛哭鬼。

也有一回，小女孩和她母親在台灣，我獨在美國，收到她們寄來的照片（唉，對，那仍是不流行互聯網的「古典年代」），小女孩亦是在哭，眼睛鼻子擠成一團，我忍不住在照片背面寫上：別看我人仔細細，一哭就驚天動地，人世間喜怒哀樂，全部要暢快淋漓。

如果沒法不哭，索性就哭個暢快。把眼淚哭乾，總有輪到歡笑的時候。

那個連口罩都是奢侈品和裝飾品的年代

——胡洪俠

我很想有一張自己滿月時的照片，對，光屁股的那種。我也很想有一張自己一週歲時的照片，穿衣服不穿衣服都行，最好是正傻乎乎地笑著，似乎世界一切都很美好，其實是什麼也不懂。聽父母說，週歲前後，爺爺常抱著我到胡同口轉轉，逢人就說：「你看看這孩子，長得像水娃娃一樣。」究竟「水娃娃」是什麼樣子？我太想知道了。我更想有一張七歲時第一次進小學校門時的照片：當然沒有校服，那我穿的是什麼衣服？身高有多高？學校門口是什麼樣子？鄰村來的外號「王牛眼」的語文老師眼睛到底有多大？我的書包、課本、作業本又都是何等面目？這一切我都想知道。

可憐，這一切，我永遠都不會知道了。即使家人可以稍作描述，但因為從來沒有照片，所以永遠沒有證據。最麻煩的是，如今相機、照片都已經泛濫成災，手機都成了時時處處拍來拍去的相機，可「百日照」、「生日照」之類的巨大缺失卻無從彌補。歲月什麼都好，唯舊時場景不能重拍，這實在是個大毛病。

小時候家中牆上掛過一個貼滿照片的鏡框，裡面曾有一張二舅家表兄弟的週歲「裸照」，每次看了我都想笑，但也並不羨慕，因為知道自己已經沒有機會進入這樣的照片了。和這傢伙一起在鏡框裡面帶各種笑容的人，很少我們自己家的人。有親戚，有鄉親，還有不知什麼時候從哪裡得來的說不清誰誰的照片。

那時照片是稀罕物，別人肯給你張照片說明人家承認和你關係很近，而你的面子也足夠大。那時誰家牆上掛的照片鏡框多，就說明這家人的人緣好，四面八方的親戚朋友多。鏡框不僅是用來思念的，也是用來炫耀的。那時沒有誰家會有相機，見過相機的人也沒幾個。那時方圓幾十里，只有運河邊上一個大鎮子裡有一家照相館，可是那和我們的生活有什麼關係呢？沒有人會常常去那裡拍照片，因為太貴，因為覺得毫無必要，因為拍了照片「既不當吃又不當喝」。吃飽是最重要的，捨此豈有他求。

那時如果需要去照相館拍照片，一定是有大事發生了。常見的大事當然就是訂婚。適齡男女能適時結婚，那是多難的一件事，尤其生了一堆兒子的父母，真要把黑髮愁成白頭。早早就得謀劃宅基地，籌備蓋新房，不然媒婆都不登門。

千辛萬苦求來了媒人，東拉西扯地說，連瞞帶騙地哄，結親之旅就開始了。這裡提親，那裡說親，好不容易促成了相親。一對男女一次一次地見面，一次一次地趕集採購，到終於可以訂親的時候，拍訂婚照就成了隆重的儀式。家裡再窮，這照片也得拍啊。雙方家裡都找了人陪著，一干人等浩浩蕩蕩去了鎮上的照相館，男男女女都換上最新的衣服，全為了那對新人照相機前肩並肩坐著聽攝影師指揮共同微笑的一刻。「咔嚓」聲一響，大家的心都「咕咚」落了地：兩人既然都拍了合照了，這一輩子就別想再分開了。在許多人的一生中，訂婚照是他們唯一的影像紀錄。

還沒輪到我踏上以訂婚照為里程碑的結親之旅時，時代變了。等到我終於有父母期待的生活照可以放進家裡鏡框的時候，爺爺早已不在了，父母也老了。但是父母依然相信，只要有照片，孩子們就沒有走遠。無論兄弟姐妹誰出去工作了，誰考上了學，誰又生了孩子，他們的叮嚀中永遠有一句不可缺少的話：「寄張照片來。」鏡框裡不相干的照片愈來愈少，兒孫們的照片愈來愈多。父母單獨在老家生活的那幾年，不知有多少時間是看著鏡框度過的。

對了，該說說我的第一次照相了。和大多數同村夥伴不同的是，我的第一張照片不是訂婚照，而是畢業證要用的證件照。

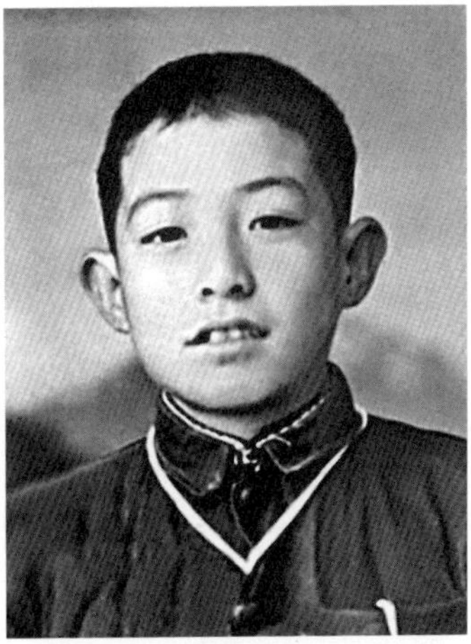

這是我此生中第一張照片，當時十四歲，初中畢業。那根醒目的口罩繩是借來裝點門面的道具。

十四歲那年，初中要畢業，老師說每人都要去照相館照張一吋黑白頭像。我們這些從沒有去過照相館的人，聞此消息，既興奮，又恐慌，也為難。照相館什麼樣？要穿什麼衣服？得多少錢？從拍照到取照片得跑幾趟？照壞了又怎麼辦？真是一大堆難題。想不起來是誰陪我去照相館的了，可以肯定的是，這絕不是我一個人可以完成的事。

如今我還保存著那張小小的照片，那是我從初中畢業證上撕下來的。照片上的我一點也不像我。每次翻看，我都橫生一大感慨：原來我也年輕過。那時拍照片，流行戴口罩，也不知這時尚是因何而起，或許和當時的革命電影有關。當然口罩不捂在嘴上，而是塞進上衣內，只留白白一道口罩繩繞領口而過，鑽進胸前第一粒和第二粒扣子之間。這是時尚。我當時沒有口罩，照片上的口罩繩是借來裝樣子的，繩子的終端沒有口罩。唉，那個連口罩都是奢侈品和裝飾品的年代。

十八

拜年

變成花蓮人的那個新年

——楊照

一進門就聞到濃厚的米香，但又和平日家中煮飯的味道不盡相同。那香氣濃到讓我覺得整個人被包了一圈，似乎因此和外界沒有了直接接觸，迷迷濛濛地見了祖母，又在一個小房門口被吩咐向漆黑空間裡的幽暗人影叫「阿公」，一路穿行長長彷彿沒有盡頭的廊道，終於抵達廚房——那香氣的來源。二伯母站在那裡，一見到我們來了，轉身將竈上大蒸籠的竹蓋子打開，印象中一股巨大的蒸氣發出「轟隆」的巨響聲，直躥，在天花板瞬間打橫，再往窗外溜去。

二伯母手上多了一個東西直遞到我面前，嚇得我直往後退了半步，因為那白白軟軟的模樣，像極了我在家裡養的白老鼠。「沒關係，別讓阿嬤知道就好，拿去先吃。」爸伸手接過，對我說：「這是菜包，二姆正在蒸的，吃吃看。」

聽爸這樣說，二伯母變臉了，話對著我說，眼睛卻很快轉過去盯著一旁的媽媽：「沒有吃過菜包嗎？」

我是真的沒有吃過菜包，根本不曉得菜包是什麼東西。事實上對於二伯母，對於這個花蓮老家，我也沒有什麼概念，那年我七歲，是我記憶中第一次回花蓮過年。那原本是一趟驚奇的旅程。家裡的服裝店生意正旺，訂單接到爸媽簡直沒有時間睡覺，等爸爸想起來去買回鄉的車票時，票早賣光了。媽媽當下做了決定，改搭飛機吧，這樣還能省下一天的車程時間，多開一天店門。

那是我生平第一次搭飛機，而且搭的是專門為了應付過年人潮的加班機，所以不是一般飛島內航線的螺旋槳老飛機，是華航從國際線特別調過來的波音七二七新機。那是台灣當時最新最大的機型。

坐上飛機，爸媽憂心忡忡地談論著花蓮機場的跑道比台北松山機場短得多了，起降波音七二七其實很勉強。我和姐姐們為了這樣的訊息更感到興奮，原來我們搭了等級超越花蓮機場的大飛機。

我以為搭飛機會是這趟旅程中，最奇特、最新鮮的事。沒想到下了飛機，還有更多奇特、新鮮的事在等我。像是菜包、像是二伯母看待媽媽的眼神、像是突然之間我到處受到特殊待遇，那熱騰騰的菜包就只遞給我，好像旁邊的三個姐姐都不存在似的。

還有那幾十個人圍坐三、四張大桌的年夜飯。我從來不知道自己有那麼多親戚，在台北常見到的不過就是外婆、阿姨、舅舅他們幾家。更奇怪的，外婆他們比一般人更熟悉，但花蓮的親戚看起來卻好像比路上走來走去的人更陌生。

第二天早早被叫起來，天冷得凍骨，窗台上明顯結了一層薄霜。在台北時，大年初一明明都可以睡到中午的啊？爸爸板著臉說：「快點，要去拜年。」

去哪裡拜年？爸媽沒說清楚，不過一出門，我就明白了。走在路上，幾乎每個人看見我們都自然地要嘛對爸爸說：「阿居，你回來啦！」要嘛衝著媽媽叫：「純子！」然後我們就得趕緊說「恭喜恭喜」，然後就會拿到一個裡面裝了一兩元的紅包。

我們排好的拜年路線是先到小叔家，再到大伯家，然後轉去大姑家、二姑家，最後去本來應該是要嫁給爸爸的童養媳三姑那裡。這樣走一圈，其實也就差不多將花蓮市區走遍了。沿路走，爸爸就沿路將花蓮市地圖講解給我們聽，主要的三條馬路——中華、中山、中正路，加上一條火車道。沿路走，媽媽就沿路回憶她少女時代在花蓮長大做過的事。騎車到女中上學，翹課去看電影，畢業後短期工作過的電信局……

最神奇的，畢竟還是沿路走，沿路有那麼多要拜年的對象。而且爸媽都叫得出他們是誰。這和在台北的情況多麼不同！這些人沒有一個我看過，沒有一個我認識，然而他們俯身看我的表情，卻都那麼親切，好像早就跟我很熟了，我怯生生地跟他們說「恭喜」時，他們也似乎都真心地接收到那份喜氣，沒把那「恭喜」當作單純的形式。

走完一趟拜年，我突然相信了，雖然生在台北、長在台北，但我還真是個花蓮人。

阿姨的眼睛

——馬家輝

春節來了，曾經有許多年，我這個灣仔少年都是這麼度過大年夜和年初一：除夕夜裡，洗完澡，換上新睡衣，坐在家裡客廳睜著眼睛等候牆上時針走向凌晨；好，時間到，大年初一來臨，馬上向母親說句「祝你青春常駐兼打牌必贏」，然後跟姐姐妹妹輪流打電話到報社向父親說句「祝你心想事成兼跑馬必勝」，然後便可上床睡覺以便在夢裡向周公拜年。大概睡到半夜三點，門聲響起，父親從報社下班回家，家中孩子統統爬起床撐著惺忪睡眼坐到飯桌前面，母親從廚房端出一盆齋菜，這便是父親的宵夜和孩子的早餐，父親這時候會掏出一沓紅封包分給我們，我們的小手隔著封包套感受到鈔票的溫暖，濃濃睡意立即被驅趕得煙消雲散。

這麼多年來我一直沒向母親詢問為什麼會有這種深宵吃素的莫名其妙的度年習慣，可能因為我心知肚明即使問了亦不會獲得什麼實在答案，我的可愛的母親向來喜歡胡亂發明，例如在端午節吃霜淇淋、在中秋節吃燒乳鴿，反正不必提出任何足以告人或服人的道理，想做就去做，她是道家逍遙哲學的忠實信徒。

可愛的母親在大年初一總要忙碌萬分，吃過齋菜，闔府關燈睡覺，早上還不到九點，親戚朋友的拜年電話開始湧來，母親起床逐通接聽、逐通回禮，嘴巴稍可闔上時已近中午，匆匆弄妥午餐，一家大小吃過即須出門拜年，伯父、姨婆、嬸婆……名單每年大致不變，到了傍晚時分累得人仰馬翻回到家裡，稍作休息，即須趕往酒樓等候賓客，因為她的父親我的外公正好是在大年初一生日，每年這天例必在酒樓擺設壽宴，規模儘管不大，但數十位客人前來祝壽兼拜年兼打牌兼吃飯的熱鬧場面已夠累人，我們通常在酒樓度過年初一的夜晚，非鬧到半夜兩點無法返回家裡解除武裝洗澡上床睡覺。

如此過年，年年相同，除了有一年比較特別。

大概是十七歲那年吧，是的，就是在那個春潮非常容易勃發的十七青春好年華，大年初一，數十位賓客一如既往在酒樓內喧鬧歡宴，只有一位婦人呆若木雞地坐在一隅，雙眼看著空氣，眼神彷若空氣，臉上肌肉卻像牆壁般堅硬，沒有半分表情；她是美的，三十七歲的成熟的美，美得足令十七歲的少年暗暗不斷偷望並且遐想連連，早熟的少年從小就覺得這位阿姨特別耐看，可是今夜看上去卻覺得有點不對勁，以致遐想妄念稍為躍起即被壓下，在不尋常的時刻裡少年總能產生自我抑制的直覺，或許這亦是他日後能夠行走江湖而不敗的本領之一。少年偷看阿姨，阿姨呆望空氣，就這樣，到了接近入席時刻，母親終於走過來問阿姨：「要不要先到我們家休息一下？」

少年忘記了阿姨有沒有點頭，也許她早已沉重得無法反應，反正少年在母親的吩咐下半拉半勸地帶領阿姨走出酒樓，步行返回距離酒樓不遠的家，兩人在狹窄的電梯內並肩站立，阿姨身上散發的陣陣香氣令少年隱隱明白自己真的已經成長；踏進家裡，阿姨坐在沙發上，少年坐在阿姨面前的椅子上，他望著她，她仍然望著空氣，相對無言卻又各有所想，如果把這幕實況拍成電影，倒有幾分似日本「熟女與少男」之類的情欲電影的前奏鏡頭，只是沒有發展出激烈糾纏的下文罷了。

其實下文不僅不激烈也欠糾纏，反而是既乾脆亦甚哀愁：四十八小時之後，阿姨在自己的家裡廚房上吊逝世。

阿姨之死當然跟少年無關。少年從可愛的母親口裡聽說，阿姨這三年過得極不順意，她曾到荷蘭唐人街的賭場打工，好不容易賺了一點錢，返港後，將錢借給一位好姐妹，請她代為投資生利，豈料好姐妹連

goodbye也沒說一句便在倫敦遭遇嚴重車禍，當事人被輾成肉醬，阿姨的錢則是雲淡風輕，下落不明，向誰都追不回來了。而在遭逢此劫的同時，就像港產苦情電影一樣，阿姨的老公有了外遇、女兒患了血癌，一連串的打擊令她陷入深深憂鬱、無法自拔，當生命如同死灰，她便連生命都要捨棄。

少年把可愛的母親說的這段情節放在大腦的記憶庫裡，有點感慨，有點領悟，卻又無法領悟出什麼具體的所以然來，許多年了，甚至已經幾乎將之忘記，直至少年自己的生命演化出一段不長不短的路程，從人子到人父、從少年到中年、從成功到失落，種種甜酸苦辣層層疊疊壓在心頭，壓出了一種現在流行稱之為「憂鬱症」的毛病的時候，他才經常想起那位曾經令他在電梯內心跳加速的阿姨，想起她那雙呆滯的眼睛，看著空氣，絕望如死；他甚至想像阿姨在把繩子套上自己脖子的剎那到底在想些什麼，是悲嘆抑或抱怨，是無奈抑或不甘；他甚至在早上即使睡了十小時仍然感到精疲力竭、勉強起床到浴室洗臉而望見鏡像對影的時候，恍似忽然重回十七歲的春節現場，鏡裡的眼睛是阿姨的眼睛，空洞絕望，不知今夕何夕。

經過了如許日子，他不再懷念阿姨；他只是懂得了她。

「革命化春節」中的拜年隊伍

——胡洪俠

韓寒前些日子撰文談「革命」，引來網上喧譁一片。他在改革年代長大成人，談「革命」竟然也能有模有樣，自圓其說，真有才華。論年齡我算是「革命年代」過來的人了，但頭頭是道討論「革命」的本事我沒有。少年時代雖身處農村，但那也是革命農村，村裡的鄉親大都是革命群眾，極少數是「反革命份子」，每個人的身分都與「革命」有關，而領導革命群眾的，則是「大隊革命委員會」。那時候「革命」不是用來談的，那是要「抓」要「幹」的，牆上石灰刷寫的標語中必然有「抓革命，促生產」、「幹革命要靠毛澤東思想」、「一定要把無產階級文化大革命進行到底」等等句子。在「革命」聲中長大，我們想都沒想過還要討論「革命」。

因為要寫拜年，才又想起了「革命」：原來在我小時候，春節也是和「革命」有關聯的。記得是一九七幾年某個春節的前夕，我們村裡照例藍天遼闊，大地冬眠。偶爾幾聲二踢腳清脆的炸響從高空傳來，我們心裡就立刻為之一振。這是新春的敲門聲。真的就要過年了。臨近傍晚，「革命委員會」的大喇叭裡突然高聲宣布：「今年，我們還是要過一個『革命化春節』，要移風易俗。接上級通知，大年初一不許拜年，過年這幾天不許搞封建迷信活動。村裡的民兵過年不休息，加強巡邏，有膽敢互相串門走親戚拜年的，以封建迷信論處。」播音的人外號「二歪歪」，不知出自何典，記憶中他的嘴似乎並不歪的。我們跑去問他，為什麼拜年是封建迷信呢。他反問：拜年是不是要磕頭？我們說不磕頭算什麼拜年。「對啊，」他說，「磕頭就是封建迷信。」

2004 年春節，「革命化拜年」沒市場了，我帶著「文化廣場」的編輯記者搞了一次「時尚復古拜年秀」。這張照片大年三十在報紙上登了出來，惹來不少議論。

至今讓我感到驚奇的是：當時的「革命群眾」似乎都不怎麼拿「大喇叭」裡的禁令當回事，好像此事就根本不用考慮，連商量都不必：「年年都說這一套，也沒見抓了誰。不讓拜年那還過什麼年。」他們討論的是：民兵會在幾點巡邏？六點？七點？那咱這拜年就得早點。三點鐘起床行不？太早？不早了。趁天黑，趕緊轉，早拜完早算。你以為民兵就不拜年了？他們得等著拜完了年才去巡邏呢。誰說的？我剛聽西邊胡同裡的老三說的，他就是民兵啊。那個誰，你早起一會兒，先放鞭炮，我們跟著，然後就集合。你，帶上手電筒，照路。碰見人別亂照，能躲就躲，進了大門再磕頭。你們這些孩子，別熬夜了，早睡早起……

那是沒有「春晚」的春節，初一大拜年才是重頭戲。作家劉家科曾經描述過我們故鄉的拜年。「待鞭炮聲漸漸遠去，」他寫道，「村莊在狂熱中恢復原有的寧靜，太陽也睡眼惺忪地躍出地平線。剛吃過新年第一鍋餃子的人們，精神飽滿地走出家門，在大街小巷連接成拜年的隊伍。輩分和年紀最高的老人留在家中，其他人都去拜年，……這時整個村子就是一個家，村裡所有的人就是一家人，相互之間都心照不宣，沒有任何的提防和戒備。新的一年真正的開始了……」

然而他說的是正常的拜年，不是「革命化春節」的拜年。因為要當心「被革命」，拜年時既有了提防，也多了戒備。拜年不再從「太陽也睡眼惺忪地躍出地平線」開始，而是在太陽酣睡的凌晨三、四點動身。隱約聽見誰家放了鞭炮，那聲音就是「總動員令」，家家戶戶的鞭炮聲迅速就連成了一片。黑燈瞎火地吃完餃子，給自家親人磕頭已畢，「家族隊伍」開始集合出征。長輩一聲令下，「走吧。」隊伍就沿著既定線路靜悄悄地出發了。

那真是一幕奇特的場景：夜黑風寒，地凍霜冷，大街上，小巷裡，流動著一團團黑影。剛聽到前面似有人聲，還有光亮一閃，等到走近了，卻又不見了蹤跡。知道對方在躲避，這一方心領神會，不問究竟，快速通過，配合默契。窄巷裡兩隊人馬避無可避時，機靈的一方馬上關掉手電，面牆而立，給迎面而來的人讓出路來。待腳步雜遝聲已遠，這邊才又有窸窸私語聲，伴著壓得極低的嗤笑聲。進得某家的門，人們暫時恢復正常，燭光之下，屋內院裡，磕頭的磕頭，燒紙的燒紙，問候的問候。出得門來，游擊狀態立刻恢復。等太陽升起的時候，民兵裝模作樣地開始巡邏，可街上已經沒什麼人了，拜年的隊伍早就鳴金收兵，各回各家睡覺去了。

幾年以後，當然就沒人再管拜年的事了，可是我們村裡的人們大年初一照樣起得很早。大家都忘了為什麼要起得這麼早了，似乎祖上歷來如此。

十九 普通話

那塊寫著「愛用國語」的小木牌

——楊照

一塊方形木板，三公分寬五公分長，上端打了一個小圓洞，以便讓一條紅絲線穿過去。木板上寫著「愛用國語」四個字。這就是小學時「幫助」大家學「國語」最重要的工具。

老師拿了一塊牌子進來，跟我們解釋學校的規定。誰說了「方言」——在我們學校主要是閩南語——就得要戴上牌子，提醒他「愛用國語」。然後老師找了一位同學問：「某某某，你早上怎麼來上學的？」那個同學沒多思考，習慣地用閩南語回答：「啊就走路來啊。」老師臉上露出狡獪的笑，說：「你說方言，上台來領牌子，戴著不准拿下來。今天一天大家看到他就要提醒他『愛用國語』。」

原來如此。下課時大家紛紛跑到戴牌子的同學面前，戲謔地跟他說：「愛用國語。」甚至還有一個同學用閩南語說：「愛用國語。」掛牌的同學回過神來大叫：「你講方言！」可是沒辦法，老師規定他得戴到放學才能拿下來。

往後幾天，早上大家戰戰兢兢，小心不要脫口說出方言被老師聽到。不過一旦有人被抓到說方言，戴上了牌子，那可就好了，大家就放鬆心情，大講特講閩南語。老師注意到這個現象，將規定改了。以後戴上了牌子的人可以去監督別人，如果聽到有人說方言，就將牌子換給另外那個人戴。

改規定，班上的現象也就隨而改變。那個先戴上牌子的人，變成像是捉迷藏遊戲裡當鬼的，他走到哪裡大家就都迅速走避，不願跟他講話，也不願意在他面前講話。只有比較皮的，想好了惡作劇，才故意去到他面前。一種惡作劇是在他面前講一句聽來像方言的話，等他跳起來：「你說方言，該你戴牌子！」時，卻不慌不忙地拿出寫好的紙，上面寫著字，告訴他：「我不是說方言，我是唸這幾個字，明明就是用國語唸的。」還有一種惡作劇，是幾個人，愈多愈好，一起到他面前，一起講方言，他要將牌子給誰誰就大聲抗議：「他也說，應該給他！」「你聾子嗎？沒聽到他說方言嗎？為什麼不給他？」……

這種情況只好「告老師」，請老師來仲裁決定。那幾天，每堂下課都有人去「告老師」，在老師面前爭得面紅耳赤，那反而成了大家最喜歡做的事。老師不堪其擾，決定去多拿幾塊牌子來。五、六塊吧，只要是講方言的，通通戴，戴上的人就都可以抓別人，看你們還能怎麼躲？

兩天下來，又有了新狀況。老師走進教室，開頭上課講了幾句話，突然笑了，繼而勉強換個鐵青面孔，叫一位同學站起來：「你在幹什麼？」原來這個同學身上掛滿了牌子，五、六塊牌子都在他那兒了。早上他說了一句方言，領了一塊牌子，心一橫，想反正已經有牌子了，乾脆不顧忌，高興怎麼講就怎麼講，另一個戴牌子的人聽到他又講方言，把自己的牌子給了他，最後每一個戴牌子的人，都圍在他身邊，等他一開口，就在他身上多加一塊牌子。

反正老師沒說一個人只能戴一塊牌子，戴一塊和戴五塊也沒太大差別，他就爽快地幫全班承擔了。

牌子戴來戴去，老實說還滿有趣的。而且有了牌子，教室裡的方言未見減少，反而給講方言一種冒險、躲迷藏的快樂。一直到有一天，「愛用國語」的牌子，有了一個新的名稱，叫做「狗牌」，突然，所有樂趣消失了。

「戴狗牌」、「戴狗牌」，加上故意裝出的狗叫聲，充斥了整個學校。被戴上「狗牌」的女生，幾乎沒有哪個不哭的。被人家用狗叫聲羞辱的男生，也幾乎沒有不握起拳頭來追打過去的。

更糟的，後來又增加了一個規定——戴上「狗牌」的，要繳交五塊錢的罰金，免得有些人不在乎戴牌子。五塊錢，不是小錢，只有少數人有辦法用自己的零用錢來付，大部分人都得另外向家長伸手要。於是不小心被戴了「狗牌」就哭出來的人更多了，因為那很可能意味著回家爸爸給的一頓好打。

那不再是個遊戲了。變成了學校裡的一樁令人討厭的折磨。是啦，講方言的人少了，「國語」變普遍了，但也因此在很多人心中，「國語」和羞辱、折磨的經驗緊密連結，一輩子分不開。

我去年去了強姦

——馬家輝

在三十五歲以前，我不知道世界上有「普通話」這個東東。

我只認識三種語言：

一是英文，從四歲上幼稚園的第一天開始，老師已經要求我們為自己取個洋名，並且開始學習ABC，在我的成長經驗裡（別忘了，我在殖民年代成長，香港回歸時，我已三十四歲了，所以我是「前朝遺老」，腦海難免有著「殖民烙印」），英語是地球上最強盛也最具尊嚴的語言，儘管許多包括我在內的香港人喜歡戲謔地把English用廣東諧音唸成「英格垃圾」。

二是廣東話，即我的母語，在香港，我們慣把廣東話直接稱為「中文」，當問一個人（不管是洋人或內地人）「你識唔識得講中文?」的時候，也就是在問：「你懂說廣東話嗎？」把廣東方言等同於普遍中文，廣東人之自詡氣焰，其盛可見。

三是台灣居民所說的「國語」，亦即內地人所說的普通話，可是像我這類土生土長、在內地沒有太多親戚的香港人從來不提什麼普通話不普通話，我們對於這種語言的認識基本上只來自台灣電影、電視劇和流行曲，林青霞秦漢秦祥林鄧麗君鳳飛飛張帝青山林沖等等明星藝人就是我們的「國語」導師，台灣電影亦被喚作「國語片」，國語國語國語，眼睛和耳朵皆只嚮往海峽東方，完全無視香港以北的普通話的存在。

然而不管叫「國語」也好，叫「普通話」也罷，廣東人的舌頭向來不太靈光，聽是勉強聽得懂，但要我們開口說白，實在為難，別忘了殖民年代的大多數香港學校只用英文和廣東話授課。所以大可想像我於一九八三年到台灣升讀大學時是何等痛苦：搭飛機到了台北桃園，搭巴士進入台北市區，再轉計程車前赴台北縣新莊市的輔仁大學，但因有口難言，唯有預先把「麻煩你送我到台北縣新莊市輔仁大學」字句寫在紙上，以筆代言，坐進車廂後，把字條遞給司機先生，他瞄一瞄，笑一笑，成為我在台灣所接受的第一個笑容。

這是讀大學一年級住在學生宿舍裡的我，當時說起「國語」常常「有口難言」。

當然我的「國語」其後進步神速，理由當然是我交了一位台灣女朋友，她說著字正腔圓的「國語」。理所當然地成為我最親密也最私密的語言導師。

然而在台灣數年，我擺的語言烏龍並不算少，譬如說，我對女朋友表示「我的宿舍室友患了腎病」，她大吃一驚，臉色慘白，原來我把「腎病」發音成「性病」，令她擔心我誤交損友。

又譬如，我在成功嶺接受短期軍訓，操練時，要唱軍歌，須要重複喊唱：「中國一定強！中國一定強！」唱著唱著，排長過來從後揮手拍打我的腦袋，罵道：亂唱什麼「中國一定『長』」！

再譬如，每天早午晚排隊高聲喊號，我剛好排在第十位，右邊喊完「九」，輪到我喊「十」，但不知何故我老把「十」的發音說成「十一」，左邊那個倒楣鬼聽了，被誤導了，接著往下喊「十二」，每回皆如此，排長遂把他罵個狗血淋頭：人家是港仔，喊不了「十」，情有可原，你是「土炮」，卻搞不清楚狀況，被騙了一次又一次，他日上了戰場，你肯定第一個踩地雷！

想來真對不起這位粗心大意的軍營同學。

大學畢業多少年了，說來慚愧，我的「國語」就只滯留在大學年代的追女孩子水平，並未繼續進步；一九九八年，我跟竇文濤見面，商談並加入鳳凰衛視的《鏘鏘三人行》，在電視節目裡用普通話聊天，每集半小時，如是者聊了十多年，我的普通話程度卻依然跟大學年代一模一樣，幾無寸進，唯一差別是，該節目面向內地觀眾，所以我很清楚，當提及「國語」二字時，必須稱之為「普通話」而不再是「國語」。

過去十多年，我由「國語人」變成「普通話人」，用很不普通的普通話說普通話，甚至用這種普通話遊走各省各市，或演講，或主持，或論壇，有人很能接受甚至很喜歡，有人卻極抗拒也極反感，但，沒法子，我就是我，我也希望自己的舌頭能夠更靈活更精準，可是做不到——嘿，老天是公平的，一個人總有那麼一點點缺憾。我只好這麼安慰自己。

尷尬總是難免的，例如我曾在演講時把「我去年去了長江」說成「我去年去了強姦」，惹得哄堂掩嘴；也曾有《鏘鏘三人行》的觀眾寫信到電視台要求：「當馬博士出鏡聊天時，貴台能否破例打上字幕？」

而我相信即使自己能夠活到九十歲，到時候，普通話依然說得跟大學年代一模一樣；至死不渝，不離不棄，我跟我的老廣鄉音。

「近來寒暑不常，希自珍慰」

——胡洪俠

在村裡池塘南邊住的一位王姓女子忽然去東北待了大半年，回來後穿戴變了，走路的姿勢變了，連說話的口音也變了。那時我還小，但也記得她常常穿一身綠軍裝，脖頸上飄蕩著一條極艷麗的紅圍脖，腳蹬皮鞋，走路時雙手一定要揣在褲兜裡，說起話來是一口東北腔的普通話。大人們見了她，感覺新鮮和稀奇，總是說：「吆！這才走了多少天啊，回來都不認識了。」等她晃晃悠悠咯噔咯噔地走遠，大人們馬上把嘴一撇，「出什麼洋相啊。喝家鄉水，說家鄉話，那是本分。說話拿腔拿調，穿得花裡胡哨，不是忘本了嗎？」

我的家鄉在河北山東交界處，距運河西岸十餘里。起初大家不覺得自己的方言和口音有什麼問題，也不會想到祖祖輩輩傳下來的言談聲調會有一個「家鄉話」之類的名字。後來漸漸有出去闖蕩的人，回來說咱們說的話是「土話」，外面的人聽不懂。於是我慢慢知道大喇叭、小喇叭和收音機裡的人說的話才是標準話，是「洋話」，是普通話。還知道電影裡國軍電台女播音員說的話不是普通話，可是也不知道那叫什麼話，反正一聽就想笑，一聽就知道他們馬上要吃敗仗了。

我有一個堂哥和一個表兄弟都在東北長大，他們回來過年時都說東北話，可是大人們並不罵他們「忘本」。我們從小說家鄉話的人，卻是不能輕易改口說「洋話」的，否則就會遭白眼，受奚落，說你不是個正經人。「本」，在家鄉是個極重的字眼兒，是一套不用證明就無比正確的生活秩序。村裡人覺得，你什麼都可以忘，但永遠不能忘記的，就是這個「本」；出門在外，你什麼都可以變，但回到村子裡，你就得給我變回來。

我學著說普通話，是學校畢業參加工作以後的事情了。離開了家鄉，再說「家鄉話」常常覺得尷尬，覺得「土」。因了這個邏輯，初學乍練時，就把自己拋入了一個自卑境地，因為無論怎麼學，你都無法讓自己的普通話字正腔圓，真要說起來難免底氣不足，話都不敢大聲說出口；倘若目中無人，繼續「土話」飛揚，那當然就更不好意思：都出來混了，怎麼能自曝其「土」呢？

要等到很多年以後，等到去了北京，來了深圳，才可以不管不顧地用所謂普通話和人交流了。不是天生的腔調，不是默認的程序，我的普通話說得其實很不地道。我的家鄉自元朝起屬山東，上個世紀六十年代突然又劃給了河北。初次見面的人，聽我一口山寨普通話，常常很肯定地說：「你是陝西人吧。」這類問題聽多了，我懶得辯解，往往就順水推舟說：「你怎麼聽得出來？我是陝甘寧邊區的。」「怪不得，」那人說，「聽著就像，太明顯了。」一通說笑之後，頓時覺得有幾分荒誕，有幾分迷惘。偶爾也會碰到有些閱歷的人，說你肯定是山東人，我就有知音之感，久旱逢甘霖似的，連忙感謝不迭稱讚人家「很靠譜」。可是，我還算山東人嗎？我究竟是哪兒人呢？

近來……我這會兒剛打了「近來」二字，螢幕上箭頭旁的語言框裡竟然出現「近來寒暑不常，希自珍慰」一語，如果你需要，就可以 Enter 一下。電腦愈來愈「人性化」了，它怎麼知道我接下來正想表達類似的意思？我想說的是，近來關於「普通話與狗」之類的爭執，實在無趣又無聊，我一點參與論戰的勁頭都沒有。我的「命」是家鄉話，「運」則是普通話，命運如此，多說無益。

近來……呵呵，又是近來。近來我覺得自己有「返祖」傾向：再也不覺得家鄉話很「土」，說家鄉話再也不覺得自卑，一有機會非說幾句家鄉話不可。一說家鄉話，就覺得自由，似乎腦子裡多年閒置的大片土地忽然又生機勃勃了。我不再要求兩個當我面說上海話的人改說普通話。聽不懂又有什麼關係呢？這個世界上真有那麼多需要聽懂的話嗎？我也不再希望給我打電話的故鄉人說一口彆彆扭扭的普通話，就說家鄉話好了，我願意說也願意聽。我特別喜歡旁邊一堆人熱火朝天地說潮汕話，因為此時此刻我能享受到喧鬧中的寂靜，理解了「鳥鳴山更幽」的趣味。

今年春節和哥哥、姐姐們在深圳團聚，我說家鄉話說得如饑似渴，義薄雲天。在一個「無家可歸」的大年三十，家鄉話何嘗不是一條回家的路？「出什麼洋相啊。」想起這句當年大人們譏諷王姓女子的話，我覺得開心，但還沒有開悟：這是一句迄今我尚未參透的禪語。

二十 算命

我是天生有財庫的——楊照

十多年前，我生命中最混亂、也最挫折的一段時間中，媽媽大致瞭解我的狀況，一次聊天中，突然說：「記得你算出來的命，是有財庫的，不應該會沒錢。」我啞然失笑，一來是沒想到媽媽會用這種方式安慰我，二來是從來不知道媽媽幫我算過命。

在我成長的印象中，提起算命的事，爸媽都一樣，講沒兩句，一定會冒出「鐵齒」這兩個字。那是閩南語的說法，指的是不信命不信邪的人，不管人家跟他說什麼，給他看什麼證據，都還是「鐵齒」不鬆口不信。

爸媽兩人都「鐵齒」。爸爸是因為個性淡泊，凡事不強求，也就不會積極想要去探知未來，更沒有衝動要改變命運。媽媽則是因為她根本就不熟悉算命這一套東西。不只算命，就連基本的燒香拜拜，對她來說，都很陌生、很疏離。

小時候留下深刻印象，每逢節日需要燒香拜拜，媽媽就得尋求大姑的幫助，該怎麼做、有些什麼規矩，一一問清楚一一照做。而且媽媽也幾乎從來沒有帶我們到廟裡，不管是佛教或道教的寺廟，燒香拜拜。年紀大一點之後，對於燒香拜拜，媽媽更任性自在，經常自由改動規矩。上桌的供品，可以有叫來的外賣Pizza，也可以有紅豆粉粿冰棒。

後來我才曉得：媽媽成長的過程中，從來沒有接觸過這些。她出生在日據時代的「皇民家庭」，她的「母語」其實是日本話，她學的，則是一部分日本習俗，加上一部分西洋現代理性觀念。在她十歲那年，日本戰敗，接著在她十二歲那年，自許為現代知識份子的外公，因為參與「二二八事變」，被國民黨逮捕槍殺，媽媽原有的成長環境，瞬間瓦解。

生在這樣的家庭，我不可能對算命太熱衷，記憶中最接近算命的經驗，只有國中時和姐姐們玩「碟仙」，而且還是簡易版的，用銅板取代了「碟」。在一張大紙上畫滿了各式各樣的字詞，放上一顆十元銅板，三個人或四個人各出一隻手指輕輕地放在銅板上。其中一人問事，問好了大家閉上眼睛，突然，銅板就開始動了。剛開始慢慢動，像是不曉得要去哪裡，過了一陣子，卻總會加快速度，在紙上亂繞，有時甚至快到我們的手指快要跟不上，然後，戛然停止，大家將手指移走，睜開眼睛，銅板壓到的字，就彰顯了命運。

我完全不記得曾經問過什麼，又得到過什麼答案了。記得的，是銅板開始動的時刻。那從來都不神祕，因為都是我偷偷用力讓它動的。神奇神祕的是，銅板一旦動起來，那就真的不是我控制的，銅板內好像真的有靈在指使其動作般，尤其是銅板飛繞時，整個人身上起了雞皮疙瘩。

我愛那種神祕感覺，遠勝過對於「碟仙」到底給了什麼答案。

另外一種經驗，是長大後自己到廟裡抽籤。別人抽籤，一定先看籤上的吉凶指示，我卻總對籤文更有興趣。讀完籤文，無可避免就形成了意見，對照我生活上出現的困擾，自己給了解讀。解讀完了，就算籤上說的是「凶」，我也總是有辦法從中看到吉光。有一回，一起去的朋友受不了我這種習慣，堅持要我一定得去找廟祝解籤。去了，廟祝看著籤文搖頭晃腦說了一堆，我聽了也忍不住頻頻搖頭——這人連基本字詞都認不對、說不準，國文程度那麼差！

媽媽告訴我，雖然她和爸爸都沒有特別相信算命，不過每個小孩出生後，都還是按照家族習俗，去給先生「批流年」，領回一張大紅紙，上面用濃墨寫著一生命運重點，有什麼缺什麼，還有幾歲幾歲會遇到什麼事。

我大好奇，問媽媽那我的「批流年」還在、還找得到嗎？媽媽起身進房裡開始翻找，一邊叨唸：記得上面說我八歲會有「水厄」，所以小時沒讓我靠近水，沒想到我自己和同學跑去再春游泳池玩，結果褲子被偷了，差點得光屁股回家。上面又說我有文昌運，看起來也滿準的……翻了好久，還是找不到那張三十多年前的大紅紙，媽媽放棄了，看著我，鄭重其事地說：「唉，反正算命的說你有財庫，不會沒錢的啦！」

我曾是一個倒楣的算命師

——馬家輝

這是一個頗為離奇的生命經驗，關乎算命；但不是我去算命，而是，沒錯，我替別人算命。

讓時鐘調撥回到十七年前的美國，中西部，威斯康辛州，陌地生城，我在攻讀博士課程，第三年，女兒出生不久，我一邊在社會學系擔任助教，一邊苦找題目撰寫博士論文。苦雖苦，在經濟上，我卻算是台灣和香港留學生裡的「富戶」，因為我在香港報紙開設專欄，每天寫呀寫，每月有稿費可收，所以，當其他留學生的老婆需要在餐館打工或充當保母賺錢，我卻擁有足夠的收入聘請鐘點保母看顧嬰兒，好讓我老婆每天睡到中午起床，然後躺書店，然後喝咖啡，然後讀小說——直到我在香港買了一個小房子。

買房子，是因為暑假返港度假，趁樓市低迷而入市，不貴，小小的單位，在舊區，只賣港幣兩百七十萬，但已耗去我所有手頭現金，每月還須繳付房貸，令我返美後，由「富戶」變成「貧戶」，手頭非常拮据。

頭腦精明的我乃想出了算命的鬼主意。

二十來歲時曾經沉迷紫微斗數，買書自研，略懂開盤推盤，這時候乃心生一計，在美國某份華人報章上刊登廣告，自稱「香港移民，精通斗數算命」，誰寄來二十元美金支票和生辰八字，我即替誰指點迷津。果然，廣告一出，支票立來，雖然不算是「如雪片飛來」，但每個星期賺個一兩百元，不成問題，我乃恢復「富戶」身分，生活再度優裕。

可是，怪事發生了。在化名替別人算命的那陣子，不知何故，身體經常出現毛病，若非失眠，便是胃痛，再不就是便祕，總之，全身上下皆不安寧。當時心想，或許這是慚愧內疚而引發的「心身症」（psychosomatic problem），沒啥大不了，然而，很快便發現倒楣事件連番爆發，令我甚感煩惱。

例子？

隨手說一個吧：我住在大學研究生社區，數年以來，治安平和，夜不閉戶，全不擔心。但某天，我忽然心血來潮，把平日隨手積存在玻璃瓶子裡的硬幣全部拿去銀行入帳，這是破題兒頭一回，以前從未這樣做，亦沒想過會這樣做。然而好巧不巧，出門時開車左繞右轉，走了許多冤枉路，到達時，銀行已經休息，我只好摸摸鼻子，打道回府，並因打算翌日再往，便懶得把沉甸甸的一大袋硬幣帶回家裡，只將之留在車內，也照例沒有鎖上車門。

對了，就是在這個晚上，社區發生了十多年從未有過的偷竊事件，據鄰居說，深夜時分有黑人闖人，偷走了好幾輛汽車裡的財物，而我的儲存了三、四年的硬幣亦慘遭竊去，不早不晚地，就在這天，不幸破財。

這件小事只是數十樁倒楣事件的其中之一，你當然可以笑道這純屬湊巧，絕無神祕，然而神祕主義之為神祕主義，往往正是只有當事人感受得到，自己心知肚明，不是的，不會也不應該這麼湊巧，在純粹的倒楣機率背後，必有一番冥冥天意。更何況，按照傳統說法，替人算命是替人消災也是替人頂災，寄來美金支票和生辰八字的人，總是生活得諸事不消，若非健康有危機，便是婚姻有挫敗，再不就是財務有困難，我每天陪伴別人面對衰氣，自己必遭連累，而且如果我的算命尚有幾分準繩度可言，更等於「洩露天機」，很容易惹怒老天。

某夜，我坐在書房裡抽菸，聽見女兒在睡房的哭聲，忽然，被她哭「醒」了，算了，應該罷手了，別再算命了，不能再算了；我把菸蒂壓死，拉開抽屜，把尚未處理的客戶支票和生辰八字逐一放進信封，逐一寫上地址，逐一寄回，忙完一小時，心安理得，爬上床，睡大覺。

之後我再也不敢替別人算命。其後，年歲漸長更深刻領會，「信術數不如修因果」，命運不可知也不應知，只要尋得一個安身立命的生活方式，順勢而行，命好也好，運歹也罷，都是生命裡必須面對的悲喜經驗，是你自己做的業，由你自己承擔，非常公道。你躲不開也沒理由去躲，萬般帶不走，唯有業隨身。

好了，說完了，這便是我的算命故事。嗯，對了，還可再說幾句我父親的算命故事：他於五十來歲時常說，小時候有瞎子替他算過命，靈驗得很，而瞎子說過，他年壽僅有六十三，活不過這個歲數。所以我老爸的生涯規劃是，盡情吃喝玩樂，在六十三歲以前把積蓄花光。

他成功了，六十三歲那年，他把錢花光了。可是，可幸，他仍健在，瞎子這回不靈驗了，我老爸今年已經七十三歲。但他非常後悔把錢花光。可惡的瞎子。

想起另一個一九六三年出生的人

——胡洪俠

聽說生我養我的胡官屯村早就成了「空心村」，手裡有了點錢的年輕人紛紛在村子外圍蓋起了新房，急火火地搬出了又破又舊的老胡同。又聽說，我家所在的那個胡同裡已經沒有什麼人住了，老一輩的人陸續棄世，偶爾一兩位還算長壽的，也都跟著兒女住進了新房子。這才多少年，昔日胡同裡的喧譁與熱鬧竟然就成了絕響。要知道，我們那個胡同曾經堪稱村子裡的政治、經濟和文化中心，大隊部、代銷點、磨坊都集結在那裡，村東村西的人們有事沒事總要來這個胡同走走。各種批鬥會、動員會不消說要在這裡開，露天電影也在胡同附近上演，磨坊裡的機器晝夜轟鳴，代銷點的燈光常常要等到整個村莊都入睡以後才會熄滅。三、四十年前的光景了，歲月輕輕一晃，就把許多的真實圖景晃成了模糊的記憶。

胡同裡的住家都姓胡，但是聽大人說，南鄰那家姓的胡和我們不是一個「胡」，他家原是從外村遷移過來的。因了這層緣故，儘管我和那家的老三同齡，一起上學也一起嬉戲，但總覺不是本家，感情上隔了若隱若現的一層。我家很窮，那家人似乎比我們家更窮。這也難怪，那時村裡根本沒有窮和富的分野，所有人家勉強可以分為窮和更窮兩大類。老三比我胖多了，眼小，臉方，長得敦敦實實，說話鏗鏗鏘鏘，掰腕打架砍草偷瓜這一類的事情，我從來贏不了他。學校裡功課他遠不及我，可他腦子裡裝的亂七八糟的事卻比我多得多。七、八歲的時候，村裡有人結婚，我們幾個人一起去看熱鬧。回來的路上，他問：「你們知道那對新人今晚會幹什麼事嗎？」我們都搖頭。他說：「我知道。」然後繪聲繪色地描述一番。那一刻我們都半信半疑地對他刮目相看。

1979年的高中畢業證照片。那年冬天，第一次讓人拉著給自己算命，說是以後會娶一個家住王莊名叫「魏什麼芳」的姑娘。惜至今未遇。

一九七九年的寒假，我回家過年，和他重聚，站在他家門口聊東聊西。他問了問城裡的人如何生活，然後說：「外面有什麼好？還是家裡好。」我笑笑，不置可否。

「你想不想算命？」他又問。

「都是封建迷信，我不信，也不想。」我說。

「迷信？那都是前幾年的說法了。西院成奶奶過去是什麼『會道門』，在村裡老挨批，說她搞迷信。現在誰還管？東邊胡同裡那個信『一貫道』的大哥，有一年過年村裡民兵抓住他遊街，現在呢？還不是又搞起來了？」

「一貫道」的事我知道，那位從東北回村的大哥春節遊街一事我也是親眼所見。到底什麼是「一貫道」，我當時並不清楚，只知道那是「反動會道門」。後來又聽說，村裡的民兵連長看上了「道友大哥」的漂亮女兒，託人說親未成，有些惱羞成怒，遂派人深夜突然闖入家門，將正在進行「一貫道」儀式的那位大哥抓了個現行，關進了大隊部。第二天一早，即開始敲鑼打鼓地遊街，過年也不讓他回家。「道友大哥」胸前掛著「反動會道門」的牌子一個人掃了好幾天大街。

老三還在那裡滔滔不絕說算命的事，我不忍掃他的興，又想著看個新鮮，就答應算一回。他說：「還得再找一個人。走，叫上誰誰，去我家。」

因為要過年，剛剛掃了屋子掃了院子，他家裡異乎尋常的整潔乾淨，這讓我很不適應。進了北屋，我們都聽老三的指揮：先擺好一尊毛主席石膏像，然後鋪一張白紙在方桌上，紙上撒一層薄薄的麵粉；再找一個篩麵的籮，籮幫上綁一根筷子。「可以了，許願吧。」老三說。

「就這麼個算法？」我忍住笑，大大咧咧地問了一句。

「都這麼算，我也是剛學來的。兩人架著麵籮，一會兒筷子就會在麵粉上寫字。你問什麼那筷子就寫出答案。」

「我不知道問什麼啊。」

「笨啊！好吧，就問問你將來娶哪村的媳婦，再問問那女的叫什麼名字。」

一看這算命程序中有毛主席，我突然緊張起來，覺得這已經不是「迷信」的問題，簡直要「反動」了。等那根筷子果然唰啦啦在麵粉上橫七豎八劃了半天，我又想笑。哪裡是什麼字，根本無法辨識。可是老三卻認得。他說：「毛主席說了，你以後要娶的媳婦是西邊王莊的。你看這裡，她姓……姓位，肯定是那個『魏』，毛主席給簡化了。魏什麼呢？好像是魏什麼芳。王莊又不大，姓名知道兩個字也夠了。你去打聽打聽，有沒有這麼個人。」

我實在憋不住了，哈哈大笑。老三厲聲制止我說：「笑什麼！這不能笑。一笑就不靈了。」要到很久以後我才明白，這種占卜方法叫扶箕。書上說，只要心誠，扶箕還是很靈的。書上又舉了不少大仙降壇如何神乎其神的案例。大概就是因為我笑的時機太不對了，心之不誠昭然若揭，這個「王莊魏什麼芳」的預測終於沒有靈驗。這且不用管它，我倒是真想重回那個胡同看看，找個冬天再和老三聊上幾句。都是一九六三年出生，又一起長大，這是緣分。

二二 作文

作文，有什麼難的？

——楊照

我是在準備演講比賽時，才學會了原來作文應該怎麼寫。

小學時，學校裡好像隨時都在比賽，各式各樣的比賽。有印象我參加過的，就有班級樂隊比賽、躲避球比賽、作文比賽、書法比賽、科學展覽比賽、模型製作比賽……當然還有其他與我無關的比賽——畫圖比賽、歌唱比賽……

四年級，被選為演講比賽的代表。老師指定的。很簡單，老師告訴我和另一個女生哪天要比賽，要講幾分鐘，規定什麼題目，到了比賽前兩天，老師想起來了，把我和那個女生叫去，要我們試講給他聽。聽完後，他指指女生，對我說：「她的稿子寫得比較好，台風也比較好，你要學她那樣，上了台，一個字一個字說出：『校長，主任，各位老師，各位同學』，不能含混。」雖然覺得女生那樣喊「校長，主任……」的聲調挺噁心的，我還是點點頭說：「嗯。」然後老師揮揮手，沒事了。

不記得比賽的經過了，只記得比完賽回教室，上課了，老師神色緊張地進來，又把我和那個女生叫過去，鄭重其事地宣布：「你們兩個人都入選了，才選八個，我們班就有兩個，只有我們班入選兩個，然後于老師要從八人中再選出三個，代表學校去參加台北市中年級組的比賽。你們補習後留下來，我要教你們怎麼準備。」

我不知道老師怎麼教女生準備，輪到我時，老師從抽屜裡拿出一本厚厚的書，書名是《作文範本大全》（旁邊還有大字注記：「教師用」），翻一翻，翻到「珍惜光陰」的題目，說：「同樣的題目，有三篇文章，你回家從三篇裡面各選一些句子，寫成一篇演講稿。」我捧著書要走了，老師又叮嚀：「好好看裡面的句子，不要再用自己的話講了，那樣不像演講，知道嗎？」

回家後，我攤開作業紙，很認真地抄「大全」裡的文字。到現在還記得開頭寫的是「時光荏苒，光陰如梭」，兩個之前我從來沒用過，事實上也完全不懂的成語。中間抄一段蚱蜢愛嬉遊以致無法過冬的故事，和幾句描寫人生苦短的話，最後的結語則是：尤其國難當前，我們每個人都要貢獻自己的時間心力在「反共復國」大業上，所以不只要為自己，更要為我艱苦奮鬥的中國珍惜時間。

然後，大約兩個星期的時間中，我每天都努力死背這份講稿。老是背不起來，或背得無聊透頂時，我就翻翻《作文範本大全》作為調劑。慢慢地，我發現了一件有趣的事，雖然題目不一樣，範本裡的文章看起來都很眼熟，有些字句、意念會不斷出現。再多翻幾回，我明白了，那讓人眼熟的，幾乎都出現在結尾部分，幾乎都和「國家」，尤其和「反共復國」有關係。

珍惜時間為了要報國，立定志願當然更是要跟報國有關。最崇拜的人，是帶領我們保衛復興基地的「蔣總統」；最想念的人，是告訴我國仇家恨不可忘的爺爺。最大的興趣是體育活動，因為可以強身，將自己打造成有用的「反共尖兵」；最感動的是國慶日大典上看到三軍弟兄們雄赳赳氣昂昂走過閱兵大道……

原來如此！原來老師心目中好的作文要這樣寫，我乍然理解了。再想想，心中有一份童稚的驕傲、自信湧上來：這有什麼難的！

是不難。從那時開始，我改變了寫作文的習慣。拿到作文題目，先想要如何和「反共復國」扯上關係，先將語氣激昂的「愛國報國」結語想好了，然後再以結尾回頭推想前面該如何鋪陳。

例如寫「遠足記」，我也不費心想前幾天的遠足究竟發生了什麼事，專注先找遠足和「報國」的關聯，靈機一動，想到了「報國」要有遠大的志向，馬上接著聯想遠足去了白雞山，從山頂可以眺望遠方，那就既可以強調登山強化我們的心志，又可以描述遠望時刺激出對大陸山河的懷念，啊，一篇「對的」作文很快就寫出來了。

誤打誤撞，我沒有選上學校的演講代表（幸好！），卻成了作文高手，不管什麼題目到我手裡，不管哪個老師批改，我都能寫出高分來。只是，正因為寫來如此順手，作文也就沒有什麼樂趣可言，要到上了國中，有一天，突然再也不想寫這樣的作文，我才明白這世界還存在著另一種充滿趣味與挑戰的寫作——為自己，為表達自己所思所感而寫。

之乎者也，不知所云！

——馬家輝

想來其實有點不可思議，文筆單薄如我者竟是一個曾用文言文寫作的人，如同那個世代的許許多多的香港學生，在中學階段上國文課，不僅需要學習閱讀文言文，更需學習撰寫文言文，有時候是強迫，有時候是自願。老師在作文題目旁註明「可以選用文言文或白話文」，前者只寫四百字，後者則寫八百字，所以前者有了誘因。

那個世代，指的是上世紀七、八十年代，仍是英國殖民管治的年頭。儘管中國歷史課受限重重，不准講授辛亥革命以後的風雨苦難，中國語文課倒是空間寬廣，從唐詩到宋詞，從駢文到戲曲，以至胡適魯迅巴金茅盾沈從文的文字，統統可教可念，文言白話全收，傳統現代不拘，自由度極高。曾聽對香港教育史有研究的朋友說，當時的香港教育司署頗受香港大學的中文學院派系影響，學院內視野闊廣的學者堅持讓香港學生接受扎實的文字訓練，所以課堂範文取材兼容並蓄，算是對得起殖民地的華人子弟。英國佬對此無可無不可，只不過從不推動普通話授課，想必是刻意切開香港年輕人與中國大陸的語言血脈。

當然，有好文章可讀，並不表示必能寫出一手好文章，誰來授課和如何授課是關鍵因素，欠缺好師資和好環境，範文再好亦難刺激年輕人的文字敏感度。當時我和同學們所寫的所謂文言文，其實跟白話文差不了多少，只在句子裡隨意添加「之」、「曰」、「云」、「也」之類字眼，裝模作樣，自欺欺人，交差了事。

高中時曾經遇上一位麻辣老師，某回，在我們的文言文作文紙上狠批八字評語：「之乎者也，不知所云！」我們沒有臉紅，反而哈哈大笑，覺得這位阿 sir 有點意思。老同學聚舊，有人談及這位老師，說他數年前病逝，未滿六十，結了三次婚，最後一任妻子比他年輕二十多歲，比我們還年輕，其中一位女同學認真地笑道，唉，早知道我當年就勾引他，那時候我覺得他很有魅力，一直暗戀，不曾表白。她也離婚了兩次。人間情事，回不去了，徒剩惘然。

二〇一二年是我搖筆賣文的「專欄寫作三十週年紀念」，我乃同學們之中的唯一作家，可是，中學七年，我的國文考試從未拿過A，心底頗有不忿。理由何在？我當然是覺得自己的作文從內容到文字都寫得比老師們「超前」，他們不懂欣賞，故沒給高分。另一原因是，我經常下筆如噴水，限字八百我卻寫個一兩千，超額完成，反遭扣分。再有一個原因是我的字實在寫得太潦草了，別說讓老師們看得吃力，即連自己重讀亦常搞不清楚這個字和那個字之間的差別，自然失去分數。總之，天亡我也，非我之罪，唯有自我安慰，張愛玲讀大學時亦曾國文科不合格，我還比張愛玲稍強。

在香港成長，於中文作文以外，亦要應付英文，我的英語能力十分鴉鴉烏，別說是A，連合格過關於我亦是挑戰，尤其最後兩年中學，我幾乎逃了百分之八十的英文課，躲在學校圖書館裡追讀李敖胡適殷海光，最後，自討苦吃，高考的英文科僅拿了E而不被香港大學錄取，挫敗殊深。我清楚記得高考當天的悲哀經驗：面對「One Unforgettable Day」的作文題目，腦海一片空白，筆尖懸空數十分鐘，寫不出半個字，因為疏於練習，太久太久沒用蟹行洋文寫作文，完全忘記了起承轉合的文法技藝，心底湧起一陣淒涼，幾乎讓眼淚滴到答題紙上。

我的中文科和中國歷史科高考成績都不錯，假如不是英文科落敗，必能入讀港大，其後或許會念法律或政治科系，畢業後不是做了律師便是公務員，生命風景由此改觀，不一定會比現在好，卻肯定跟現在不一樣。一篇作文，兩條前路，這是筆尖的另類力量。

所以我曾對熱愛撰寫英文小說的女兒說，假如老爸當年有你今天十分之一的英文作文功力，命運勢必全盤改變。

變成怎樣？女兒追問。

我笑道，應該不會去台灣讀書，那便遇不上你媽咪；遇不上你媽咪，那便不會有你。

女兒和她媽咪因此有兩天沒有理睬我。我活該。

「誰知道你要告訴別人什麼事呢？」

——胡洪俠

卻原來我是一個非常「敬惜自紙」的人，對，不是「字紙」，是「自紙」，意謂「自己寫過字的紙」。你若不信，我可以給你看一冊我上高一時的作文本。是一九七七、一九七八年我的作文「真跡」了：藍色鋼筆墨水，寫在三百字一頁的紅格或綠格稿紙上；文中處處可見第三批簡化字的奇怪寫法；每篇作文後面都有語文老師的紅筆批語；至於成績，不是甲上，就是甲，偶爾有甲下。

隨一篇篇作文舊地重遊，我臉紅復驚訝：十四歲時我怎麼寫得出如此空洞如此八股的文字。無奈作文本封面上明明白白寫著「軍屯中學高一、一班」，編號「四十五號」，姓名「胡洪霞」。物證歷歷，筆跡斑斑，想讓方舟子質疑有人代筆也是不可能的事了。

既如此，不妨選幾篇抄錄一番，也好讓讀者知道，雖然同是高中生，當年的我和當年的韓寒擁有多麼不同的「當年」。

其一，題：〈論「紅與專」〉

摘抄：如果不學習毛主席著作，沒有毛主席無產階級革命路線的指引，就是知識再多，本領再大，也會走邪路，成為「兩眼不聞窗外事，一心只讀聖賢書」的書呆子，成為資產階級的精神貴族，而這樣的人在社會主義革命和社會主義建設中能有什麼用呢?!

老師批語：內容充實，論證科學，語言精練，句子流利。

（按：我當時寫的是「兩眼不聞窗外事」，呵呵，應是「兩耳」才對，奇怪老師竟然沒發現。）

其二，題：〈錢包〉

摘抄：……去上課，還是繼續等？正在躊躇之中，小兵忽然看見前邊有一個人，推著自行車走走，停停，像是尋找什麼東西似的。他趕忙迎向前去問：「叔叔你在找什麼？」「啊，小朋友，我今天起早去縣城給咱生產隊買機器皮帶，等農具部開門，我正要買，誰知一摸，錢包丟了，我就趕緊回來找。」小兵趕忙問：「是不是黑色的？」「是的，裡邊有七十元錢，十斤糧票。」「你看這是不是你的？」「是啊，太感謝你啦，你……」叔叔高興得不知說什麼好。小兵說：「謝什麼，我比起雷鋒叔叔還差得遠吶。」小兵說著就要走，叔叔連忙問：「小朋友，你叫什麼名字？」小兵邊跑邊說：「我叫毛主席的好學生。」

老師批語：主題突出，內容充實、豐富。句子通順，流利，生動。結構緊湊，故事情節巧妙。

（按：文中所講故事明顯是胡編亂造。人家問小兵叫什麼名字，經典回答應該是「不要問我叫什麼名字，叫我雷鋒好了」。我大概是不願再重複，只讓小兵回答了一句「我叫中學生」。老師先是用紅筆改成「我叫紅小兵」。然後他似乎覺得不妥，又改成「我叫毛主席的好學生」。）

其三，題：〈生命不息，戰鬥不止——看故事影片《永不消逝的電波》的感想〉

摘抄：（結尾部分）看了這個電影，我的心像大海的波濤一樣，久久不能平靜，李俠同志的英勇事蹟一幕一幕又出現在我的腦海。我深深地認識到，我們的黨有今天，我們的人民有今天，我們的國家有今天，都是黨和毛主席英明領導所取得，黨旗、國旗、八一軍旗都是烈士的鮮血染紅的……

老師批語：結尾部分較好。寫作能力逐漸提高，望再接再勵。

（按：這「較好」的結尾部分我懷疑是從哪裡抄來的。批語中老師把再接再厲的「厲」寫成了「勵」，我也跟著「勵」了很多年。）

其四，題：〈為實現四個現代化貢獻力量〉

摘抄：……（文中一段）「四人幫」卻一向不顧國家的興亡，人民的安危，瘋狂阻擋四個現代化的實現，影射攻擊周總理，打擊誣陷鄧副主席，胡說什麼「四個現代化實現之日，就是資本主義復辟之時」，真是荒謬到了極點。……（結尾一段）新的長征路上，也一定會有雪山草地來阻擋我們前進。我們要在華主席的領導下，衝破種種艱難險阻，去到達光明的頂點，迎接燦爛的未來。前進！奔向二〇〇〇年。

老師批語：前一部分論述較深刻，但不全面。論點不鮮明。沒有鮮明的論點，誰知道你要告訴別人什麼事呢？下面的內容也就無從談起了。

（按：這一篇老師的批語相當靠譜。當時的口號是，到二〇〇〇年，全面實現社會主義四個現代化。那時我根本不知「現代化」為何物，論點如何能鮮明？當然也就不知道要告訴別人什麼事。那時的二〇〇〇年就是一個符號，我不覺得它和我有關係，我不知道它在哪裡，甚至也沒算過到了二〇〇〇年我會多大。等它終於大駕光臨，卻沒人再提「四個現代化」了，大家都在歡度千禧年，擔心「千年蟲」。新千年之夜，我在香港時代廣場附近狂歡的人群中度過。我從沒有奔向二〇〇〇，它卻換了裝束，擁我入懷，推都推不開。果然，「下面的內容也就無從談起了」。）

二三

錄音機

你的歌

——楊照

也許你願意唱一首歌
輕輕柔柔的一首歌
一點點歡欣，一點點希望
就是這樣的一首歌……

奇特的聲音傳過來。我馬上知覺到這旋律有著很不確定的調性，小調，但中間穿插了許多不在正規小調音階上的升降半音，因而給人一種比原本的小調更不安定的感覺，怎麼說呢？其中飄著一股往上浮動的力量，或者該說，整首曲子就像半空盤旋的滑翔翼飛機，捉摸不定是上還是下，眼看要降落了又陡升上去，上升得正穩妥，突如其來又鼻頭一矮……

而且那歌聲也很不一樣。當然不是我討厭的那種流行歌曲唱法（那時我對鳳飛飛的歌聲避之唯恐不及啊！），卻也不像那一陣子我正著迷的搖滾樂低沉撕裂的唱法（Jim Morrison，那明顯在迷幻旅程中的嗓音啊！），有著一種清澈清涼，讓人立刻聯想起外雙溪的泠泠溪水。

聲音是從「中廣」陶曉青的節目裡播送出來的，我很慶幸自己是用新買的新力牌錄音機聽的。看了一下，確認匣中有卡帶，卡帶正殷勤規律地轉著，油然生出一種幸福感。我知道，等一下，等這個節目播送完了，我可以立刻從錄音帶裡叫喚出剛剛聽到的這首歌，再聽一次，再聽一次，聽到我高興為止。

那台錄音機附帶有收音機的功能，對當時十五歲的我而言，最神奇的，是收音機和錄音機之間的關聯。只要在播放著收音機節目的同時，按下錄音鍵，收音機的聲音就被錄進卡帶裡了。這是家中原本那台電唱機做不到的。

而且這架機器來得正是時候。台灣的「民歌運動」剛剛發展，愈來愈多人認同「唱自己的歌」的呼聲，愈來愈多人試著要寫和被視為「靡靡之音」的流行歌曲不一樣，也和被統稱為「熱門音樂」的美國流行歌曲不一樣的「自己的歌」。不過這樣的潮流又還沒有大到吸引主流唱片公司的注意，它仍然是個校園與部分年輕人間的「運動」，還不是後來被命名為「校園民歌」的龐大生意。

那時節，陶曉青的節目是這個運動的重要據點。她的節目原來是介紹、播放「熱門音樂」的，她決定每週空出一天（我記得是星期四），不播英文歌，專播這種獨立創作，一個人一支吉他唱出來的「自己的歌」。

我把每星期的這段節目，都錄下來，都反覆地聽，不錯過任何一首歌，甚至不錯過陶曉青說的任何一句話。她說了，剛剛聽到的那首歌，是吳楚楚的〈你的歌〉。啊，我知道吳楚楚，因為之前陶曉青在節目中還播過他另一首歌，用周夢蝶的詩改編的〈行到水窮處〉：

行到水窮處
不見窮不見水
只有一片幽香
冷冷在目在耳在衣
你是泉源
我是泉上的漪漣
我們在冷冷之初，冷冷之終
相遇……

這首詩我早就讀過了，簡直不敢相信這樣的詩可以譜成歌，但吳楚楚的歌非但沒有讓我覺得違背了周夢蝶的詩意，還感到如此貼切。

然後，播完了吳楚楚的歌之後，陶曉青說了一件奇怪的事，她說她接下來要播一首寄到電台給她的錄音，一個年輕男生自己寫了歌、自己唱了、自己錄了，可是寄來的信件上完全沒有說自己是誰。陶曉青說歌寫得不錯，請這位寄錄音帶的朋友再寫信去讓她知道他是誰。

歌開始播了，但我聽不進去。腦中想的全是：對啊，有錄音機就可以錄自己的歌，不是嗎？而且還可以寄到「中廣」去，說不定就被播出了？前幾天，我喜歡的那個女孩才在電話中提起，她突然很想寫歌詞，覺

二姐懷中抱著的，就是我曾經擁有多年的吉他。用那把吉他為無緣的女孩寫了無緣的歌。

得自己應該可以寫不錯的歌詞，同時慨嘆她自己不懂樂理，沒有辦法作曲……

我阻止不了大腦快速紛亂出現的想像，彷彿聽到陶曉青說：「我收到一首很好的曲子，很願意推薦給大家，這首曲子是兩位朋友合寫的，作曲的是……作詞的，同時也是主唱，是……」

第一次，我竟然沒有聽完節目，就進了房間，抱起吉他，攤開一張先倉皇劃上五線譜，後來又放棄了五線譜部分的白紙（因為想到女孩可能看不懂五線譜，只能寫簡譜給她），開始寫作我生命中的第一首歌。我還記得，先從副歌寫起，上上下下滑走的三連音，然後接上附點節奏，再回到穩定的四分音符結尾。自己興奮地哼著，啊，多麼美好的音樂。

多麼美好，還能輕易夢想，輕易進入夢境的年歲。

我的天堂曾是一部小小的機器

——馬家輝

對於此專欄我通常有固定的「寫作儀式」：透過編輯小姐的電郵取得本期關鍵詞，坐下來，面對電腦，閉起眼睛，像招魂一樣召喚我的深層記憶，看看有什麼影像從大腦皮層的曲折處浮現。

嗯，來了，第一個影像現身了，立即抓住它，或該說，牽著它，溫柔地牽著這隻記憶之手，像跳探戈般跟這記憶影像翩翩共舞，左右旋轉，高低抑揚，耳畔彷彿有樂章響起，很奇妙，過不了多久便有其他影像相繼冒起，像音符般在我眼前飛揚；然後，我便陷入回憶，享受回憶，感慨回憶，隱約似是重新活過生命裡的某時某刻，如胡適的詩說：「有召即重來，若亡而實在。」我似是活了兩遍。

那麼對於「錄音機」這詞兒，當我閉目，不消半分鐘，腦海便浮起一幅畫面，那是一片海洋，我站在沙灘岸邊，天氣極熱，我穿著紅色短褲，黑色背心，汗水從額上臉上背上胸前滲出滴出，但我不怕，年輕的我，本就什麼都不怕，更何況我的鼻梁上面架著一副於一九七〇年代最炫最酷的雷朋（Ray Ban）太陽眼鏡，兩片橢圓形的墨黑鏡片——香港人慣稱之為「蒼蠅鏡」——把我的喜怒哀樂情緒全部掩蓋，藏身鏡後，我昂首挺胸，得意洋洋。

那一年，我十七歲。

十七青春好年華，炎炎夏日，跟幾個死黨趁著暑假到沙灘，以曬太陽為名，但其實只是為了泡妞，我所掌握的「武器」，除了一身結實的肌肉，更有提在手裡的那部錄音機，黑色，長長的，寬寬的，沉沉的，硬硬的，體積比二十一世紀流行的筆記本電腦還要大個一兩倍，但我同樣不怕，反因它而感到驕傲，因為我走

高中時，正是青春好年華，年輕的我，什麼都不怕。校內運動會得了跳高亞軍。

到哪裡它便用聲音替我預先開路張揚到哪裡，擾攘之物配上擾攘之人，簡直相得益彰。我還記得那天在沙灘上，我利用這台錄音機重複播放譚詠麟的〈夏日寒風〉，剛出爐的新曲，的士高（迪斯可）節奏，狂野，勁爆，歌詞淋漓奔放，徹底配合夏天海邊的熱烈情懷：

擠迫的沙灘裡／金啡色的肌膚裡／閃爍暑天的汗水／我卻覺冷又寒／縮起雙肩苦笑著／北風彷彿身邊四吹／只因心中溫暖／都跟她消失去／今天只得一串淚水／說愛我百萬年的她／今愛著誰？／我雖不怪她帶走旭日／卻一生怪她／只帶走痴痴的心／剩低眼淚／狂呼我空虛／空虛／恨極為她心碎／明知結局／何必去做／玩耍器具／狂呼我空虛／空虛／怒罵是她不對／強忍眼淚／從此我願／獨在痛苦中活下去

當然是為了泡妞強唱愁，但這本是少年特權，此時不說，尚待何時？難道等到如今坐四望五才去說？如今生活忙亂到什麼是愁什麼是樂都經常混淆不清了，無語無言，欲說還休，懶得再談。少年時代則是另一個故事，若能把愁唱得激情動聽，那些躺在沙灘上的女孩子會主動走過來結識我、搭訕我，至少，會把目光從遠處投擲過來，像勾魂一樣，想把我的身子勾引過去。

所以那個十七歲的暑假我和死黨幾乎變了「沙灘黨」，三天兩頭有事沒事結伴到沙灘閒坐，出門前，他們總先打個電話來提醒我，別忘了帶錄音機和錄音帶，彷彿戰士到戰場，錄音機和錄音帶是子彈和槍械，沒了它們，便沒我們；它們是我們的命。

又長又寬又沉又硬的錄音機年代終於過去了，換來的是小巧的「隨身聽」，亦即 Walkman，儘管相對於今天的 iPod，它仍算是龐然怪物。而當我把眼睛張開，沙灘的搖滾記憶消失無形，代之而來的是另一幅陰亮黑暗的影像，那是九龍的廟街，夜市的所在，曖昧的所在，在一九八〇年代，賣淫的吸毒的都在這個地方，我亦在，但不是買春也不是販毒，而是在街頭巷尾的小攤檔處找尋某種口味特殊的錄音帶，那種充滿著呻吟浪叫的錄音帶，大概賣十五元港幣，一盒帶子僅有三十分鐘聲音片段，其中約有五分鐘對白，由一把女聲一把男聲輪流述說各式幻想情事，最原始的欲望，最犯禁的想像，在字句之中迸發噴射；其餘二十五分鐘，是呼吸和喘氣和哎呀嘩啦的失神叫喊，沒有故事，卻能傳達足以把少年撞擊得天翻地覆的隱密訊息。

我把錄音帶買回家，到了深夜，或把自己蓋在被窩裡，或把自己鎖在廁所中，戴上又厚又重的罩式耳機，按下 Walkman 的播放鍵，把自己推進三十分鐘的迷離仙界，沉溺如醉，幾乎不願回到現實世界。

黑色禁夜，錄音機曾是我的情欲天堂，我的天堂，竟曾是一具小小的機器。我竟然曾是如此的無力卑微。

誰家的大雁在飛

——胡洪俠

齊玉貞是個年輕漂亮的寡婦。有一天她在林中溪邊遇到一位暈倒的男人。她把這男人救回了家，給他飯吃，為他治病。她愛上了他。可是這男人魏德勝原是東北抗聯的一位連長，他負傷被俘又逃脫，一路之上，幾番出生入死，為的就是要找到隊伍，重新穿上軍裝打鬼子。他歸心似箭啊，他不能為了愛情半途而廢啊。玉貞沒辦法，只好含淚送親人。茫茫東北林海中，一隻大雁飛過，歌聲響起：

雁南飛，雁南飛，
雁叫聲聲心欲碎。
不等今日去，已盼春來歸，
已盼春來歸。
今日去，願為春來歸。
盼歸，莫把心揉碎。
莫把心揉碎，且等春來歸，
且等春來歸。

我喜歡這首電影《歸心似箭》的插曲〈雁南飛〉。其實我早忘了電影講的是什麼故事，查了查資料我才寫得出齊玉貞和魏德勝這兩個名字。〈雁南飛〉的歌詞我卻不用上網去搜也能如流般倒背。好像也沒有什麼特別的理由，可是多年來每當聽到「雁南飛……」歌聲一起，不管在做什麼或者想什麼，我都會停下來，邊聽邊發呆。那一刻我聽見的旋律不像是從卡拉OK的音箱裡發出的，而是從很遠很遠的地方傳來的；不是從地面上包攏過來的，而是從天上飄落的。等唱到「莫把心揉碎，且等春來歸」的時候，我整個人其實早已不在原地，而是順著歌聲回到了一九八〇年衡水師範學校的校園。

仍然是那條常走的路線：先走一段坑坑窪窪的新華路，然後邁進簡樸得毫無風格的校門。右邊是教工樓，一樓西側是我常去借書的圖書館，館中有位年輕漂亮的女館員；左邊是兩層的教學樓，端正敞亮的灰磚建築中，教室一個挨一個，門口都掛著白底紅字的班級編號小木牌。馬上要到午飯時間，同學們正拿著飯盆魚貫而出，奔向沒有魚的食堂。順著樓中部寬寬的樓梯，我走到二樓，推開那間學校團委會活動室的門。屋裡有幾張桌子，我那張桌子上放著一台錄音機。我咔嚓咔嚓按幾下快進或快倒鍵，點了點頭，「還行」。於是手托錄音機，下樓，沿著直通飯堂兼禮堂的紅磚路面，走進大廳最西南角那間廣播室。早有兩個廣播員在那裡值班了。我說：「開始吧。」廣播員問：「還是放〈雁南飛〉？」我說：「對。」其中一位紮著兩條小辮穿著軍綠上衣的廣播員嘀咕說：「都聽煩了。」「你是不是想聽靡靡之音啊。」我看她一眼，笑了笑，扭頭走出飯堂。這時，整個校園又一次讓〈雁南飛〉的歌聲淹沒了。我抬頭望望天。天依然湛藍，遼闊，悠遠，和「不等今日去，已盼春來歸」的聲音融為一體。可是校園裡依然沒有大雁，只有麻雀……

據說，盒式磁帶錄音機是在我出生的那一年由荷蘭人發明的。到了一九八〇年，我還根本不知道盒式磁帶為何物，也沒見過誰家桌子上赫然擺著錄音機。我用的錄音機是盤式的，塊頭不大也不算小，方方正正，雖說可以手提，但絕說不上便攜。那是不是用於專業廣播的錄音機我不知道，我只知道那是學校團委會專門給我負責的廣播站配備的。

團委書記姓郝，他個子偏矮而頭偏大，嗓門洪亮，精神十足，漆黑的眼睛和整張黑紅的臉天天都在放光。剛入學時我積極給廣播站投稿，郝老師因此很喜歡我。有一天他說，高年級的同學快畢業了，你把廣播站接過來吧，在你們年級裡招幾個廣播員。「學校會給你們買個錄音機。」他說，「好好幹，你這角色相當於校團委的宣傳部長啊。」

廣播員隊伍很快組建起來，錄音機也買回來了。那幾天我毫無上課的心思，全身心都撲在神奇的錄音機上。錄音帶是一盤一盤的，大小也正如同飯桌上盛菜的盤子。取放帶盤安放在機器左邊的帶軸上，扯出磁帶一端，自左至右繞過磁頭，卡在右邊空空的收帶盤的中軸上，然後按下紅色的錄音鍵。兩個帶盤緩緩轉動，外接話筒也已開通，這時我就變得大氣不敢出了。等心跳稍稍正常，我開始學著中央人民廣播電台《新聞和報紙摘要》節目播音員的腔調，讀幾段報紙社論。按停止鍵。按倒帶鍵。按放音鍵。天，我的聲音，已經離開了我的嘴的我的聲音，就迷途知返一般地又回來了。

也就在那時候，看了電影《歸心似箭》，學會了哼唱〈雁南飛〉。我一下子喜歡上這首歌，至今原因不明。也許是因為那種飄的感覺吧：每次聽都會覺得身體空空的，因為心思已經衝破身體，飛得很高很遠，我握

在衡水師範學校門前留影。也就在那時候，看了電影《歸心似箭》，學會了哼唱〈雁南飛〉。我一下子喜歡上這首歌，至今原因不明。

不住也追不上也看不見。等學會了轉錄功能，我開始從收音機的《每週一歌》節目裡一遍又一遍轉錄〈雁南飛〉，直到填滿整整一盤磁帶。郝老師不是說我「相當於」宣傳部長嘛，宣傳部長當然可以決定廣播站播放什麼歌曲。在很長一段時間裡，每逢食堂開飯、廣播站開播，滿校園裡就一次次的「雁叫聲聲心欲碎」了。

多少年之後，這首歌變得愈來愈遙遠又愈來愈厚重。它幾經轉錄後自身也變成了一台錄音機：你的心跳或者神往，不管有聲的還是無聲的，都完好無損地保存其間；一經喚醒，立刻就可以和歌詞一道起承轉合，與旋律相擁著一詠三嘆。

二三 可口可樂

冰涼的神奇黑水

——楊照

我記得，家裡第一台電唱機，是三洋的。那年頭的電唱機，好大一台，自己堂皇地站在客廳中。運送電唱機來的業務員，鄭重其事地從包包裡拿出一塊東西，告訴媽媽那是特別的附帶贈品——唱片擦。用細緻絨布精製的，專門用來撫拭唱片上會有的灰塵。業務員再三交代，如果唱片不乾淨，就會傷到唱針，而受傷的唱針又會刮壞唱片。唱片唱針，一樣壞就必定兩樣壞。

唱片擦把手上有幾個英文字母，那時候，我甚至還不知道那是英文字母，然而我隨口就說：「三洋。」業務員嚇了一跳，媽媽也嚇了一跳。「怎麼會知道是三洋的？」因為上面的字母寫的就是三洋牌啊！

業務員真心稱讚的模樣，還有媽媽真心高興的模樣，讓我留下深刻印象吧，以致到現在沒有忘掉。那時我還沒上小學，幼稚園大班上了一學期就停了，每天混在家裡。我是在家裡的第一台黑白電視上，看到三洋電器的廣告，所以認得了那幾個符號就代表「三洋」。可是，我不記得電視是什麼牌子的了，只記得大家都說，那是台灣沒有的牌子。

電視跟電唱機不一樣，不是電器行裡買的，是從「美軍顧問團」裡轉手賣出來的。媽媽有一個朋友，在美軍顧問團旁邊，開了一家專門賣仿製油畫的店，因而認識了一些裡面的美國軍官。透過美國軍官，可以得到許多美國東西。

美國、美軍是我們那一帶日常生活普遍的一部分。我的小提琴老師雷老師，他哥哥也是畫畫的，也主要賣畫給美軍顧問團的美國人。另外一小部分，賣給住在天母的台灣人。雷老師說的。那是我第一次對天母有了記憶，天母的台灣人是會願意出我們難以想像的價錢買畫的。

離我們家很近的農安街中山北路口，有一家「圓山圖書」，然後沿著中山北路朝北走，到民族西路口，另外有一家「林口圖書」。若是轉往南邊，還是沿中山北路，過了錦州街，還有一家「敦煌圖書」。這三家書店，都是賣英文書的。

我最早學到的英文發音，一定是「PX」。那是美軍福利社的簡稱。我接觸的第一件美國東西，一定是後來正式進到台灣叫做「芬達」的果汁汽水。

媽媽說的，我沒有印象了，因為有PX流出來的「芬達」橘子汽水和葡萄汽水可以喝，我總是要跟媽媽去那個朋友家。然後突然有一天，卻說什麼都不願意再去了。一說要帶我去那個朋友家，我就大哭大鬧。弄了半天，後來媽媽才曉得，原來朋友家的兒子，名字發音跟我的名字一樣，在他們家裡，我老聽到媽媽的朋友罵我。

不過，我還有印象，卻是媽媽不記得的，在那個我老是覺得挨罵的朋友家，我還喝到一種奇特的東西，黑黝黝看起來怪可怕的，像是媽媽燉煮給姐姐們喝，濃苦濃苦的「四物湯」。然而鼓起勇氣喝到嘴裡，天

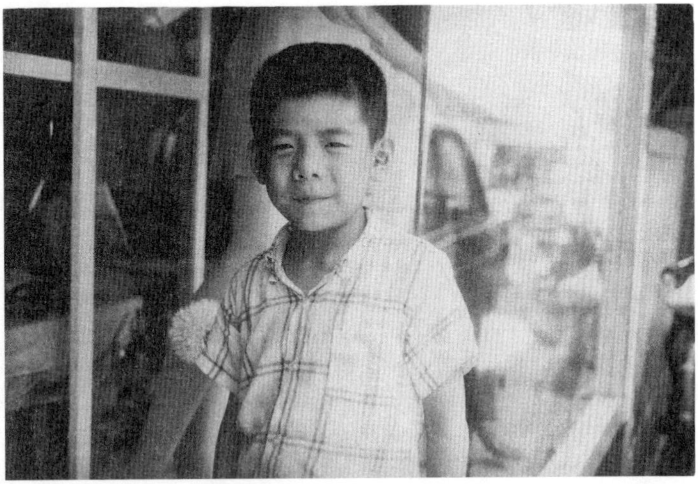
就是這個時候，喝到了那神奇的黑色飲料。

啊，竟然是那樣甜美的滋味，不像「芬達」還可以說出這是橘子那是葡萄，純粹是超乎我生活經驗以外的東西，和其他曾經吃進喝進嘴裡的，都不相干，都有很大的差距。

不去媽媽朋友家之後，我以為自己再也沒有機會接觸到那神奇的黑水了。小學三年級時，有一天早晨肚子奇餓，忍不住拿了本來帶來學校要響應「儲蓄運動」的錢，越過當時覺得好大的操場，到福利社去。心中忐忑害怕會趕不及在上課鐘響前回到教室，跟自己講好了一進福利社就買菠蘿麵包，然後繞過有九重葛的小院子，躲開糾察隊，邊走邊吃。沒想到，在福利社門口，意外地看到一座外表漆成紅色的冰箱站在那裡，一個高年級的男生正從冰箱中取出一個瓶子，瓶子是黑的，不，瓶裡裝的東西是黑的！

雖然事隔了好幾年，我還是馬上認出來了，那就是我喝過的神奇黑水啊！我心跳加快，帶著不敢相信的情緒，伸出手去打開了冰箱門，從裡面拎出一支就連握在我手裡都不算大的玻璃瓶，瓶子奇冷無比，我差點直接將瓶口塞進嘴裡，才想起還得先去付錢，還得請櫃檯裡的大人幫我打開瓶蓋。走到櫃檯，守在那裡的小姐帶點新奇好玩的態度，大聲說：「可口可樂，五塊！」說完，她自己笑起來，又說：「可口可樂、可口可樂」，顯然被那聲音逗樂了。我在心裡也跟著唸：「可口可樂、可口可樂」，原來它叫做可口可樂，多麼有趣的名字啊！

可口可樂給我上的第一節心理學課

——馬家輝

我到今天始終不太明白，為什麼我那位天才妹妹每回坐在飯桌面前，如果不是喝酒，便必喝一杯冷凍的可樂？而更多的時候，儘管她的面前明明已經擺著酒杯，她卻仍然點喝可樂。這種烏黑的飲料，真有這麼好喝？真的非喝不可？

必須承認在這些問號背後或許暗暗隱藏了我的妒忌。小時候，父親帶我們出外用餐，妹妹一定要求喝可樂，有時候則是鮮橙汁，在餐廳裡點喝這些飲料，索價不菲，即使不必由我付錢，我亦替父親的錢包感到心疼，可是，父親偏偏答應，冷眼看著，心裡氣著，經常覺得他有所偏袒。——直到自己當了父親、有了女兒，她要求什麼我都不會拒絕，我才懂得，世景荒荒，歲月匆匆，偏袒就偏袒吧。偏袒亦是一種甜蜜，各有各的福分，能被偏袒和有人被你偏袒，亦是福氣。我所妒忌的，原來不是妹妹面前的那杯冰凍可樂，而是她與父親之間的福分因緣。

我對可口可樂一直沒有偏愛，喜歡是喜歡的，卻不執著，年輕時如此，老了，更是。生平喝的第一口可口可樂很可能早於三、四歲，香港洋化，啥都有，兒時每年到餐廳吃「聖誕大餐」，喝的便是可口可樂，瓶裝的，很氣派。之後漸長，男孩子踢足球，賽後汗流身熱，湧到球場旁的「士多」（即store的廣東音譯，雜貨店是也）喝汽水和吃魚蛋，最受歡迎的飲料亦是可樂，不知道是為了省錢抑或貪圖熱鬧的理由，許多時候我和同學們只買一瓶汽水，兩三個人用兩三枝吸管輪流分喝，每人喝一口，搶著搶著，增添了喝的刺激樂趣。有些壞傢伙於吸喝時突然故意猛力呼氣，讓瓶裡的黑色飲料像海嘯巨浪般翻騰滾蕩，很噁心，可是年輕人的字典裡向來沒有「噁心」二字，大家只是推撞幾下，互罵幾句，便算了，便繼續喝，青春的嘴唇，青春的眼睛，青春的笑容，小小的一瓶汽水彷彿地老天荒喝不完，神奇。

關於可口可樂的神奇故事，每個人都是知道的，小學老師說過，中學老師說過，大學老師也會說一說，電視和電台和報紙雜誌當然亦幾乎每回提到可口可樂便必提它一提，這種黑色飲料原先是治療腸胃的藥，有cocaine（古柯鹼，可待因）成分，其實是某種形式的「毒藥」，多喝了對健康不好，卻又容易令人上癮，沒法不繼續多喝；它的配方成分是個天大祕密，代代相傳，鎖在瑞士銀行的保險箱裡，全世界只有三個人看得到，誰能知曉祕密，誰便可以成為巨富……

嗯，對了，小學老師還說過，可口可樂於民初已經傳入上海，昔時被中國人戲稱「蝌蝌啃蠟」，是洋涇濱英語的幽默反諷。那位老師很有意思，教中文，卻常講歷史，講一些課程以外的港英殖民政府不准香港學生學習的抗日歷史，他在黑板上用力地寫出「蝌蝌啃蠟」四個字，手勁極大，吱吱作響，充滿恨意，我和同學們經常在背後暗笑他是「義和團」，懂得「神打」功夫、刀槍不入。

可口可樂在香港曾有一段日子遭受百事可樂的嚴峻挑戰，印象中，後者曾經超越前者成為第一飲料，但又為時極短，很快恢復原狀，可口終究是打不倒的老大。那時候有個電視廣告，路人甲乙丙被半途攔

畢業證書
(76)大字第011905號
學生馬家輝係廣東省中山縣人
中華民國伍拾貳年伍月柒日生
在本校（院）理學院心理學系
組修業期滿成績及格准予畢業
依大學法之規定授予理學士學位
此證
國立臺灣大學校長
理學院院長
中華民國七 月 日
核對者：

大學時主修心理學，回過頭來印證了昔時感受，沒錯，心是生命之源，控制得了心，便控制得了一切。

下，分別喝下兩杯可樂，然後判斷優劣，不消說，答案都是百事可樂勝出，主持人用亢奮的語調向世人宣布：你看你看！百事比另外一種可樂飲料更受歡迎！大家千萬別被「心理作用」騙倒，以為其他可樂飲料永遠第一！

我沒有太在意誰勝誰負，反正我對可樂從不著迷。但那是首回聽到「心理作用」四個字，勾動了我的好奇，人的心理力量原來可以如斯巨大，可以把自己騙倒；若干年後我在大學主修心理學，跟這廣告完全扯不上關係，但回過頭來印證了昔時感受，沒錯，心是生命之源，控制得了心，便控制得了一切。

對於可樂，另一個深刻的童年回憶是大約十三、四歲時，某天下課，在大廈電梯裡赫然看見一個盛滿罐裝汽水的塑膠袋子，貪念遂起，不管三七二十一，把它拎走再說。豈料不到三分鐘，門鈴響起，是大廈另一樓層的住客前來詢問汽水去向，原來她購物回家，一時大意，遺留了袋子。聽了，我被嚇得要命，深怕被當作小偷抓走，應門的外婆卻沉著地回答：什麼汽水？我們沒見過什麼袋子啊汽水的。

對方無奈離去，幸好她沒為此報警。多年以來我仍對此事耿耿於懷，耿耿於自己的陰暗貪婪，以及，連累了外婆為我撒謊。可樂不樂，外婆早已不在。

我不記得我和可口可樂的「第一次」

——胡洪俠

老同事郭小胖酷愛可口可樂。喝了二十五年，他把自己的身材喝成了一聽可樂罐兒。那天我和他吃重慶火鍋，他猶猶豫豫接過一小瓶二鍋頭後說：「還是得再加一大瓶可樂。」認識他這麼多年，我向來煩他孩子似地一直要可樂。我說《對照記@1963》下一回的主題詞正是「可口可樂」，「讓你寫就對了，我都不知道寫什麼。」知道世上有此款飲料，大概是上個世紀八〇年代中期的事了；那多半也是在廣告上看來的。其實，早些年我們連「飲料」這個詞都不用。我們說「喝水」，說「喝酒」，說「喝茶」，說「喝餃子湯」，說「喝稀飯」，當然有的時候也說「喝中藥」，但就是不說「喝飲料」。在我們村裡，讓牛馬去喝水叫「飲」（去聲），餵牠們吃的主食叫「料」。人喝水就是喝水，飲什麼料？

「什麼時候，你第一次喝可口可樂？」我問。

「很晚了，」郭小胖說，「一九八六年吧。我爸爸的一位同事出國去日本，給我帶回一罐兒。真難喝啊，跟中藥似的，喝得肚子直發脹，當場就吐了。」

一九八六年就有資格說可口可樂「真難喝」的中國人不多，郭小胖夠幸運。聽說「六〇後」都是從抗美援朝電影上美國大兵那裡知道可口可樂的，我小時候也看過《奇襲》、《上甘嶺》、《打擊侵略者》，卻對此毫無印象。我也完全忘了自己是什麼時候第一次喝可口可樂的。後來知道，進入大陸的首批三千箱瓶裝可口可樂是一九七九年底由香港發往北京的，而第一個裝瓶廠是一九八一年四月在北京五里店中糧公司下屬北京分公司的一個烤鴨廠車間裡投產的。如果一九八〇年代我確實喝過可樂，那最早也到了一九八八年。那年我和同學賈躍平南下千里闖海南，喝過幾種聞所未聞的飲料。首先是礦泉水。在廣州換乘大巴去海安的路上，每次中途休息，就有一群人手提一袋袋礦泉水在車下隔窗爭著向乘客叫賣：「買水買水買水。」我們以為一定是或甜或酸的飲料，一喝才知道真的就只是水。白水可以灌在塑膠瓶裡賣，一瓶還要收一塊錢，這對我們是極為新鮮的事。車到海安，換船到海口，好不容易和海南土生土長的兩位「老鄉」接上頭。他們說：「走，去喝點東西。」正是下午，午飯已過而晚飯時間未到，難道就開始喝酒？我們懷揣新鮮的疑問，跟著他們去了一家堪稱豪華酒店的三樓。原來不是吃飯，也不是喝酒，只是「喝點東西」，而且需手持酒水單自己點自己要喝的。我點的什麼早忘了，也許是可口可樂吧，又或者是奶茶。當時急於知道求職信息，心思全沒放在飲料上。

新千年時在香港太平山頂，拿著一杯可樂裝模作樣。其實我很不喜歡喝可樂。

在海口晃蕩了一個月，見識了各種飲料和各種喝法。既然喝過新鮮的椰汁，喝過味道怪怪的洋酒，應該也喝過了可口可樂。到現在我都不認為這來自美國的飲料有多重要，所以和可口可樂的「第一次」我不像郭小胖記得那麼清楚。

「你也不一定非要寫可口可樂嘛。你也可以寫寫你印象最深的飲料嘛。比如什麼酒之類。」郭小胖很憨厚地壞笑著，臉色開始因一兩二鍋頭由紅轉紫，無限接近他手中杯裡的可樂顏色。

「扯淡！」我灌了自己一口「小二」，「印象最深的飲料，還是水！」

當然那已不是一般的水，是甜水。想起這種水，我腦子裡的季節就變成夏天。華北平原的夏天，太陽是金黃的，大地是金黃的，麥田是金黃的，知了的叫聲也是金黃的。中學生全放了假，回村幫生產隊割麥子。那時廣播裡常說「放眼望，麥田一望無際；陽光下，喜看麥浪翻滾」。我心裡不服氣：翻滾個屁啊，有本事你讓麥浪直接翻滾成麥粒，別讓我們在這裡腰痠背疼手舞鐮刀「唰唰唰」割個不停。麥田也太一望無際了，而陽光之烈，也只有父老鄉親掛在嘴邊的那個字描述得最精確：「毒！」最受不了的就是渴，猛烈的渴。毒太陽下麥田裡的一切，似乎都是乾的，瘋狂的乾。乾渴之下，我最喜歡彎著腰扭頭朝田間公路方向瞭望，等候送水的人仙女下凡一般挑著水桶突然出現，高呼一聲：「喝——水——啦——！」公路兩旁種的不是柳樹就是楊樹。樹陰下隨便拿個碗，在水桶裡舀起滿滿一碗水，咕咚咕咚，碗就見了底。如是者三。然後噗通一聲坐在地上，像狗一樣喘著粗氣，瞄幾眼麥田裡尚未來得及趕過來喝水的人，再抬頭看看萬里無雲的天，感覺很幸福。尤其幸福的，是水裡放了糖精：是那種像如今味精一樣的晶體白色顆粒，一桶只需放上十幾顆，水就變得異常之甜。有時送水的人好心，每桶會多放幾顆，這時水就甜得有些苦了。可是苦也好；苦也是甜得苦，總比有苦沒甜好得多。

郭小胖聽到這裡，突然大發慈悲：「糖精不能多吃的。會讓人變傻。」

「多年不喝糖精水了。」我長嘆一聲，問他：「你說咱倆誰更傻？」

「當然是你聰明了。」郭小胖喝著可樂，笑咪咪地說。

「那你還喝這玩意兒！」我伸手去奪他手中的可樂杯，他卻身手敏捷地閃開了。他竟然也沒變傻。

二四 買房

以為一定買不到的房子

——楊照

很早，我就找到了理想生活的具體內容。在微光中，被一種輕柔的聲音從夢中喚醒，那聲音，有著既規律卻又變化的節奏，因為變化，所以讓人注意，卻又因為規律，所以一點都不惱人。我看見多年之後，想像中的自己從一張簡單的床上起身，簡單梳洗之後，端著一杯茶（那時甚至還不知道咖啡的滋味），順手從書桌上拿起一本昨夜讀完了，卻又縈繞心頭不肯離去的詩集，打開一扇吱呀作響的門，瞬間，好大一片湖水在眼前開展，湖上閃著薄薄一層似動非動的天色，剛剛聽見的聲音，湖水拍岸的聲音，稍稍放大了一點，不再是鑽入耳朵，倒像是形成了有質量的聲波包圍過來，不過那既規律又變化的節奏，完全一樣。

面湖的平台上放著一張白色的椅子，或者該說曾經是白色的椅子，時間、陽光與風雨讓那白色斑駁消褪，只剩下痕跡記憶，我在椅子上坐下來，翻開詩集，詩人寫的，正好是時間、陽光和風雨：

或許我還來得及／承擔所有風雨的輕盈／尋訪一隻鼯鼠的形跡／看見牠如何，凝神靜氣，讓時間倒車／只有我來得及發現／陽光自西向東傾斜……

距離這個影像出現在生命中，超過三十年了吧，神奇地，除了那詩集上顯現的文句不同，其他每個細節，都沒改變過。而且每每在最嘈嘩最熱鬧或最令人悲傷沮喪的情境中，這段影像從心底浮出，疊在現實上，虛幻、透明，卻可以輕易地壓過現實，帶來難以描述的輕鬆與安慰。

留學美國時，居停在多湖的北溫帶。每隔一兩週，就會到附近的女校衛斯理大學（Wellesley College），那裡，夾在山色間，有一片最美的湖。有一年夏天，驅車北上，進入紐約州，到水牛城，再轉而向西，直到密西根，那簡直就是一趟尋湖之旅，經過了數不清的大小湖泊。另一年夏天，到美國西岸名勝優勝美地（Yosemite），在八千呎的高度遭逢了一片深邃藍綠的湖水。還有一位定居美國多年的朋友，他家真的就蓋在湖邊，真的有一座伸向湖水的木造平台。

理想生活，應該要有那樣一間房屋。然而現實上，台北是找不到那樣環境的。退而求其次，並且是絕無可再退的，那麼至少找一個能夠看見遠方，以山色代替湖光的房子吧。台北是個盆地，周圍都是山，沒有道理捨棄開闊的山而窩居在盆底。

從一九九四年起，擇居在盆地北邊，喚作「大崙尾」的山區裡。住著住著，竟然住到存了一小筆錢，可以考慮買房了。那是世紀末、千禧年即將到來的一九九九年，累積山居五年的經驗，我們已經很清楚要在這座山上，找什麼樣的房子。

那年的八月，那間房子出現了。一樓、巷底、面北。一樓，所以有自己獨立的出入大門，房子前面還有一片和房子大小差不多的院子。巷底，所以在院子之外，還有一片延展出去，沒有任何建物的山野，成了寬廣的腹地。面北，所以可以遠眺看見盆地更高的山景，左邊是大屯山，右邊是七星山。

我們幾乎立刻看到了自己居住、生活在這間屋子裡的模樣，將原來的水泥牆打開，換上玻璃，讓光無保留地透進來。門口用不上漆的柚木搭出一片平台，上面擺著同樣柚木材質的休閒椅，最好旁邊還有一方小小淺淺的水池。屋裡沒有太多隔間，空蕩蕩地顯現著成排的書架和唱片架，一張大書桌，一架平台鋼琴。

唯一的問題，屋主透過仲介開出來的價錢，讓我們驚訝。遠遠超出這一帶的行情。仲介不好意思地解釋：屋主覺得這屋子的條件太好了，可以吸引想要找類似別墅環境的客人，本來就沒打算賣知道山上行情的鄰居。猶豫掙扎了一陣，我們還是表達了購買的意願，給了我們這方的還價，請仲介協助居中協調。

好幾天都沒有消息。我們心知希望渺茫，懶洋洋地繼續去找其他可能的房子。一直等一直等，等到決心放棄，甚至動搖了買房子的念頭了。突然有一天，仲介的電話來了，劈頭急切地直問：「用你們原先提的價錢賣給你們，好不好？」我們商量了一分鐘，說：「好。」

我們當然知道為什麼屋主改變心意。因為在那兩天前，發生了「九二一大地震」，震倒了全台灣多少房子，有誰還會想要買山上、蓋在山坡上的房子呢？

有我們。「九二一」之後，買了生平的第一間，到目前為止唯一的一間房子。

竟然沒有一戶是「正常」人家

——馬家輝

第一次興起買房的念頭是在二十六歲，在此以前，從無置業概念，反覺背負著房子房貸等同於累贅甚至死刑，青春的生命理應瀟灑奔放，來自由，去自由，房不房，跟我何相干。

然而，時代劇變，觀念轉移，腦袋跟隨歲月轉轉轉。

一九八〇年代中期我住在台北，大學畢業後工作兩年，銀行帳戶竟然從零變成八十萬台幣，真不知道錢從何來。那兩年的月薪才兩萬出頭，但因整體經濟發熱騰飛，社會上每個領域環節都資金充裕，頗像前兩年的中國大陸，「錢不是問題！」成為許許多多人掛在嘴邊的口頭禪，而在台灣，則叫做「台灣錢淹腳目」，我乃有了賺外快的好機會，一邊在地理雜誌社當記者，一邊替電視台主持節目（還有一位著名製作人叫我演電視劇呢！我說自己「國語」講得不好，她說：「有什麼關係？所有港星的演出都經配音，你只要露臉耍帥便行了！」）亦替出版社策劃叢書，東賺一票，西賺一筆，收入超於支出，存款湊起來便頗可觀。

所以有了買房的欲望。

那年頭其實亦是人人都在談買房，台灣步向「解嚴」，經濟開放，資金湧入，土地成為被炒賣流轉的珍貴資源，樓價高速攀升，把大家嚇傻了眼也激起了憤懣怒火，於是有人發起一波連一波的遊行示威，名為「無殼蝸牛運動」，抗議「資本主義剝削居民！」吶喊「還我住房人權！」熱血的我聽了，儘管未曾想過房事問題，卻亦無役不與，拉著女朋友天天跑去參加，有幾回躺在台北市中心的忠孝東路上集體「裝死」，大白天，眼睛看著藍色的天空，背下是結實的水泥地，忽然覺得，咦，真的，真的有必要替自己找個殼了，否則將來老去，天空仍是所有人的天空，但土地卻無半寸屬我所有，無地容身，流離失所，肯定狼狽。

「無殼蝸牛運動」讓我決心買個殼。

那時候瞄準的買房目標是正在租住的小房子，在台北近郊的新店，六層高，我和女朋友同居兩年，住在四樓，小小的單位，一個客廳，一個睡房，一個日式榻榻米書房，大約三十五平米吧，於年輕的我們已覺寬敞；青春歲月，男女同室，最廣闊的宇宙其實是一張床，可以不下床便不下床，纏綿之後，躺在床上說故事、講未來，不僅身體合一，夢想也合一，床外的風雨晴天皆非所憂所計。而當生起了買房念頭，很自然地，考慮把這房子買下，懶得搬了，買下來，留住所有家當，留住所有記憶，以為這樣便可以永遠留下情愛。

於是開始打聽細節，樓價，手續，諸如此類，但最最關注的卻是風水吉凶，很想確認這房子能否大利妻財子祿——到底是廣東人，我迷信，我承認。

不打聽猶可，一打聽便嚇得喊聲我的媽呀。據我向左鄰右里八卦而得的情報顯示，六層樓，每層兩個單位，除了我和女朋友租住的這個房子尚算「正常」，其餘沒有半個能夠符合「完整」的傳統保守定義，要不是只有兩位女子共處一室，就是獨身、離婚、喪偶、丈夫逃家失蹤、妻子去向不明……總之非常明顯是不利男女姻緣，我們能夠於此同居兩載，已算奇蹟。

當女朋友聽完我轉述八卦報告，臉色一陣白一陣青，雙目泛紅，站在陽台，沉靜地望著我，不發一語；陽台對開是一片小農田，綠油油的菜地，夕陽遠掛，氣氛淒迷，我實在捨不得不買這個房子。

然而我怎可能堅持買呢？事到如今，已經不再是買不買這個房子的選擇了，而是在這個房子和她之間我必須做出選擇，我不可以露出半絲猶豫，任何猶豫都是對她的傷害。不管我有多愛這個面對菜地的小房子，我都必須挺胸，用堅定無比的語調說，放心，我絕對不會買這房子！難道有錢還怕買不到其他好房子！

她笑了；那一夜，那張床，比世上任何房子都顯得更大更寬。

其後我們終究沒有買房。我們的抉擇是，出國讀書，到美國中西部，先是碩士，再是博士，她也報名攻讀碩士課程，被錄取了，但在遷赴另一個州份開學前，驗出有孕，她選擇了留在我身邊，選擇了另一個身分，另一條道路。

其後我們到了三十一歲才買第一個房子，賣掉，再買，再賣，再買……房子在手裡流轉，但我們不懂理財，其實是賠多於賺。兩個月前，我又買了一個房子，在香港島，我的家，我的殼，我的買房人生。

村裡的新房 城裡的新房

——胡洪俠

和房子有關的詞彙，小時候我最熟悉的是「蓋房」。一個農民父親如果生了三個兒子，那他一生的理想和艱辛和憂慮必然與蓋房有關：照例要蓋三座房才夠，每個兒子一座，不然提親的人不會登門，娶兒媳婦這回事肯定渺茫，傳宗接代的大業慢慢就落了空。那時在農村蓋一座新房，誰都說不好要籌備多少年。要一天一天地掙工分，冬天披星，夏天戴月。要一點一點地攢錢，寧可肚子不飽，衣服不暖。又免不了一家一家地去借錢，聽人嘆息，看人冷臉。今年買磚，明年買檁，轉年請人做門窗。待諸事齊備，說不定兒子的年齡又太大了，妙齡村姑早已紛紛嫁入別人的新房裡。此時，某個黑髮變白頭的父親，只好和眉頭不展的大兒子相對無言。所以，也不必指責現在許多的女孩子信奉什麼「無房不嫁」，她們的追求與焦慮毫不新鮮。當然，也不好說誰對誰錯。從巍峨皇宮，到簡陋茅屋，千百年來房子哪裡僅僅是房子？是權力，是象徵，是待遇，是等級，是標準。

一九八〇年代初我進城工作，父母很高興，高興的理由很簡單：其一，你終於吃上商品糧了，不用再種地；其二，不用操心給你蓋房的事了，將來我們也去城裡住公家分給你的新房。父母以為只要端上了公家的飯碗，房子總不用愁。他們哪裡知道，分房是要講資格的，夠了資格之後還是要排隊的，排隊的先後順序是極有講究的，而這其中的講究多是說不清道不明而又猜不透的。分房名單上永遠是一條長長的隊伍，有人永遠就在隊伍裡排著，也永遠有人可以騰雲駕霧般降落到隊伍的前列。

一九八八年年末，我同時做著兩個夢，一是正在復習考研究生，夢想能考上；一是聽說分房排隊快輪到我了，夢想能分到。忽然有一天，在單位做副主任的家科大哥問我：「復習得怎麼樣了？有把握嗎？」
「不知道。」我說，「萬一不行就再考一年。」
「你一定要考上。」他看我一眼，然後目光轉向別處。
「出什麼事了？」我感覺他話裡有話。
「也沒什麼。」他將桌上的文件夾開了又闔上，闔上又打開，吞吞吐吐地說，「孫主任說，既然你……你考研究生，那你，就不需要單位分給你的房子了。」孫主任當時是那家機構的正主任，說話算數。
「可是我還沒考啊！」我站了起來。
「所以說，」家科大哥沉吟半天，說，「你一定得考上。你那房子已經分給別人了。」
我沒再說什麼。在那樣一個機構裡，你的任務是聽話，而不是說話。研究生考試過後，我回來上班。有一天同事說孫主任病了，正在石家莊住院。又過幾天，去醫院探望孫主任的同事回來說：「去看看孫主任吧。他是肝癌，晚期了，疼得白天黑夜大叫不止。有人聽見他常常喊你的名字。」
我立刻毛骨悚然起來：「喊我的名字幹什麼？」
「我們也納悶。大家猜……猜是為房子的事吧。」同事說，「去看看吧，他可能覺得對不起你。」
正巧那幾天收到了人民大學寄來的錄取通知書，我決定原諒孫主任，也和同事一起去看了他。病床上他已經骨瘦如柴，膚黃似土，看我的眼神也迷離飄忽。他認出了我，點了點頭：「聽說你考上了？」我輕輕地說：「是。」一點也不敢面露喜悅，我表現得依然像犯了錯誤一般。「這就好，」他很費力地說，「這就好……很好……」來之前我怕他就房子的事給我道歉，早暗暗準備好了一堆話安慰他。還好，他沒有道破，也沒有道歉。

衡水工作八年我終究沒有住上以我的名義分給我的新房。父親曾去衡水養病，住在那個終日鬧哄哄的大雜院裡。旁邊是一排排平房院落，遠處是一棟棟住宅新樓。城裡的房子是如此之多，父親肯定沒想到這其中竟然沒有他兒子的新房。

到了深圳，分房變成了買房，可若是想買福利房照樣也要排隊抽籤。一九九六年，我接父母來深圳小住。見是三房兩廳的樓房，父親問：「這算是你的房子了嗎？」我說：「還不是。這是租的，叫周轉房。自己買房，還得等兩年。」母親說：「我說呢。這樓房這麼破，又窄，還是家裡的平房好。」一九九八年，我用黑色垃圾袋提著現金去荔枝公園附近的一家銀行交清房款，一路上提心吊膽，將信將疑，有足踏雲端之感。至此我算是有了屬於自己的新房。一九九九年入住時，遠在老家的父母都有病纏身，已無法再來深圳。雖說他們省去了在村裡為我蓋新房的大麻煩，可是我終究也未能讓他們住上我城裡的新房。

二五 《紅樓夢》

竟然至今未曾讀完《紅樓夢》

——楊照

人生畢竟有些事，是沒甚麼道理的。例如，我至今未曾讀完過《紅樓夢》。不只沒讀完，而且讀過的段落遠少過還沒讀過的，更麻煩的，很難解釋為什麼會這樣。

如果我不喜歡《紅樓夢》，或在我讀過的部分遭遇到讓我很不喜歡的情節、內容或字句，那可以解釋。如果手上的這本《紅樓夢》有特殊的來歷，讓我拿起來、甚至光是碰觸到，就會想起某件不堪、痛苦的往事，那可以解釋。還是說作為一個文字創作者，我早早感受到了《紅樓夢》排山倒海而來的影響力量，因而自覺地躲開，避免自己被吸捲進去，那也可以解釋。

但都沒有。我沒有討厭《紅樓夢》，我手上的《紅樓夢》是再平凡不過的排印本，我甚至完全忘記在哪裡買來這本書的，我也從來不曾感覺到《紅樓夢》可能對我的文字、我的小說，會有什麼影響。

一切出自偶然，只能這樣說。我的閱讀起點，是家裡附近一間小小的書店，店裡有一大架當時極為常見的東方出版社少年讀物。都是將名著用清通的白話文改寫而成了，一個系列是「世界文學名著」，另一個系列則是「中國傳統小說」。不知為什麼，打開書頁看到翻譯的名字，給我強烈的疏離感，讓我無法輕易地讀下去，「中國傳統小說」相較下親切多了。

差不多固定四比一的比例，每在書店厚顏地站在架前讀完四本書，我會掏出零用錢來買一本回家，以免店老闆不准我繼續在店裡看書，我在兩年內，幾乎讀完了架上所有的改編版「中國傳統小說」。

我讀《薛仁貴征東》、《薛丁山征西》、《羅通掃北》，我讀《說唐》、《月唐演義》、《說岳》，我讀《七俠五義》、《小五義》、《粉妝樓》，我讀《包公案》、《彭公案》、《施公案》……讀得不亦樂乎。

上了國中之後，我從姐姐的《中國文化教材》課本裡，讀到了「四大小說」的說法。那是最重要、最了不起的中國傳統小說，一看書名，我傻眼了，自以為讀過那麼多傳統小說，「四大」竟然有兩大，我根本沒碰觸過！

《三國演義》我讀過，讀到〈五丈原〉的那段，還哭了。《水滸傳》我讀過，對「人肉包子」留下深刻印象，好長一段時間什麼包子都不敢吃。但是《金瓶梅》呢？《紅樓夢》呢？

是在這樣的情況下，趕緊去找了《金瓶梅》和《紅樓夢》。找到的，不是我熟悉的「東方」版本，只有厚厚的原本。多年之後，我明瞭了，這兩本書確實各有理由，無法改寫成適合少年閱讀的內容，難怪我當時錯過了。

可是剛買來的《紅樓夢》，裡面的文字和我原本讀的「東方」版本，相差那麼多！我耐著性子讀最前面空空道人的故事，背了那首有趣的〈好了歌〉，再往下，讀到寶玉和襲人「初試雲雨情」，真的沒辦法了，那文字、那情節，實在太隱諱了，我只好闔上書封，告訴自己：再過一陣子，一定回頭來把它啃完。

然而，再過一陣子，透過齊邦媛編的《中國現代文學選集》，我接觸、並迷上了台灣當代文學作品，尤其是迷上了現代詩。從紀弦、覃子豪、周夢蝶、洛夫，到瘂弦、楊牧、方莘、方旗，這些名字，和他們所寫的那些像囈語又像謎語般的詩句，占據了我的心。每天想的，都是：為什麼這樣難讀難懂的東西，卻帶有讓人無法拒絕的逗引力量？什麼時候，我也能寫出像這樣，難讀難懂卻又讀來極度過癮的句子與篇章嗎？

我遠離了傳統小說。和現代詩相比，過去所讀的傳統小說，如此幼稚，而且缺乏變化。更重要的，和現代詩、和當代小說相比，過去所讀的傳統小說，到底和我的生活，和我這個人，有什麼關係呢？

突然，不只提不起勁再讀傳統小說，甚至還後悔了自己曾經耗費在傳統小說上的時間，因而也就很快忘卻了曾有過要回頭讀《紅樓夢》的自我承諾，如此一錯過，之後三十多年，竟然也都沒有出現讓我非得好好讀完《紅樓夢》的充分、強烈理由，於是持續錯過，直到今天。

哥哥，以及他的紅樓

——馬家輝

下筆前頗為猶豫，只因曾被胡洪俠半認真半玩笑地批評過：「家輝你就是什麼題材都非得寫成活色生香不可！」

但其實我更在意的是我家大女孩的母親的提醒：「家輝你是在挑戰讀者們對你的容忍尺度！」於是我便很想說謊，不敢寫出自己的真實的「紅樓經驗」，只願胡謅一通，亂吹自己什麼十五歲閱讀《紅樓夢》，經由書中滄桑領悟人生幻化之類啦啦啦。可是，到底，我畢竟是一個有良知的讀書人，或該說，我畢竟是一個良知未泯的讀書人，我不願拿自己的生命經驗開玩笑，對於好些確確切切發生過的事情，我不想迴避，不想抗拒，不想道假為真；那麼，活色生香就活色生香吧，挑戰讀者就挑戰讀者吧，如果你不恥於讀我，無所謂，世上有太多夠水準的作者等待你去欣賞，我只希望有話直說，我老了，除了身邊的人，我已經不太在乎其他了。

於是我必須承認，沒有，十五歲那年，我沒有閱讀《紅樓夢》，但在十五歲那年，我看了一部以紅樓為題的電影，好歹算是跟《紅樓夢》沾上了邊。這電影，以《紅樓夢》故事作為惡搞題材；這部電影，叫做《紅樓春上春》；這部電影的男主角，名叫張國榮。

一九七〇年代的香港和台灣曾有一股「紅樓熱」，僅是一九七七年和一九七八年便先後出現五、六齣關乎《紅樓夢》的電影和電視劇，有正經八百的《金玉良緣紅樓夢》，李翰祥導演，林青霞演賈寶玉，張艾嘉演林黛玉，絕代雙嬌，百看不厭；也有由凌波演賈寶玉和周芝明演林黛玉的《新紅樓夢》，導演是俊男金漢，是淩波的丈夫；也有香港佳視和台灣華視的《紅樓夢》電視連續劇，演員不同，語言有異；甚至，有部氏出品的風月片《紅樓春夢》，但人物主線放在賈珍賈政賈蓉賈瑞王熙鳳尤二姐尤三姐秦可卿等之上，亂倫誘姦，胡作非為，終究未敢穢瀆林黛玉和賈寶玉。咳，是的，風月片，輪到張國榮出場了，《紅樓春上春》，這應是他投身娛樂圈所演的第一部電影，賈寶玉，男主角，稚朗的臉容，色欲的眼神，讓少年的我難忘至今。

那時候十五歲的我也並非從未碰過原版《紅樓夢》，學校課本是有選讀的，〈劉姥姥進大觀園〉那一章，要讀也要考，但硬背死記，老師不認真，學生更不認真，印象裡只有一個「悶」字。電影當然很不一樣了，《紅樓春上春》，僅聽名字已足令少年人的荷爾蒙暴漲超標，再看報紙上的廣告詞，更是熱血升上腦門，眼下所看見的世界，無物不變紅變黃：「盛大獻影，紅樓春上春！春上加春，當然更勁，歡迎一比高下。姐兒都說二爺好，累得二爺忙不了，風情競賣為爭歡，二爺樂得嘗遍了！都云夠大膽，可知其中味！張國榮飾演賈寶玉，初試雲雨情後，瀟湘館嘗禁果！粵語對白，兒童不宜！」什麼叫做活色生香？胡洪俠先生，這才是。

這齣電影的導演是吳思遠，當時年輕，後來成為華語電影界的老大，現任香港電影工作者總會會長。張國榮當時比他更年輕。初出茅廬。接拍第一部電影。據說片酬對那時候的他來說是「不可抗拒的誘惑」，所以根本未看清楚劇本便拍了，到了片場才知道要脫衣要上床，後悔莫及，唯有硬上。片裡的他當然有情欲演出，露兩點，要呻吟，頗多肢體動作，最後一場戲最是經典，賈寶玉要出家，老和尚找來兩個女人誘惑他，考驗他，他投降了，在床上，三人翻雲覆雨，好不激烈，女方抱著男方不斷「哥哥」前「哥哥」後地喚喊。風月無邊，記憶有痕，日後張國榮成名了而仍被普羅影迷喚作「哥哥」，其實是一語相關的曖昧雙關，既是親切，亦是戲謔。

「哥哥」遠去，影像猶在，今天在香港特區仍然到處可以買到《紅樓春上春》的VCD和DVD。以前曾經有人建議張國榮把版權贖購回來，讓電影沒法流通，他卻拒絕，笑道「做過的事情確曾做過，讓大家看看我張國榮是如何辛苦走來，亦是好的」，誠懇大度，令人對這位出色的演藝家增添一份尊重。

而我，也仍記得，那年初春跟兩位死黨於週末到電影院看《紅樓春上春》，血脈澎湃，思緒流竄。一入紅樓深似海，色欲無邊，回頭無岸，不管成長後潛心讀了幾遍曹雪芹的《紅樓夢》，都做不成端正破執的好人。

「殘紅」身世已成謎

——胡洪俠

我母親不識字。她那一代農村女性識文斷字的雖然極少，可我總覺得母親不應該是文盲：我外祖父原是當地有名的中醫，三個舅舅個個也能寫會算，母親生長在那樣的家庭何以一人獨做白丁？我從小並不和外祖父親近，此刻想起母親，更多了一個不喜歡外祖父的理由：有滿腹的藥方治病救人當然好，有滿腹的牢騷總發不完也就罷了，他真不該抱持那麼陳舊的觀念，在教育子女上如此重男輕女。母親雖然連自己的名字也寫不出，女紅卻樣樣精通，其心之靈手之巧是很多人都知道而且稱道的。但是，有一件事別人不知道：目不識丁的母親竟然有一本書，一本屬於她自己的書。父親倒是上過學的，能讀能寫，還當過生產隊的會計，可是屬於他自己的書卻是一本也沒有。

我老家那一代舊時有個風俗，即新娶進門的兒媳婦都要有一個「包囊子」。這「包囊子」的主體正是一本書。講究些的，是用幾十幅小張木板年畫訂成一個本子；若圖省事，用一本現成的書也說得過去。這書本用來夾存一家老小的新舊鞋樣，儲備不時之需的針頭線腦，還收藏些時興的織布紋樣或刺繡用的五彩絲線。如此，一本薄薄的書常常變得鼓鼓囊囊，需要用一塊藍色印染布將其包起捆好。這就是「包囊子」了。據說書本該由女方母親準備，女兒出嫁時帶到婆家。婆婆則負責給此書訂上布做的封面，並提供包書的印花布。男女兩家合力製成的「包囊子」一誕生，女紅大業的轉交程序即宣告完成，新娘子從此擔起持家使命，踏上「多年媳婦熬成婆」的道路。一路之上，不管喜怒哀樂，悲歡離合，這「包囊子」總不離左右。

我當然不知道母親嫁入胡家時她那嶄新的「包囊子」是什麼模樣。待我開始留意時，這個圓鼓鼓的東西已經破舊不堪了。印染布包袱皮的藍色烏烏暗暗，白色圖案全成土黃。裡面的書，四角已磨圓，紙張又黃又脆。訂書線有黑有白，顯然重裝過不止一次。封面封底只剩一層軟軟的暗紅花布，當年的袼褙硬殼早已不知去向。縱是如此，我對這個「包囊子」的好奇向來有增無減。起初是覺得這裡面藏著的花花綠綠的東西實在新奇而好玩。上了小學，認得幾個字以後，我總想在那本舊書上亮亮閱讀的本事，結果很慘：根本認不出幾個字。父親就笑，說那字是「老寫的」：「簡寫的字都不會寫幾個，你還想看這書？」父親說的「老寫的」，指的是繁體字。隨著閱讀經驗漸多，我終於也能讀一些繁體字了，方法就是「順」：只要一句一句囫圇吞棗往下順，總會知道「房裡」原來是「房里」，「爺爺」其實是「爷爷」。這時候再去翻「包囊子」裡的那本舊書，驀然發現，那竟然是本《紅樓夢》！

小時候我從來沒能把這本《紅樓夢》讀完過。小姐丫鬟老婆子，整天串門，不停說話，家長里短的，我讀不下去。一九八〇年代發憤讀人民文學出版社的新整理版《紅樓夢》時，我想起了母親那本書，覺得那可能有些來歷，我應該善加保存才是。

趁某年回家過春節，我拿著本新書，嬉皮笑臉地對母親說：「咱倆換點東西。」「又出什麼么蛾子啊。」母親說，「家裡的東西你看得上？你那書我也不稀罕。」「就是要用這本新書，換包囊子裡的你那本舊書啊。」「那書都爛了。還是留著新書你自己看吧。」「還是得換。我有大用處。」「行行行——換吧！」母親也笑了，「你自己打開包囊子去換，可別後悔。小心別把書裡的鞋樣子弄沒了，還有用呢。」

我就這樣把那本《紅樓夢》「騙」到了手。是豎排繁體鉛印本，是分段標點本。書已殘破到底，沒頭沒尾：首頁即是〈校讀後記〉的第三部分〈新本與舊本的比較〉，末尾是第十五回〈王鳳姐弄權鐵檻寺秦鯨卿得趣饅頭庵〉，只是這一回撕剩沒幾頁，王鳳姐尚未弄權，秦鯨卿更沒得趣，一切就都莫名其妙地結束了。

再從頭往後翻：〈校讀後記〉是一個叫汪原放的人寫的，之後是高鶚的〈序〉和蘭墅的〈引言〉；再往後，長篇大論九十多頁，是胡適的〈紅樓夢考證（改定稿）〉；好不容易翻到長文結束，又有陳獨秀的〈紅樓夢新敘〉，又有程偉元的〈原序〉。至此紅樓裡的那場夢依然不開始，因為你還得讀〈紅樓夢標點符號說明〉。終於，「目錄」到了，〈甄士隱夢幻識通靈〉也來了：「此開卷第一回也……」

一轉眼，母親走了都有十年了，手頭的這本「殘紅」，是我保存的母親唯一的遺物，也是我自家中繼承的唯一一本書。我曾問母親此書的來歷，她只說是從她娘家帶過來的，其他都不記得。是外祖父年輕時買的嗎？母親結婚時誰為她選了這本書？十五回之後的那一百零五回又去了哪裡？一切都已成謎。今年一月份我在北京東單中國書店見過這套書的全貌：亞東重排本，一九二七年十一月印行，平裝，全套共六冊。

二六 《重慶森林》

讓人流連的模糊懵懂 ——楊照

那時候，她是不是還叫做王靖雯？在KTV，驚遇她的〈天空〉，歌中飄蕩著一種高亢的頹廢，奇怪的矛盾感覺。

是剛從美國回到台灣的那年，一隻腳還踩在學院裡，正式的職稱是「中研院史語所研究助理」，但在史語所裡卻沒有正式的位子，因為領的是青輔會發的補助薪水。住在離中研院隔一座橋的東湖，一個極度擁擠的台北新興邊區，地名裡有湖，實際上窗戶打開都只能看到別人家的鐵窗，鐵窗裡透出來的幽白燈光。連天空都不容易看到。

那時，一隻腳已經踩出學院，做一堆會引來學院人士側目的事。在政論週刊上定期寫專欄，用最凶悍的文字罵國民黨政府。寫小說，領到了兩個「本土性」很強烈的文學獎——賴和文學獎及吳濁流文學獎。不定期出現在電視上，張大春製作、主持的《談笑書聲》節目，裡面有一個專題叫「張楊一本書」，大春和我面前有個沙漏，沙漏漏完一次（大約一分鐘）就換另一個人說話，如此你來我往幾回，不到十分鐘，快速評講完一本書，通常一鏡到底，兩人真正臨場較量，連預演都不來。

開始去大學演講，最早的一場是母校台灣大學的「大陸社」邀請的，講什麼題目不記得了，只記得演講場裡溫度很高，每個人臉上都蒸出一層油汗來，還記得在座有一個挺拔的年輕學生，後來知道他的名字叫張鐵志。

還和許多舊日朋友，大學裡的朋友，拾回了友誼。他們之中好多人從學生運動健將升格為街頭社運的參與者、乃至組織者，還有幾個當了反對黨國會議員的助理。我經常隨他們上街，不是遊逛，而是混在農民、工人，或其他議題訴求者之間遊行。他們仍然習慣在台大法學院旁一家叫「龍門客棧」的小店裡吃水餃喝啤酒聚會，仍然習慣每個人手上分一瓶台灣啤酒，各倒各的，不幫人家倒酒也不敬酒。另外，他們養成了我不熟悉的新習慣——酒足飯飽，一定要去KTV唱歌。

在KTV聽到看到了還叫做王靖雯的王菲。一個老友在我耳邊叨唸著：「一定要去看她演的《重慶森林》，太棒了，那才叫做電影！還有林青霞、梁朝偉，跟那個什麼『武』的……」

在眼前大電視的王靖雯身上，疊上了一層近乎黑白的模糊影像。那是我從未真正看過，卻多次透過閱讀反覆想像的山城重慶。中國抗戰的最後基地，退此一步即無死所，換句話說，對國民黨來說，和現在的台灣一樣退無可退的地方。重慶的天空像眼前〈天空〉MV中的那麼藍、那麼澈，也就那麼可怕得令人戰慄。這種日子一定會有日本飛機編隊飛來，先聽見螺旋槳攪動空氣的聲音，接著，毫無例外，就是或遠或近的爆炸聲。

在這上面，又疊上了那悶得死人的防空洞，疊上了真的悶死人的景象，一具具再也分不清性別、年齡的汗裸屍體被搬送出來，堆在嘉陵江（還是長江）邊的某個碼頭上。這些畫面自然地浮現上來，努力想都想不確究竟是在什麼書上讀來的印象。想得到的書，是梁實秋的《雅舍小品》，每一篇都反映著重慶的季節，夏天令人無法忍受的熱，冬天令人無法忍受的冷，還有一下雨就必定漏水的戰時避難房舍。一個讀書人在那裡創造著自己的寧靜。

第二天，抱著想當然耳的「重慶印象」，我去電影院看了《重慶森林》，非常意外地發現劇情的場景竟然是香港。儘管看到了「重慶大廈」，心裡總還是存著不信，總覺得接著隨時會有一條故事線拉出去，牽到重慶去。或許是受到那想像中該出現的重慶場景干擾吧，總覺得看不真切電影在演什麼。

不過這電影很特別，很混亂，卻吸引人還想再看。忘了是第二天還第三天，我又進電影院看了第二次。這次事先預備了，將腦中的重慶印象儘量排除乾淨，如實地看電影的聲光變化，看完之後，我弄明白了，混亂來自電影本身，和我腦中有沒有重慶沒啥關係，即便看了第二次，放映室燈亮起時，對於電影裡的角色與人際與感情，依舊懵懵懂懂，依舊還想再看。

原來還有這樣的電影，一個叫王家衛的人拍出來的。

兩種重慶味道

——馬家輝

在「世界讀書日」前夕到重慶圖書館談書論書，有記者朋友於訪談時笑問「能不能請說說你眼中的重慶味道」，我笑道：「於我，重慶味道就是火鍋味道，我從成都吃到重慶，現在全身上下都是麻辣味和紅油的味道，不相信，你湊過來嗅一嗅。」

記者笑了，我也笑了。

在重慶停留兩天，抽了一個下午到嘉陵江邊散步看景，市區內，矚目頹垣敗瓦，聞說樓房只要有三十年歷史以上的，幾乎全部拆的拆，圍的圍，半垮的半垮，揚塵處處，灰撲茫茫，即連商業區中心亦是如此。唉，日本鬼子當年沒法把你轟掉的，留下來讓你自己動手拆走，拆個歡天喜地，以發展之名，拆走所有城市的所有記憶，然後再造出一堆又一堆新簇簇的仿古樓房，告訴世人，這才是值得你去觀光玩耍的好去處。

上回到重慶已是五年前的事情了，只夠時間到蔣毛談判舊址匆忙走走，這回可以奢侈地在江邊菜市場蹓躂兩三小時，倒也寫意；腿瘦了，坐到一群「棒棒軍」旁邊歇歇，看他們抽菸，聽他們擺龍門陣，儘管除了「格老子」以外完全聽不懂半句，亦頗逍遙。

「棒棒軍」是「重慶三寶」之一，其餘二者是美女和火鍋。棒棒軍也者，指的是市內挑夫，從早到晚在路邊或站或坐或蹲，招攬途人花十元八塊僱其代扛重物。重慶乃山城，路有斜坡，行走於市，大可找棒棒軍代提手裡重物，他們的賺錢工具是一根粗粗的木棍或竹擔，以及幾條麻繩或尼龍繩，多重多大的東西，從行李箱到電冰箱，包搞掂，有問題，如果一人不行便二人合作，在斜坡與斜坡之間嘿唷嘿唷地走來跑去，構成繁華城市裡的蒼涼小景。

四月艷陽天，棒棒軍汗流浹背，旁觀者或有不忍，但若想想這些從鄉村流落城市的農民沒生意就要餓肚皮，便更不忍。不忍中國，中國不忍，在這國度生活，必須練就一顆同時懂得溫柔和殘酷的心。

離開重慶後，直飛北京，再忙兩天，才回香港，坐在機艙內欣賞回味攝影機內的行走影像，忽想起，講座裡曾有聽眾說過「不明白為什麼重慶有一個外號叫做『小香港』」，我回答猜想那必因為香港亦是山多路窄，而我當時忘記提醒她，香港也有一幢非常著名的「重慶大廈」，王家衛的《重慶森林》便以它為主要場景，林青霞梁朝偉金城武王菲，在大廈迷宮內兜兜轉轉如末世迷途，看後深感茫然蒼然，步離戲院，頭暈目眩；十八年了，已是十八年前的電影了，影像色彩之幻化迷離卻如在眼前。

重慶大廈確是迷離巨廈，既是一幢樓房，亦是一個宇宙，美國《時代》雜誌於二〇〇七年便曾把它評為「亞洲最能體現全球一體化的好例子」，因為它大約容納了四千位住民，香港人只占極少數，主流是來自全球各地的各色人種，或非洲或南亞或中東或歐美或中國大陸，他們，或短居，或長留，或具合法身分，或屬邊緣曖昧，各施其法，各有門路，分別占領了大廈內的小單位小床位小住宅，是故走於其中，在電梯或走道上，迎面而來的臉容膚色各有差異，口音語言自亦分殊，剎那間，你失去了方向感，不知身處何地，從而亦忘記應往何方。

二〇一二年正是重慶大廈的「五十大壽」，它前身乃「重慶市場」，攤販集中於此喊售食物和雜貨，據說名字在於紀念重慶在抗日時期所發揮的「陪都」意義，確跟山城重慶有著歷史關係，背後牽引著濃濃的民族情懷；一九六一年被一群菲律賓華僑合資購下市場並改建為廉價的商住單位，襲用原名，但改稱大廈，沿用至今。

這些年來我只去過重慶大廈兩回，皆是為了品嚐地道的咖哩美味，兩回離開大廈，衣上髮上皆沾染了濃烈的咖哩氣味，既香且辣，而這，是我不必搭飛機亦可享受得到的另一種「重慶味道」。

沒看懂的《重慶森林》不敢忘的沙坪壩

——胡洪俠

十六歲以前我沒有進電影院看過電影。看慣了露天電影的農村孩子，很難理解電影怎麼可以在一間屋子裡上映：誰家會有那麼大的房子呢？所以你看，我的電影欣賞水平之低，原來並非空穴來風；或者也可以說，竟然是源自露天的「空地來風」。所以你也就可以理解，十幾年前我在電影院裡看《重慶森林》，真的沒怎麼看懂，只是頭有點暈，覺得一切都在搖晃：影院在晃，銀幕在晃，王菲在晃，王菲進進出出的樓房和街道都在晃。我總也想不明白的是，這導演王家衛到底要說什麼？男警察和女凶手是怎麼回事？兩對男女分分合合究竟又因為什麼？

按照常例，這樣一部當年我沒看懂的電影是沒機會成為主題詞的。三人中有一人不知寫什麼，對照效果又從何而來？可這世間的事，「常例」差不多等於「常常有例外」。就在前幾天，楊照、家輝和我跑了一趟成都和重慶，為的還是「老男人賣新書」。西西弗書店的金老總席間笑咪咪地說：「既然三位來了重慶，重慶的讀者又很熱情，你們怎麼著也得寫寫重慶，不然說不過去啊。」可是我們一直在寫「大時代中的私人記憶」，重慶與我們早年的生活有何相干？我只是二〇〇五年秋天來過一次，家輝和楊照都對重慶很陌生，家輝甚至搞不清四川、成都和重慶是什麼關係：他認為四川和重慶都歸成都管！面面相覷之際，我突然就想起了那部我沒看懂的電影，「就寫《重慶的森林》吧。」我提議。「那不叫《重慶的森林》，」楊照不懷好意地笑道，「片名中沒有『的』。你說的是《挪威的森林》吧。」「可是，」馬家輝發言，語調悠悠復幽幽，「《重慶森林》和重慶沒關係吧。電影裡沒有重慶也沒有森林，只有香港尖沙咀的重慶大廈而已啊。」什麼而已不而已的，就寫《重慶森林》吧，不然怎麼對得起紅紅火火的重慶火鍋？三人哄笑一番，討論完畢，拍板定案。

正所謂「搬起石頭砸自己的腳」，我主張寫《重慶森林》，可是我真的無話可說。好吧，查查電影裡的台詞，看看林青霞梁朝偉王菲金城武都說了些什麼，或許點化出靈感來也未可知。

「每天你都有機會和很多人擦身而過，而你或者對他們一無所知，不過也許有一天他會變成你的朋友或是知己。」這倒是句實話，可是沒說完整。你怎麼知道他不會變成你的敵人？還不如家輝最近常對我和楊照嚷嚷的那句話過癮——「有你們這樣的朋友，我就不需要敵人了」。

換一句：「不知道從什麼時候開始，在什麼東西上面都有個日期。秋刀魚會過期，肉罐頭會過期，連保鮮紙都會過期。我開始懷疑，在這個世界上，還有什麼東西是不會過期的？」此話有深意。關於時間，關於變化，有影評說這正是王家衛要在《重慶森林》裡表達的思考。可這是人家的觀點，不是我的記憶，怎麼好胡亂發揮。那麼，片尾曲唱的又是什麼？「樹葉轉黃，天空灰藍。我散著步，在一個冬日裡……」好了，靈感來了。

二〇〇五年，不是冬日，是秋日，樹葉確已轉黃，天空也是灰灰藍藍的，我散著步，在重慶，去了一個地方。當時也剛剛在網上知道，說是在重慶的沙坪壩，有一處紅衛兵公墓，是中國僅存的保存基本完好的「文革」墓群。還說墓園裡有一百一十三座墓碑，共掩埋有五百三十一人，其中約四百零四人死於「文革」中的武鬥，年齡最小的十四歲，最大的六十歲。造碑時間則是一九六七年六月到一九六九年一月。這座墓園的存廢一直有爭議，那年傳出的消息說，某房地產商準備開發此地，墓園屬拆遷範圍，於是保護聲音又起，網上議論不斷。

我對此事大感興趣，恰巧那年我帶幾個同事去重慶媒體考察，遂起念一定去沙坪壩走走，唯恐以後再也看不到了。進公園左轉，有一條蜿蜒小徑。走不遠，見一段低矮石牆環繞。隔牆望去，園內有高高矮矮的石碑林立。正欲自門而入，卻見兩扇鐵柵欄門緊鎖。此時旁邊走出一管理員，說有規定，此地「不拆除，不宣傳，不開放」。經當地媒體接待人員疏通，鐵門終於叮叮噹噹地開啟。一行人進得園來，見雜樹蔽空，亂草鋪地，行走其間，寒意陡生。墓碑大大小小，排列無章，疏密無序。墓碑字跡尚清晰可辨，但石板青磚多風化剝蝕之處。「為有犧牲多壯志，敢叫日月換新天」，「可挨打，可挨鬥，誓死不低革命頭」……墓碑上的一句句豪邁口號，那一刻讀了，真讓人悲從中來，無言以對。心情大壞，久留不宜，我們默默行過，急急走出，像逃離一場噩夢。

這次去重慶，趕不及再去沙坪壩看看。聽說紅衛兵墓園已經列入市級文物保護單位。很好！多少事，我們須永遠牢記。有此墓園在，阻止文革悲劇重演的力量也許會多一些吧。回深圳後看到有網友在微博上留言，說謝謝我在重慶講演時提到了沙坪壩。不用謝，應該的。

二七 鄧麗君

藏著死人聲音的唱片

——楊照

我一直不喜歡鄧麗君。

我不喜歡她的歌聲，雖然我知道她的歌聲很特別，那種清澈甜美極為稀奇，不過年少時候的我，就是不覺得清澈甜美的歌聲有什麼迷人的地方。

在聽歌這件事上，少年的我是個外國人，事實上我們這一代的人大部分都是。能夠讓我耳朵豎起來的，是 The Doors，是 Pink Floyd，是 Chicago，是 The Who，最低最低的底線，是 ABBA。ABBA，那兩對打扮古怪的瑞典夫妻，他們的音樂如此流暢順耳，到處聽得到他們的〈Dancing Queen〉、〈Knowing You, Knowing Me〉，然而他們另外有些不那麼熱門的歌，像〈One Man, One Woman〉，不管是歌詞或旋律或唱法，都深沉哀涼，足可彌補他們的通俗。

論歌聲，最讓人聽得心碎，因為心碎而難以自拔的，是 Jim Morrison。我開始聽他和 The Doors 的音樂時，他已經不在人間了。那種感覺很奇特，唱片裡留著的，是一個死人的聲音，一個生命停留在二十八歲就再也不動了的人的聲音。理智上我當然知道，唱片可以、也會留許多死去的人的聲音，這不是什麼稀奇的事。然而聽過、迷過Jim Morrison的人知道，他的聲音裡有一種悲劇，像是喊不出的嘶吼般的特性，貼近死亡，甚至就是死亡本身，讓人覺得不可能、不應該被記錄下來。聽他的歌聲，尤其他唱〈Light My Fire〉，全身爬滿雞皮疙瘩，火在耳中被點燃，然而身體深處卻冒湧出冰寒來。

另外一個讓我聽出一身雞皮疙瘩的歌手，是高中時候聽到的Billy Holiday。先是自己學彈吉他，學到一定程度，在樂譜店裡找到一本Wes Montgomery的吉他譜，驚為天人，進而接觸了美國爵士樂。沒有多久，放棄了彈奏爵士吉他的夢想，轉而迷上了爵士樂中的薩克斯風，尤其是Sonny Rollings。再由薩克斯風連結到爵士歌手，突然間，聽到一個沙啞中性的聲音，從喇叭中傳出來，將我整個人釘住了，不能動，彷彿每一個細胞都被她那滄桑慵懶的嗓音浸滿了，因而徹底失去了動能，人生滄桑到這種程度，夫復何言？Billy Holiday的歌聲終結了所有唱歌的衝動，心裡只剩下哀傷地聽她歌唱的一點點空間。

鄧麗君，和Billy Holiday，天差地別！她甜美到沒有容納真正人生悲劇的縫隙，她清澈到藏不住幽微的真相。她的歌，年少的我認為，容或是最美最優秀的膚淺，但畢竟仍然是膚淺。

更何況，少年的我，充滿叛逆抗議的想法中，怎麼可能喜歡經常去勞軍，被視為「軍中偶像」的女歌手？幾千幾萬軍人像接受升旗典禮般、也像接受閱兵般接受她的「勞軍」，集體一致地向她歡呼，集體一致地迷戀她的歌聲她的笑容，何其沒有個性、何其無聊啊！

我承認，鄧麗君的歌聲有一種讓人無法抗拒的親切。即使在音樂品位上彆扭如我者，也無法討厭她，不會刻意尋索她的歌，然而不時遭遇了，往往也就自然地聽下去，甚至無意識地脫口跟著唱兩句：「人生難得幾回醉，不歡更何待？」或「小城故事多，充滿喜和樂」。

一直到一九九五年，才四十二歲的鄧麗君猝逝。知道原來她遠比我想像的年輕得多，只比我大十歲，我嚇了一跳。知道原來她長期受著氣喘的折磨（那年，我也正受著氣喘的折磨），到了擴張劑中的類固醇硬化了她的氣管的地步，我嚇了一跳。知道她曾經因為假護照事件，遭日本政府驅逐出境，演藝生涯大受挫傷，我嚇了一跳。知道她多年一直苦於被國民黨政府半威脅半挾持地扮演「愛國歌手」的角色，我嚇了一大跳。

我發現我對鄧麗君知道得那麼少，而我不知道的，都是她生命中的悲傷、無奈、哀涼。我派給她的歡樂膚淺性格，原來是不公平的。於是我重新找了鄧麗君的音樂來聽，在那一張張唱片裡，聽見死去了人的聲音，她不會是 Jim Morrison 或 Billy Holiday，但她也不只是我原本以為的鄧麗君。

那張圓得像月亮的臉，我愛

——馬家輝

我確是曾經喜歡鄧麗君的，理由卻跟她的歌聲沒有太大關係，而只因為，我媽長得跟她有五分相似，咳，我主要是說，她們一樣有著一張圓圓的臉，而我跟所有男人一樣，或多或少有些戀母情結。

我忘記了從幾歲起常聽我媽說她自己像鄧麗君，總之每逢報紙娛樂版出現鄧麗君的照片，我媽見了，就會說，唉，我當年就是長這個樣子，臉圓得像十五的月亮，而且我跟鄧麗君一樣，曾經參加過「工展小姐」選美，只不過她贏了冠軍，我卻沒有。

我後來才知道母親記錯了，鄧麗君並沒參加選美，她是在一九六九年來港，在「工展會」上參與義賣，亦獲得當屆的「工展會慈善皇后」榮譽，我相信這是特別頒發的獎項，亦是預早安排的，不必爭，不必選，而我媽則是明刀明槍地參加比賽，我從未問過她是第幾屆，也從未問過她得了第幾名，因為在我當年的心裡，她當然是不折不扣的第一。

回想起來，從小學到中學到大學到工作以來我所曾或明戀或暗戀過的女孩子，無一不是「圓臉美女」，滿月的臉，是王道，是正道，是唯一之道，此乃女孩子進入我眼睛的第一門檻，先過了這關，再說其他。生平首次發現自己這個「癖好」是在高二，跟一位學妹交往拍拖，把她的照片帶回家，我媽瞧見，酸刻地說，一張臉圓滾滾，正好用作製造月餅的模子。——自己臉圓像滿月，別人圓臉則似餅模，待己以寬，待人以嚴，嘴巴真毒。或許她其實亦有戀子情結，暗暗妒忌兒子的女朋友。

對於鄧麗君，我媽倒是欣賞的，可能打從心底她把自己投射到鄧麗君身上，所以愛聽鄧麗君的歌，愛看她的電視節目，愛讀關於她的所有八卦。鄧麗君於一九八〇年代多次在香港開演唱會，我媽都買票捧場，即使到了今天，偶爾路經銅鑼灣利舞台，她仍不忘提一句，鄧麗君當年曾經在這裡登台。所以你不難想像當鄧麗君於一九九五年病逝泰國的消息傳來，我媽是何等哀傷難過，當時我在美國讀書，打長途電話回家問候，她匆匆應酬了幾句便急於收線，我爸後來經常笑說那陣子她連麻將也不太打了，整天坐在客廳盯著電視，兩三天沒有笑容。我媽矢口否認，笑道除非病危，否則一輩子不會停打麻將，而我說到底是相信她的，記不記得我曾寫過，她在我躺在醫院加護病房床上之際仍有心情打牌，我是她的唯一兒子啊，連我都沒法讓她棄戰，何況非親非故的鄧麗君？哀傷歸哀傷，麻將好友，不可棄絕。

鄧麗君遠去十七年了，但我的「圓臉鍾情併發症」並未休止，直到如今，人老了，仍然在視覺欣賞上對圓臉女子給予額外加分。譬如說，《那些年，我們一起追的女孩》電影裡的陳妍希，我最近便為她寫過這樣的文字：

陳妍希已經二十九歲了，用內地的標題來說，未嫁，單身，早已入列剩女名單，只不過長得一副娃娃臉，淺淺的酒窩，甜甜的笑意，加上在《那些年》裡的清純造型，依然覺得她是鄰家女孩而不是熟女人妻。這是運氣亦是福分，電影圈裡的其他女人，求不得，恨不來。

陳妍希之於電影圈，除了運氣福分，另有一項特質，那就是，二十九歲了，居然仍是圓鼓鼓的「包包臉」，而又居然能夠走紅，肯定惹來不少妒忌羡慕。

華人電影圈尚有幾個二十九歲或以上的女藝人沒有打針磨腮？恐怕不易找到。當瘦臉成為時尚，又當打針如斯方便，圓臉自然成為「罪惡」，大家搶先恐後到美容醫院排隊輪候，找來找去都是那幾位名醫，或一針一針地打，或一刀一刀地磨，咬著牙根忍痛把「包包臉」改造成「瓜子臉」，為的只是（自以為）上鏡顯得更迷人更嫵媚。陳妍希卻顯然沒走這條路，她毫不忌諱地挺著一張圓圓飽飽的闊臉，充滿自信地，望著鏡頭望著你，似對你說，這就是我，喜不喜歡，隨便你，人家不會好端端地為你動刀動針，你如不愛，請轉身，別煩我。

陳妍希示範的是一種「圓臉美學」，值此世代，實屬異類，或因物以罕為貴，宅男們趨之若鶩，流了口水。

宅男早就應該學習欣賞圓臉了。親吻，溫順柔軟；輕撫，手感充盈。其他女孩的尖細得瓜子般的硬臉，其實只適合用來剔牙。陳妍希才應成為主流，她的走紅，希望能讓圓臉女孩們不再自卑，乖，相信叔叔，你們才是最好。

我們的心事她最懂

——胡洪俠

一九八二年的春節剛過，我提著心吊著膽去《衡水日報》報社報到，進大門的步態近乎躡手躡腳。辦公室主任領著我去見一位大胖子：「這是徐總編。」那人慢慢起身，伸過一隻又厚又暖的手讓我握了一下，臉上除了笑容就沒別的。我怯怯地叫了一聲：「徐總編好。」「噢，不要叫我徐總編，」他的聲音緩慢、低沉而又親切，「叫我老徐。大家都這麼叫。」略談幾句之後，老徐朝等在門口的一個矮矮的小夥子說：「小徐子，這新來的小胡先跟你一個宿舍住幾天，你多照顧。」

「知道知道。」小徐子答應著。他正倚門斜立，懸空的一隻腳來回盪了幾下，皮鞋底的鐵釘和水泥地板噠噠相擊，似音樂節拍聲。雖是初春，天仍寒冷，小徐子卻穿得單薄又時尚：花格毛衣，深藍筒褲，烏黑皮鞋，脖頸上舞著一條白色圍脖。他雙手揣在褲兜裡悠然地前面帶路，用腳踢開會計室隔壁的一間房門，用嘴巴指指靠東牆的空床說：「你睡那裡。」然後他咔地一聲按響了他床頭水泥桌上的錄音機。待歌聲響起，他把音量調到了最大，窗外冷風在枯枝間和電線上摩擦出的唰唰聲與嗖嗖聲立刻就消失了。他在屋裡踱著步，嘴裡哼出的調子和錄音機裡那女人的聲音高低相和：「美酒加咖啡，我只要喝一杯。想起了過去，又喝了第二杯。明知道愛情像流水，管他去愛誰。我要美酒加咖啡，一杯再一杯……。」

這個聲音我熟悉，但說不準歌星是誰。畢業後買了收音機，我常常在凌晨搜索「敵台」，斷斷續續聽見的就多是此調。我也知道鄧麗君，但從未完整聽過她的歌，在學校時倒是寫過批判她「靡靡之音」的廣播稿。為了和新室友熟絡些，我不懂裝懂地搭訕道：「這歌，是鄧麗君唱的吧。」小徐子停住哼哼，大聲問：

1982 年 3 月 26 日，我隨一個檢查團去冀縣採訪。小心翼翼跟著那幫人「靠邊走」，竟然也進入了攝影記者王鐵珍的鏡頭。那時我剛當記者不久，也才開始跟著同事學唱鄧麗君的歌。

「你說什麼？」說著走到桌前調低了音量。我說：「你聽的好像是鄧麗君。」「那當然，」小徐子順手又把音量調大。我心裡暗暗叫苦：和一個喜歡靡靡之音的人住一起了。

小徐子是報社的通信員，負責取送文件，說走就走，說回就回。他一走，就把鄧麗君帶走了，宿舍裡終於安靜下來；他一回，鄧麗君必然也回來，門裡窗外馬上斟滿「美酒加咖啡」。過不幾日，我和小徐子混熟了，鄧麗君的歌也聽熟了。而且，很奇怪，不費任何氣力，就喜歡上她的歌了。晚飯後小徐子常常有朋友來串門，那必定是群狼亂吼的時刻，我邊笑邊和他們放聲高歌，隱隱然有解放之感。「我一見你就笑，」我們和錄音機一起唱，「你那翩翩風采太美妙。跟你在一起，永遠沒煩惱……」

正是青春年華，怎麼可能沒有煩惱。我愈來愈納悶：年輕人所有的心事，所有的喜憂，怎麼鄧麗君都懂得；不懂懂，還替我們說出來。而那些話，當時書報刊上是不說的。有時候她唱得愈甜，我們心裡就愈苦。「甜蜜蜜，你笑得甜蜜蜜，好像花兒開在春風裡……」是啊，見不到，想不起，一切都在夢裡。那就喧鬧，就喝酒，就無中生有地和鄧麗君對話。她剛說「路邊的野花你不要採」，我們就爭先恐後地告訴她說：「不採白不採。」然後就大笑。然後有一會兒大家誰也不說話。然後就對著空氣各懷鬼胎般地繼續聽鄧麗君替我們發言：「任時光匆匆流去我只在乎你，心甘情願感染你的氣息。人生幾何，能夠得到知己，失去生命的力量也不可惜……」

那年秋天報社新分來了幾個大學生，我也早有了新的宿舍，和小徐子一起學唱鄧麗君的日子柔柔軟軟地過去了。大學生們都懂鄧麗君，常常要聚在一起討論，那層次比我和小徐子又高出了很多。某日年歲較長的鴻儒兄教導我們說：「『你問我愛你有多深，我愛你有幾分』，這是提問，但不用回答，傻帽才回答呢。月亮都代表了嘛。注意這一句，『輕輕的一個吻』。這句要唱得到位，訣竅在兩個字，一是『個』，一是『吻』。『個』不能唱得直白，要由高到低，滑過來，顯示接吻之前人很緊張，時間也變彎了，感覺過得很慢。『吻』這個字呢，不是唱出來的，是呼出來的，聲音要略帶顫抖。你們體會體會。」我們哈哈大笑，連嘲帶諷，說你是實踐出真知啊。我們都知道，那會兒他正在和廣播電台的一個漂亮播音員談戀愛。

那時衡水市沒有幾座樓房，報社則全都是平房。順院子裡居中的甬道由南往北走，你隨時可以聽到幾排平房裡此起彼伏的鄧麗君之聲。一晃三十年過去，聽說報社的平房拆得一間也沒剩下，那個大院子在〈老鼠愛大米〉的伴奏聲中進入了高樓時代。又聽說老徐也不在了。有次回衡水，我打聽小徐子的消息，大家都說不清楚他現在何方，只知道他的女兒已長大成人，去河北大學學了幾年音樂，拉一手好二胡。

二八 合唱時代

只有我一個人在意合唱比賽

——楊照

那是高中二年級的某個日子，練唱完，難得天還沒有全黑，不過前方《聯合報》大樓的燈倒是都點起來了。

夏天快到了，也就意味著合唱比賽的日期近在眉睫了。我們幾個死黨很有默契地繞經刑事警察局的大門，轉入巷內，眼前出現了松山國中的籃球場。場上還留著幾個國中生在鬥牛。我們從側門走進去，將書包隨手放在籃架下，就跟國中生商量「報一隊」參加戰局。

等待前面一局鬥牛結束的時間，我忍不住表示了我的擔憂——分部練習都不確實，只有第一部音準沒問題，二、三部經常走音走得厲害，還有人就是沒養成看指揮的習慣，指定曲開頭第二句「細雨稀零零」就有個延長音，不看指揮，怎麼知道要延長多久？還有，第一部沒有音色變化啊，〈寒夜〉裡的肅殺氣氛做不出來，〈思我故鄉〉回憶段的甜美空靈也做不出來……

死黨們不約而同擺出一副「你又來了」的表情，別過頭去講他們自己的，不理我。我當然知道，他們沒將合唱比賽當一回事，從來不覺得合唱唱好唱壞有什麼關係。放學後練合唱還能有滿高的出席率，靠的不是班上的向心力，不是爭取好成績的榮譽心，而是因為難得找到了一位長得很漂亮的鋼琴伴奏，比我們大兩歲，在家專念音樂科的大女生。

練唱的地點，是班上一個同學家裡。他家夠大，能塞得進三、四十個大男生，還有，他家有一架直立式鋼琴。不顧死黨們的臉色，我繼續抱怨：你們這些好色鬼，每一個都只有在輪到和伴奏一起進行練習時，才拿出精神、拿出喉嚨來死命唱，別的時間甚至連基本的分部發聲都不肯做，全都窩在客廳、飯廳裡，打撲克牌的打撲克牌，還有人抱著吉他引領一群人大唱特唱校園民歌，〈風，告訴我〉、〈歸人沙城〉、〈外婆的澎湖灣〉……一首接一首唱，難道合唱比賽要比的，是這些民歌嗎？

這個年紀，最在意的其實是如何讓自己看起來甚麼都不在意。但我還真在意合唱比賽啊！

我第一次感覺和這幾個死黨離得那麼遠。同學一年多了，幾乎每天都混在一起，最重要的，一起幹過那麼多違規壞事，但這回，他們都不在乎合唱比賽，只有我在乎，我不能不在乎，因為我是指揮。

他們不瞭解為什麼導師——也是我們的音樂老師——會選我當指揮，選了一個自己唱歌會走音的人來帶合唱。他們嘲笑我：一定是因為全場只有指揮不必開口，老師判斷那是我對合唱比賽可以做出的最大貢獻。我默默地承受了這樣的嘲弄，因為不知道該如何對他們解釋，學期初上音樂課的時候，老師問了一串奇怪的問題，關於和聲、調性、節拍，全班一片沉默，只有我低聲回答。老師知道我學過樂理，可能是班上唯一學過樂理的人。

我沒辦法跟死黨們解釋什麼是樂理。而且我沒辦法跟死黨們解釋我真的很喜歡、很看重當合唱指揮這件事。在他們的眼中，所有學校的活動，都很無聊很愚蠢，只有同樣無聊、愚蠢的「好學生」才會看重。平常時，我跟他們立場一致，同樣厭惡運動以外的各種競賽，整潔秩序比賽、作文比賽、演講比賽、壁報比賽、科學展覽比賽……

可是音樂不一樣。我花了很多時間研究樂譜，弄清楚樂句、歌詞和旋律之間的關係，仔細分析三個聲部所構成的和聲進行方向，再配上鋼琴譜想像伴奏的效果。過程中，我有了許多關於如何表現這兩首曲子的想法，並且興奮地預期，若是實現了我的想法，一定會唱得和別班很不一樣，一定會得很好的名次，報答導師對我的信任。

可是沒有人理會我的想法，大家都用一種虛應故事的態度敷衍著。離比賽不到兩星期了，我期待的聲音沒有半點苗頭。我堅持跟等著上場打球的死黨說：好好唱不行嗎？你們真的感覺不到三個聲部都對在一起時，那種和諧美好的感覺嗎？只要稍微用心一點，就可以一種只有音樂能提供，透過耳朵傳來的感動啊！

終於，一個死黨願意回應我。他說：「你怎麼可能真的喜歡唱這些歌啊？指定曲是〈寒夜〉，歌詞講的是因為大陸淪陷了，所以我們都活在如同寒風細雨折磨的黑夜裡；自選曲唱的是〈思我故鄉〉，想念遠在海峽那岸，我們誰也沒去過沒看過的『故鄉』。都是這樣的『反共八股』，你要我們怎麼認真唱？」

突然之間，我語塞了，不知該再說什麼，還好，輪到我們上場鬥牛了。

張開嘴巴唱假歌

——馬家輝

如果校園合唱是青春成長的必然部分，那麼，沒法不承認，我這部分的青春實在少得可憐；一來我向不合群，任何形式的團隊合作皆非我所喜所願；二來呢，我的音樂感幾近於零，唱歌，向來是我弱項中的弱項——老天是公道的，我至少有一項弱點。

上幼稚園時必然曾經合唱，但記憶全無，印象最深刻的校園合唱經驗是中學四年級，來了一位新的音樂老師，姓蕭，女子，高高的個子，大約有一米七，瘦削身形，戴一幅厚厚的眼鏡，典型的純良藝術家模樣，耐性很好，心地很好，好到竟然多次鼓勵我這五音不全的男同學開腔唱歌，我感激得想哭。少年的我很愛哭，被責備時哭，被稱讚時也哭，甚至打麻將吃不到牌也躲到廁所偷偷地哭，成年後已經戒掉哭的習慣，但不知是荷爾蒙變化作祟之故抑或其他理由，踏入四十歲的中年倒又重新易哭易流淚，前陣子去完重慶，在街頭看見一位白髮蒼蒼的八十多歲的老婦人一手撐拐杖，一手撿紙箱，我想像她從抗日時期到「反右」到「文革」都在吃苦，想不到在盛世強國年代猶是如此，鼻頭一酸，幾乎落淚，回港後跟朋友述說見聞亦每說必哽咽。

那位姓蕭的女子擔任音樂和美術老師，笑聲爽朗，很能把同學感染得開開心心，她教我們多聲部合唱，是課堂功課，我不可能拒絕，她先要求每位學生輪流站在鋼琴面前試音，Do-Ra-Mi-Fa-So，我照做了，才幾秒鐘的事兒，她望著我，笑道，你的嗓子不錯，不必害臊，放膽唱。

我點頭說 thank you，真心地，跟對其他老師說 thank you 時完全相反。

中學時代尚有另一項唱歌經驗，但不算是合唱，只是我彈吉他，別人唱。忘了是什麼理由，在中學五年級的某個表演活動上，我竟答應一位學校工友聯袂登台，所謂工友，就是工人，是負責維修、清潔、雜務的學校職員，二十來歲的男子，可能見我於週末偶爾躲在學校天台樓梯間自彈自唱，便找我湊高興。其實我只是喜歡捧著吉他的浪漫瀟灑，裝模作樣，自娛自溺，來來去去只懂彈撥那幾首西洋流行曲，歌聲更是不堪，但他找我，我便去了，還記得唱的是吉他入門曲〈Yesterday〉，事前才跟他練習了兩三回，彈完，唱完，同學們照例鼓掌，我倒是亢奮得幻想自己是陳百強，那年頭他比張國榮更紅更火，電影《喝采》裡兩人比賽唱歌，他贏了，女觀眾對他獻花獻吻，雲日高高，世界在他腳下；那年頭，我十六歲，長髮，白襯衫，灰色喇叭褲，腰圍二十五吋，雲日也高高，世界也在我腳下。

生平最後一回校園合唱的經驗卻跟中學時代截然相反，略帶遺憾，儘管仍有趣味。那是在台灣的輔仁大學，一年級，應用心理學系，某回系際歌唱比賽，各系新丁皆須列陣，排排站，唱唱歌，互較高下，自娛娛人。由於是全班都要參加的強制活動，而且班上學生陰盛陽衰，四十位女同學，五位男同學，絕對不能缺席，於是硬著頭皮上，站在同學之中開腔唱「國語流行曲」。

老天，我這港仔滿嘴廣東話，剛到台灣，連「我要一碗叉燒飯」之類簡單表達亦說得舌頭打結，怎可能唱「國語流行曲」？這不僅對我構成了嚴峻挑戰，對其他同學亦是心理威脅，因為他們很擔心歌唱成績被我拖累像鐵達尼號般往下沉沒，輸了比賽也輸了面子，終於，在賽前練習時，有一位同學想出了一個鬼點子，對眾人說：「不如請家輝同學在唱歌時只要裝腔作勢地動動嘴巴，跟隨節奏，把嘴唇上下開闔，千萬別真唱出聲音，好不好？大家同意嗎？」

眾人笑了，哈哈大笑，覺得這是個很逗趣的主意；笑完，沒人開腔附和贊成，卻亦沒有人提出嚴正反

初中時期參加生活營時的化妝舞會。那年頭，雲日高高，世界在我腳下。

對。哦，明白了。我乃主動對同學說，好呀，沒關係，我唱歌真的非常難聽，求之不得，我假唱便好了。亦是沒人開腔附和贊成，卻亦是沒有人提出嚴正反對，搞不好根本沒有人聽得懂我在說些什麼。

唱歌比賽後來結束了，我如約假唱一番，沒有覺得難受，只是一直擔心被評審拆穿而尷尬。應用心理系沒取得任何名次，所以事後有一位心地善良的女同學偷偷對我說，早知如此，家輝你喜歡怎樣唱就怎樣唱，管他的。

我也後悔自己心地亦是善良。我終究不如自己想像得那麼壞，我沒有壞到最低最底。

明天你是否依然合唱

——胡洪俠

卡拉OK誕生之前我沒有當眾獨唱過一首歌：那樣的年代裡我們必須合唱。小學中學師範前前後後十一年，我跟著合唱了十一年。早晨上課之前要唱，歌聲拉開全天課程的序幕；學校開大會時要唱，而且是不同年級輪著唱，像比賽；參加批鬥會動員會運動會萬人大會等等各類會議時更要唱，歌聲直上干雲霄。在這樣的合唱年代長大，許多的旋律和歌詞深深地刻在記憶中，想忘都忘不掉。

最先學會的當然是〈東方紅〉。不，不是學會，自然而然就會了。天天到處都唱〈東方紅〉，再難開竅的人也能無師自通。歌詞不難懂，但每段三、四句之間都有一聲「呼兒嗨喲」，小時候每唱到此處我就想笑，覺得太像摔了一跤屁股疼時發出的聲音了。〈我愛北京天安門〉唱得次數也不少。那時的電台千萬遍播這首童聲合唱，我們班的同學們喊破嗓子也不如廣播裡唱得好聽。老師說因為你們不認真，嗓子也不夠好，可是我個人覺得另有原因：我們農村的孩子沒有見過天安門，對那座城樓如何能升起太陽並放出一道道光芒完全不清楚。我們還唱〈大海航行靠舵手〉，唱〈三大紀律八項注意〉，唱〈學習雷鋒好榜樣〉，唱〈國際歌〉。學唱〈國際歌〉時，老師反反覆覆強調說，你們千千萬萬要記住：最後兩句，「團結起來到明天，英特耐雄納爾就一定要實現」得唱兩遍，第一遍時那個「天」字是低音，第二遍的「天」字要高八度。但是很奇怪，每次唱到低音「天」時，總有幾個人的嗓門會奮不顧身地高上去。老師哭笑不得：「停！你們那個天，又高到天上去了。」於是全班都笑個不停。

從小唱到大的合唱歌曲中，我印象最深的其實是那首〈不忘階級苦〉。這首歌好聽，又敘事又抒情，如泣如訴，能讓人淚眼潸然。開頭兩句詞最好：「天上布滿星，月亮亮晶晶。」現在想來，這是當時合唱歌曲中罕見的詩意句子。當然，這首歌要唱的不是夜空，而是仇恨，所以第三句馬上進入正題：「生產隊裡開大會，訴苦把冤伸。萬惡的舊社會，窮人的血淚恨。千頭萬緒、千頭萬緒湧上了我心頭。止不住的辛酸淚掛在胸。」

對小學生來說，這歌太難學。曲調高高低低，停停頓頓，彎彎繞繞，合唱起來很難把握節奏。可是這歌有特別用途，唱不好也得唱，哪怕唱得丟三落四，潰不成軍。所謂「特別用途」，就是開憶苦思甜大會，吃憶苦飯。

據說上個世紀六〇年代初，全國就開始吃憶苦飯了，我沒能躬逢其盛，只好略過不提。我吃的那幾次憶苦飯，都在七〇年代初。常常是六一兒童節前夕，村裡就開大會，各年級的學生都參加。會議開始前，老師照例領著呼一通口號，比如，「不忘階級苦，牢記血淚仇」，「千萬不要忘記階級鬥爭」。然後，就要唱「天上布滿星」了。這首歌有四、五段，講述的故事苦大仇深，慘不忍聽。我懷疑當初我們只學了第一段。剛剛上網查了查〈不忘階級苦〉的歌詞，發現第二、三、四段我實在太陌生了，疑似老師根本沒教。「不忘那一年，」第二段唱道，「爹爹病在床。地主逼他做長工，累得他吐血漿。瘦得皮包骨，病得臉發黃。地主逼債好像那活閻王。可憐我的爹爹把命喪。」第三段又說地主把「我的娘」也搶走了。

淒淒慘慘戚戚地把歌唱完，會議的主角亮相了，時任大隊革委會主任的三代老貧農于爺爺登台憶苦思甜。他一字不識，但每逢上台講話必帶《毛主席語錄》，邊做報告邊雙手翻閱，一本正經地做捧讀狀。可憐他分不清字跡的正反，我們在台下每每會發現他把語錄本拿倒了，想笑不敢笑，替他乾著急。訴起苦來于爺滔滔不絕，聲淚俱下，真是一把鼻涕一把淚。此刻我拚命回憶他當年到底講了些什麼，卻一件事也想不起來，只記得講完之後他眼睛紅紅的，鼻子紅紅的，整張臉都紅紅的。

下面是奇蹟發生的時刻：每個人都分到手一個黑黑的窩窩頭。味道極難聞，像是剛從豬圈裡豬嘴中搶出來的。咽又咽不下，吐又不敢吐，腸胃裡的「萬惡的舊社會」一陣陣向上翻騰。不一會兒就聽見女同學隊伍裡有嘔吐的聲音了；這聲音會傳染，所以必須強迫自己充耳不聞。我還算覺悟高，意志堅，活活地把那千辛萬苦的窩窩頭吃了下去。本家一位叔叔當時是小學老師，散會後我問他那窩窩頭究竟是用什麼做的，他說：「有紅薯麵，有麩子，有糠，有乾紅薯葉紅薯蔓磨成的粉，有豆腐渣，有爛白菜葉子。」

多麼荒唐的合唱歲月。尤其荒唐者，唱了那麼多嘹亮雄壯的歌曲，當年我們竟然沒有學唱過〈國歌〉。後來當然知道了原因：〈國歌〉的詞作者田漢文革中早被打倒了。

二九

禁書

在塵灰中遭逢馬克思

——楊照

我成長於一個馬克思與《資本論》是大毒草，絕對不准碰、不能碰的社會。比我年長一代，像陳映真他們，還能偷偷組讀書會，偷偷讀《共產主義宣言》和《資本論》，我比他們晚了二十年，也就意味著國民黨的「警總」多了二十年時間可以把市面上找得到的所有跟馬克思有關的、跟《資本論》、跟共產主義有關的書都收掉，把那些暗夜中聚會的左翼團體都查獲。

我知道馬克思，知道《資本論》，但我的知識主要是從《三民主義》課本裡面來的，告訴我馬克思與共產主義多麼荒謬、多麼錯誤。但我連做夢都不敢想有一天真的能夠讀到這些「荒謬」、「錯誤」思想的原文。

我早早就養成了逛圖書館的習慣。大學二年級，我到台大法學院修高階日文課，很自然地順便就去逛了法學院的圖書館。逛啊逛，逛到了書庫的地下室，一個遠遠就會聞到灰塵味道的地方，好像從來沒有人會去到的地方。我鼓起勇氣來，找到開關將電燈打開，走過一排排的書架，突然間皮膚上爬滿了疙瘩，因為我瞭解了這是個什麼樣的地方。那裡收的是還沒有編目的書，不是因為太新了來不及編目，而是因為這些書比台大法學院本身還要古老。那是日據時代，還叫做「台北法商學校」的機構留下來的藏書。換句話說，那批書從一九四五年日本人離開後，三十多年沒有人去處理，就丟在那裡。

我在那裡面耗掉很多美好的時光。慶幸那時我還沒有氣喘的毛病，可以一下午呼吸著幾十年來堆積的灰塵也無所謂。那裡面最多的書當然是日文書，其次是德文書。我先找到了一套書，那是日共大左派河上肇的五冊本《自敘傳》。我讀過河上肇的名字，知道他出過一本《貧乏物語》，對於共產主義在日本發展，有著僅次於《共產主義宣言》的重要地位。雖然沒有找到《貧乏物語》，但光是這個人的書會在台灣出現，就夠讓我興奮了。

這書非讀不可，然而我怎麼可能在地下書庫讀完那五本書呢？我決心冒險一試。那書沒有編目，但還留有原來日據時代的書碼，於是每一次去法學院，我就刻意去認一下圖書館櫃檯的人，每出現一個我沒碰過的，我就拿河上肇的《自敘傳》去，跟我的借書證一起遞給他，不多說，如果他看一看告訴我這書不能外借，我就摸摸鼻子算了，自己把書送回書架上去。試到第四次，總算碰到一個弄不清楚狀況的館員，他只注意到書上沒有貼借書到期單，拿了一張到期單貼上去，在借書證上登記了日據時代的舊編碼，就讓我把書帶出來了！

這個經驗讓我更加喜愛待在地下書庫了。每次進去總感覺應該會遭遇什麼樣的寶藏，那種興奮期待，三十多年後仍歷歷在心。

過了一陣子，反覆走過書架好幾趟，我心中早已相信應該存在的書，真的在某個底層書架上現身了。那就是分成上中下三冊的岩波文庫版日譯《資本論》！這次我不敢用原來的方法了，畢竟書上印著三個誰都看得懂的漢字「資本論」，再粗心搞不清楚狀況的館員，都必定會立即升起政治天線來。而且《自敘傳》我想看，《資本論》我不只想看，還想收藏。那就只有一種方法，乞靈於圖書館裡的自助影印機。

那一陣子，我幾乎每天都去法學院圖書館，文學院的課也不上了，鬼鬼祟祟徘徊在影印機附近，看沒有人用時，就去印個幾張，只能印幾張，在沒有別人靠近過來前，趕緊又離開。搞了好幾天，《資本論》上冊快印完時，影印機竟然壞了。

影印機壞掉了也就算了，接下來影印機廠商來換了新的影印機，一看我傻眼了，因為他們換上了投幣式的影印機！原本每次影印完，自己算好張數，去櫃檯付帳就好了，這下子變成得準備銅板才能影印。沒辦法，我每天要先搜集家裡所有的銅板，帶到圖書館，把銅板印完為止。

一天一天印，印好的紙張帶回家小心收藏在衣櫥裡，早上出門時抽出幾張，仔細折成八折大小，收在書包裡，等公車和坐公車時，一張一張拿出來讀。公車到學校，就不讀了，擔心被人家問到、被人家發現我在讀最可怕的禁書。

此馬克思不同彼馬克思

——馬家輝

下雨天出門最討厭是航班延誤起飛，大雨，坐在登機口一等就是一個多鐘頭，望天打卦，唯有跟朋友互通短信，相濡以沫，只因對方從深圳出發，跟我前赴同一個目的地，他也同樣坐在機場，等；深圳也下雨，也沒法起飛。

登機口倒是熱鬧成一片。幾間店鋪都擠滿人，反正是等，內地遊客們趁機購物，名牌非名牌，都買，「給我統統包起來！」之聲此起彼落，人民幣萬歲，在港消費愈來愈便宜。

我也擠進書店打書釘。人好多，大都是男的，圍站在書堆面前翻看「禁書」，什麼《×××事件真相》，什麼《×××爭議內幕》，什麼《×××與×××的恩怨情仇》，儘管大多只是翻炒報紙上的傳言與網絡上的訛說，卻已夠盡搶眼球。

廣播了，終於，登機了，終於，起飛了。好不容易坐到位子上，四周偷瞄一下，八卦左鄰右里在看什麼，原來都在看書，「書香四溢」，真是盛世景象。哈，原來小小的飛機內的小小的商務艙，十二個座位，連我在內坐了十一個男人，竟然有九個在讀著剛買的「禁書」，目不轉睛，聚精會神，臉容稍稍掛著焦灼，都在探究某事某人的風雲色變，如果這是一齣電視劇的其中一幕，必是喜劇，詼諧之極。

哦，對了，尚有一位男乘客沒在讀書，他在看報，但看的亦是港報，大字標題踢爆某香港高官的緋聞糾結。

兩小時航程，雨中前往，機身搖搖晃晃，總算平安抵埗。下機時，我再次八卦偷瞄，發現有四、五個男搭客的臉上掛著倉皇神色，像偷運毒品般手忙腳亂地把「禁書」硬塞進隨身行李的衣服雜物之下，很顯然是企圖將之挾帶進關；餘下數人則把書丟棄於座。

我當然明白「挾帶禁書」的緊張感覺，只因曾是過來人。話說上世紀八〇年代的台灣仍然處於戒嚴狀態，儘管已可在坊間書店門外找到各類「黨外雜誌」或異議書刊，欲把中國大陸出版的簡體書籍——不管是政治的抑或文藝的——從島外帶進島內終究仍屬犯禁，凡簡必禁，一旦搜出，輕者充公沒收，重者偵訊問話，做此事兒，多多少少帶有冒險成分，所以也帶有刺激快感。我那時候，二十歲出頭，在台灣大學讀書，不必說了，青春的荷爾蒙令我特別喜歡向冒險進發，尋找那無中生有的刺激快感，於是，在寒暑假回港前都問同學，你想不想讀誰誰誰的書？我回到香港，替你買，給你帶進來，好嗎？

即使同學沒有回答「好」，我仍然每次必買三、四本甚至十本八本「禁書」，帶回台灣，返回學校，再把它們硬塞給朋友，或者就只置放於房中書架上，讓朋友們前來看見並發出「噢！你真敢！竟然把這種書帶進來！」之類驚訝讚歎。我聽了，很爽快，用台語來說便是「爽歪歪」，自我膨漲，ego 爆炸。

回想一下那年頭帶進台灣的禁書其實沒有什麼「攻擊性」，敏感度絕對不高，主要都是一些民國文人的小說和雜文，以及一些由歐美學者所寫但由內地學者翻譯的「新馬克思理論」和「西方馬克思主義」之類硬書，厚厚一本，譯筆艱澀，悶死人，我通常只讀十頁八頁便放下，只是戀戀於書名和題材所包含的人間理想，買了書，隱隱然錯覺於支持了理想甚至實踐了理想，頗為阿Q。

但有一回，不知何故一口氣挾帶了幾本敏感度稍高的書，其中一本好像叫做《國民黨為什麼被打到台灣？》，並非簡體書，而是香港出版的繁體書，我特地買來送給一位黨外色彩濃厚的台大老師。香港數十年來處於海峽兩岸的中間位置，向來有個規模不小的「政治禁書產業」，在上世紀八〇年代中期以前，兩岸都有顧客，可是在此之後只剩大陸遊客喜購此類書籍，因為台灣門戶大開，本土已經出現一堆火辣之書，港版書亦可在台灣書店看到買到；二來呢，不禁了，不禁便反而提不起興趣去買去讀，這是人性，對閱讀以及所有事情都一樣。

那幾年有沒有在入境時被找過麻煩？

印象中只有一回，大概是台灣解嚴的前一年，即一九八六年，放假回港再返台，海關人員檢查行李，翻出了幾本書，其中一本是德國思想家 Max Weber 的《新教倫理與資本主義精神》中譯本，他的名字被譯為馬克思．韋伯，跟 Karl Marx 的漢名重疊，儘管此馬克思不同於彼馬克思，海關大佬仍是皺著眉頭左問又問，我花了十分鐘唇舌解釋，始獲放行。那時候雖然戒嚴，那本也確是「禁書」，但台灣的門禁氣氛已經趨向鬆弛，執法者常會網開一面，睜一隻眼，閉一隻眼，刻意製造了不少漏網之魚。

二十六年過去了，香港的小魚早已變了老魚，台灣亦由大網變成幾近無網，禁書禁書，回頭察看，恐怕還是庸人自擾的為多。

街邊盛開金瓶梅

——胡洪俠

禁書通常神祕而不易得。因為神祕，一窺究竟的欲望就大增；因為不易得，就必欲得之而後快，此乃書之常理，人之常情。可嘆古往今來的書籍檢查官們偏偏不諳此道，一味隨意禁書，結果竟使得凡查禁之書身價必倍增，壽命更長久，流傳更廣闊。相比判官們的愚蠢之至，現在的書商則聰明至極。他們以「禁賣」的傳言解決「滯銷」的難題，竟然也能大賺其錢。可見所謂「禁書」，在廟堂是枉費心機的平庸手段，在江湖則是見利忘義的促銷錦囊。

譬如《金瓶梅》，自傳抄刊刻以來，歷朝歷代，無一不禁。可是天網恢恢了幾百年，此書仍存天地間，鬧得天下幾乎無人不知。等到我上天入地想找此書以求「不亦快哉」之時，歲月已流淌到一九八〇年代初了。當時報社同事中有見多識廣者，說這《金瓶梅》在一九四九年以後其實是原原本本影印過的。聞者皆不信。那人說，我要告訴你們是誰提議印行的，還不得嚇死你們？是毛主席！我們雖未嚇死，但也不敢再往下問，只聽那人逕自往下說：一九五七年，毛主席說：「《金瓶梅》可供參考，就是書中汙辱婦女的情節不好。各省委書記可以看看。」之後出版部門即以「文學古籍刊行社」的名義影印兩千部。「你還想看《金瓶梅》？」那人用蒲葉扇子拍著我的腦袋說，「你也配！連影子你都見不著啊。那兩千部書都賣給了省委書記、副書記和各部正副部長。書都編了號，誰買誰登記。」我擋開他的手，悵惘地說：「還是想看啊。」

那時候衡水新華書店門市部旁邊有一間「機關服務部」，專為單位圖書資料室訂書取書而設，對外不開放。因為常去買書，和書店的人混熟了，我和同學賈躍平也就時常可以去那裡逛逛，見到好書，管他誰訂的，先交錢拿走再說。一九八五年秋季某日，我們都熟悉的那位店員神祕兮兮地說：「有《金瓶梅》了，精裝兩大本，人民文學出版社正式出版的。這可是建國以來第一次公開印刷。要嗎？」「當然要。」我嗓門立刻提高八倍。躍平沉穩，說：「先拿出來翻翻。是不是刪節本啊。」「你做什麼夢呢！」那店員說，「當然是刪節本。書上寫得清楚，全書合計刪一萬九千一百七十四字。」躍平嘿嘿一笑：「我就想看這一萬九千一百七十四字。刪節本不要。」

穿秋越春，轉眼到了一九八八年的盛夏，我和躍平去闖海南，在廣州轉車。票既到手，舉目又無親，就到北京路一帶閒逛。誰也沒想到，這一逛，我們竟陷入了一個騙局。關於此事，十年前我寫過一篇網文，叫〈街邊盛開金瓶梅〉。往事難回首，我也懶得重新描述一番了，乾脆抄一段在這裡：

……走在人行道上，突然就看見一個女人站在那兒，手裡捧著一套《金瓶梅》低聲叫賣。真不愧是開放地區啊！開放就是好啊。我們這麼想著，就走過了那個女人，擔心言語不通，沒敢問什麼。走不幾步，又有一個女人擋在我們前面，手裡捧的又是《金瓶梅》。我們以為還是剛才那位，可是回頭一看，剛才那個女人還在剛才那個地方；再往前一看，還有許多手裡捧著《金瓶梅》的女人，站崗似地一溜排開，幾乎就是每個路燈柱下一個。她們像人流中的樁子，捧著《金瓶梅》默默地砥柱中流。

我們想問問價錢了。躍平說，你問。我說，你問。他於是用家鄉普通話怯怯地問：「多少錢？」女人笑了：「好便宜的啦。三十塊啦。都是香港版的啦。一字不刪的啦。」我對躍平說：「太貴，比我們去海南的汽車票還貴，走吧。」走不遠，又是一個手捧《金瓶梅》的女人。這一次我們連價都不問了，只順口說「太貴，不要」。女人卻說：「你給個價啦。」躍平說：「十五塊，賣不賣？」女人扭頭就走。我對躍平說：「這麼砍價可能不行。」躍平說：「反正我們也買不起，砍著玩吧。」話音未落，剛才那個女人追了上來：「十五就十五，賣給你們了，掏錢吧。」我們有點懵，掏錢的手有點猶豫。女人又催：「有沒有搞錯呀，快點啦，一會公安來了就麻煩啦。」躍平也學著她的腔調說：「你先把書給我們看看啦，是不是真的啦。」女人遞過書來，我們匆匆翻了翻〈潘金蓮醉鬧葡萄架〉一回，斷定是足本，於是付款，心中隱祕的快樂頻頻顫抖：我們竟然買了《金瓶梅》！

這時，那女人又把書從我們手裡拿走：「我去給你們包一下，讓人看見不好的啦。」躍平遂感嘆：看看人家南方的服務，真想得周全。也就一分鐘不到，女人拿著捆紮好的一包書回來，往我們手裡一塞，轉身急急進了一家店舖，立刻不見了人影。她為什麼像逃跑似的？「壞了！」我對躍平說，「這事不大對頭，趕快打開包看看。」撕開嚴嚴實實的紙包，我們看見了什麼？幾本過期的高考復習資料，還有一本《劉少奇文選》。

三十 兒女

楊照的女兒為什麼不會寫作文？

——楊照

那應該是女兒小學五年級時，兩年前的事。

放學去接女兒，她一上車，第一句話就說：「今天老師又叫我們寫作文，題目是〈生活中最快樂的三件事〉。」然後她吱吱喳喳講了她寫的「三件事」是哪三件。我沒有真正聽進去，也不記得她究竟寫了哪三件快樂的事，因為我腦袋裡忍不住動著別的念頭。

等她說到一個段落，我問她：「如果老師出的題目是〈生活中最討厭的三件事〉，那你會怎樣寫？」這問題，不是隨便問的。那段時間一直困擾我的，是想知道女兒對音樂演奏到底有多大的興趣，多大的熱情。我擔心：走上學音樂這條路，是我和她媽媽在她還來不及有自己意見時，幫她決定的，她已經習慣了待在總是獲得特殊待遇的「音樂班」，也沒去碰觸其他別的可能性，就理所當然將音樂演奏看作自己的選擇了。那麼，等她再大一些，她會不會後悔？到那個時候，會不會來不及了？

女兒第一次到大陸，在上海和媽媽的合照，拍照的人是我。

所以遇到機會，我就想辦法測試她的感受。問「生活中最討厭的三件事」，因為我相信「練琴」一定會被列在裡面，但會是三件中的第一名還是第三名？會有什麼事比練琴更讓她討厭的嗎？

遇過看過那麼多學音樂的孩子，說老實話，沒有一個真正喜歡練琴的。說老實話，號稱愛練琴的孩子，幾乎百分之百都是父母虛榮創造出來的神話。但不愛練琴到什麼程度，當然也就決定了孩子在演奏這條路上能走多遠。我很確定女兒愛音樂，有很多她真正能沉浸其中的曲子，然而她的夢想常常是：「真希望可以不用練琴就會彈柴可夫斯基一號鋼琴協奏曲！」

聽到我的問題，女兒沒有多想，很快就在車後座扳著指頭回答了：「第一件討厭的事，討厭人家叫我『楊小妹』。」楊照是我的筆名，我本名姓李，女兒當然姓李，可是人家知道她是我女兒，很自然就叫她「楊小妹」，她很在意這件事。她還補了一句：「尤其是有那種人還問我：『你不是楊照的女兒嗎？為什麼你姓李？』這什麼問題啊！」

原來如此。那第二件討厭的事呢？「討厭你和媽媽一起催我，叫我動作快一點。」這我忍不住要反應了：「可是你動作真的很慢，我們怎麼可能不催？」她回答：「你們可以催啊，但一次一個人催不行嗎？一個人催我可以接受，但兩個人一起催就讓人很煩，你不知道嗎？」

竟然有這種歪理，我還真不知道。好吧，那第三件討厭的事呢？我在心裡暗想，一定就是練琴了。

「第三件討厭的事，是碰到每一個老師都要跟我說：『你爸爸是楊照，你怎麼不會寫作文呢？』」

我在駕駛座上大笑出聲，搞了半天，三件最討厭的事，都跟我有關，而且最後繞回了她一上車就講了的題目。的確，在學校每次要寫作文，她上車一定就講，為了要發洩她的挫折感——為什麼要有作文這件事？

「你很怪你知不知道？」我對她說：「我一輩子跟文字打交道，我的工作我的興趣都跟文字有關，還不只這樣，你媽媽原來學的，也是文學，念到比較文學的博士班，照理說你應該至少有點文字上的天分才對啊！」

她沒好氣地回了一句不曉得從哪裡學來的話：「真不知道對在哪裡。」

我跟她說，照中國古人的說法，她是個「不肖女」，不是孝順的「孝」，是另外一個「肖」，「肖」就是「像」，不像爸爸不像媽媽的就是「不肖」。以前人覺得「不肖」是件很糟糕的事，「不肖」就成了罵人的話，甚至其意義和「不孝」有了重疊，要孝順，就應該像父母，繼承父母的能力與願望。

我很慶幸我活在一個不一樣的時代。我很慶幸自己生了養了這樣一個「不肖女」，她身上擁有許多我所沒有的能力、特質，經常讓我驚訝。例如她在各種不同情境中保持快樂心情的本能，不知從哪裡來的。她豐富的表演潛力，不知道從哪裡來的。她對音樂的自然親近習慣，不知道從哪裡來的。我完全認同她的感受，我也頂討厭人家假定我女兒就得會寫作文的想法，不會寫作文的女兒，有趣多了。

小情人與大情人

——馬家輝

大女兒今年九月將進大學，小女孩正式成為大女孩，想起從前點滴，難免雜感浮現。於是翻開舊文舊作，重讀一些關於她的成長記錄，歲月走過，很高興，因為文字，留下痕跡。

A

初見馬雯的老師時被嚇了一大跳，怎麼是個身披黑皮衣、鼻戴金扣環的短髮女子，較像搞同性戀的搖滾樂手而不似幼稚園老師？

印象中的幼稚園老師皆屬「媽媽型」，斯文溫柔，傾向保守。由「搖滾型」女子教導小孩子，可靠嗎？後經觀察，才怪自己多心。穿黑皮衣的人不代表無耐性，她有自己的一套，不僅可靠，且有「額外效益」。例如她對性別觀念平等尤為重視，某回聽她讀漫畫書，唸到女巫作法害人時，她突然停下來，對一眾小小聽眾強調：「男孩子也可能做巫師，不一定只有女人才會做巫師害人。」

孩子們傻乎乎地望著她，似懂不懂。我卻是懂的。男女平等應該從教育扎根開始，漫畫書作者追不上時代沒能改正，說故事的人便更須要自覺，處處提醒。

自問難以全盤改正舊社會大男人習氣，把孩子交由新時代新女人來管來教，必更有效。管她呢，性愛取向不同是她自家事，讓馬雯學懂男女平等才是我的事。

B

電話響起，啃著三明治接聽，竟是緊急通知。

——氣象局預告雪暴將至，學校關閉，必須趕快把女兒接回家！

二話不說，開車上路。

可能同病相憐者眾，雪地上車子亂成一團，瘡痍滿目，如電影逃荒鏡頭。心底頓然湧起一股荒謬感，這輩子讀書，逃過颱風、躲過水浸，可從沒避過什麼雪暴，小馬雯卻遇上了，她有我無，真不知是她略勝老子一籌抑或她比老子倒楣一截。

這是逃雪，等於逃白。

攝於美國，愛雪的小女孩。

剛來北國時自許「雪痴」，愛那皚皚皓白，有催眠作用，隆冬飄雪皆讓我看得入迷不能自已，每年未到十月即仰頸心急待雪，暗問冬天何時才至。後來呢，住久了，在第一場雪降臨時即在心裡數著白色結束的日子。

只因被白災嚇夠了。

人在冰地上跌倒過，車在雪地上打轉過，自此白是恐怖的顏色，逃之唯恐不及。有一個學期第一天上課教書開車遭困，車輪被厚雪重重包圍，吱嘎

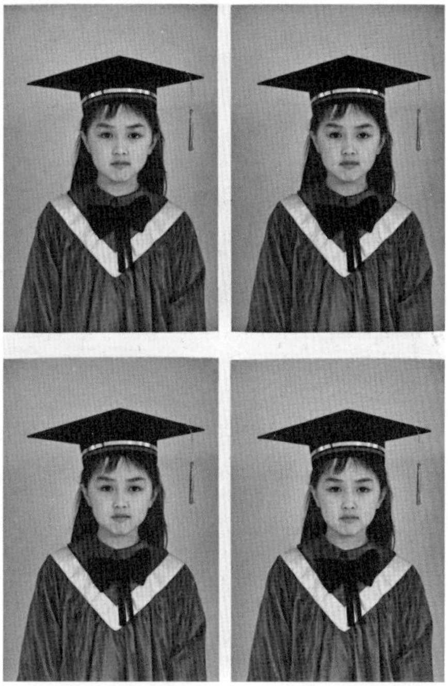

小女孩從幼稚院畢業。

怪叫卻偏偏無力前行，看著手錶，眼睜睜任分秒過去，雲橫秦嶺，雪擁藍關，我焦急得汗滴如雨。車窗外降雪，我額上下雨，若攝之為電影鏡頭，不失奇觀。

後來索性棄車徒步，到課室時學生已走十之八九。

更有一回老爺車在狂雪中突然死火，剎那之際眼前浮現自己倒斃雪地的影像，鮮血鋪染皓白，淒美悲涼。然而自古艱難唯一死，死得美不如活得好，車子滑向路邊停住了，我開心得狂笑。

小馬雯倒是喜白的。常到雪地上走動，左搖右滑，像一隻小企鵝。雪球雪人皆能令她哈哈大樂，尤其盤起雙腿坐在雪橇上衝坡而下，任粉雪撲臉，毫無懼色。我往往只能瑟縮在旁，靜看鄰家小孩陪她玩。白是我與她之間的楚河漢界，她在一岸，我在另一岸，彼此凝視。

然而有些白畢竟逃不掉，例如鬢上居然漸現白莖，不啻另類雪侵。

C

每個人想必有過身為小情人的階段，是父母心中的小情人，牽絆著父母的心。

記得馬雯出生不久，一位有多年父親經驗的朋友問我：「怎樣？有了女兒，像不像多了一個情人？」

那是說，與女兒談戀愛囉？

有像，也有不像。

與大情人談戀愛，我是不相信心理學家所說「開放的感情」那一套的，我讀心理學出身，我懂。大情人與大情人之間的關係，「獨占」是基本元素之一，沒有占有成分的愛，只有聖人才做得到，凡夫莫辦。

與小情人談戀愛，「分享」才是精華所在。看著小女兒一天天成長，心智上的、肢體上的，在成長過程中逐步走向世界。她擁抱世界，世界擁抱她，熱眼旁觀，你分享了她的種種喜悅與光榮、探索與驚訝，以及種種伴隨驚訝、探索、光榮、喜悅而來的焦慮與煩憂。

同是愛戀，同是牽腸掛肚，走的方向可不一樣。

然而都是一樣可愛，大情人與小情人。

兒子的理想在現實中穿越

——胡洪俠

胡元小時候迷戀汽車，堅信大街上一輛輛能轟隆隆跑、會滴滴叫的東西乃是世界上最神奇的玩具。那時候我當然沒錢買輛真車給他玩，只能用各種款式的汽車玩具哄他。我也試圖和他討論討論人生問題，比如我問他，長大以後你想幹什麼，他斬釘截鐵地回答：「開出租車（計程車）。」我邊笑邊罵他沒出息，他不服氣：「只有開出租車才能整天和汽車在一起啊。」

忽然他就長大了，上了中學了，也願意陪我逛逛書店了。有一次去深圳書城，他問我可不可以給他買幾本書，我說，你隨便挑。「真的？」他說，「我挑什麼書你都給我買？」我說沒問題。其實我是想試試他的志向，看看他閱讀趣味如何。他倒是一點也不手軟，自作主張挑了一大堆，《劉邦傳》、《朱元璋傳》赫然在其中。我不解，問他為什麼要選這兩個人，他說：「這兩人學習成績都不好，但是都當了皇帝。」

「你的理想不是開出租車嗎？又想當皇帝了？」我問。

「那是小時候說著玩兒的。我可能要從政，當大官兒。」

「就憑你這穩居後三名的學習成績？」我問。

「所以嘛，要以劉邦、朱元璋為榜樣。」

「你小子要造反吶。」我哈哈大笑。

我原以為他這從政的理想也是說著玩兒而已，沒想到他竟堅持了十來年。他讓我給他買白話版《資治通鑑》，說這是向毛主席學習。他說在北京上學他每年都去一次毛主席紀念堂。我大吃一驚，連問為什麼。

「沒什麼為什麼，」他若無其事地說，「我還給毛主席寫信呢。趁工作人員不注意，我把信放在花籃裡或別的什麼地方。」我又大驚：「你！你竟然做這樣的事。你信中都說了些什麼？」「彙報彙報思想。」他笑了，「也說說中國的事兒，腐敗什麼的，都告訴他。這怎麼啦？錯了嗎？」

我一時也難以給他說清對與錯，只是隱隱有些擔憂。我願意讓他自己選擇自己的人生，但「從政」這事於他而言我無論如何都覺得不靠譜。高考填志願，他堅決拒絕我推薦的新聞專業，一門心思要進中國青年政治學院。我也只好由他。我說你將來當個記者也不錯。「我才不幹呢！」他說，「就像你那樣，整天看大樣，值夜班，沒意思。」我又氣又覺得好笑，自我安慰般地回他一句：「你以為誰都能值夜班？就你這小樣，還想看大樣？」

2006 年暑假我和胡元去遊延安。他堅持要穿紅軍制服在棗園毛澤東舊居門前拍照，還一個勁嘀咕：「毛主席住的地方太小太破了。」

謝天謝地，等他大學快畢業時，終於不再提從政當官兒這回事了。他說他要做深度記者，搞調查報導，又說能進報社做個讀書版主編什麼的也不錯。有一陣兒他瘋狂喜歡《鳳凰週刊》，也一期一期地追著買《炎黃春秋》。他終於也如願進了北京的一家雜誌，正式開始媒體生涯。看著雜誌署他名字的文章，我好生得意。我對他說媒體這條路並不容易走，得做好吃點苦頭的準備。但沒想到的是，對他而言，「苦頭」來得有些快了。

前不久他在微博私信上說雜誌社的社長覺得他的文章有點嫩，也許他得換個地方。我問是不是你的工作態度有問題啊。「我覺得在工作中態度沒有問題，」他寫道，「加班的時候我都是最後一個走，晚上十一點了，自己打車，也沒什麼怨言，一直在努力讓文章變得更好。一個口述，往採訪對象家中跑四、五趟，假期都搭進去了。」我說我非常願意你在那家雜誌幹下去，哪怕受點苦，哪怕「邊緣化」，只要那裡有你的崗位，你就可以不計得失地、默默地自我成長，不妨認為自己在參加「魔鬼式訓練」。「吃苦我不怕，」他寫道，「幹房地產，也是天天吃苦受累，但一錘子能賺好幾千萬。」這小子又開始胡說了，「哈哈，我要是真幹了房地產，你也未必失望，賺了錢在北京給你買個大門市，讓你自由自在開書店。」

我不得不認真起來：「我倒不在乎你是否能掙大錢。我關心的是你的平安、健康，然後能幹點有用的自己喜歡幹的事。假如你覺得你最適合幹房地產，我也無可奈何。我的觀念也許老了。還是那句話：人生的路自己選；選定了就好好走；自己選的路自己負責。多少年後，人家說，胡洪俠的兒子是個有成就的房地產商啊，我想我也會高興的。」他似乎覺出我口氣不對了，馬上回覆道：「這話我也就隨便說說，北京還是會有別的機會等著我。我現在想的仍然是從事文化媒體工作，只是不願意在這家雜誌待了。」

這就好。他下篇稿子會在哪家媒體上出現？我只好暫且拭目以待。

【後記】

在路邊的小攤上

—楊照

那應該是在建國路上吧？重慶市中心，離解放碑不遠，街角一個小小的戶外攤子，我們三個人坐在那兒，桌上擺著幾道小菜，幾瓶啤酒。

他們兩個，家輝和大俠，又再問了一次：「行李箱中到底有些什麼？」他們問的，是我的行李箱，從成都到重慶，神祕失蹤了。我回答：「發現車上沒有我的行李箱，就馬上快速想了一下，看看有什麼是丟不起的。還好應該沒有。就是內衣褲，一件襯衫，一本筆記本，一些藥物，再張羅就好了。」重要的東西，台胞證、護照、手機，都在我隨身的書包裡，沒問題；至於人民幣和台幣，以及信用卡，在我褲口袋的皮夾裡。

停了一下，我誠實地補了一句：「稍微可惜一點的，只有一份小說手稿，萬把字吧，沒關係啦，大不了再寫回來就是了。」我考慮過要不要說這件事，兩個理由讓我還是說了，第一是：家輝知道我這幾年有嚴格每天寫小說，一字一字手寫的習慣，不管到哪裡一定隨身帶著正在寫的手稿；第二，我突然想，要是行李裡真就只有我原本說的那些東西，那我們幹嘛還在這裡等著行李下落的消息？有手稿至少多一點理由繼續坐在街邊喝酒吧！

因為那個時候，已經超過午夜了。先前在成都折騰了一天，又長途跋涉到重慶，我知道他們應該都累了，本來是車送我們到酒店，就要分頭進房休息了。就是因為行李箱不見了，他們堅持陪著我等消息，也才會在酒店外五十公尺處，找了這麼一個路邊攤喝起酒來。

說老實話，那感覺還真不錯。一點點風輕輕吹著，對街牆上有大字寫著建設重慶的標語，三個人又聊起來。

奇怪，三個人怎麼有那麼多話說？光是從《對照記＠１９６３》出版後，我們公開對談不下二十場，接受記者聯合訪問也不下二十場，從台北到北京到香港到深圳到成都到重慶，還有更多的是一起跑碼頭過程中，車上路上飯桌上酒店裡，三人東拉西扯說的話。

照理講，三人活在三個不同的城市，沒有太多現實上的共同話題。照理講，三人的舊事回憶，在專欄裡都寫了那麼多，讀都讀了，還談什麼？

然而事實是，三人見了面就聊，公開聊、私下也聊，甚至還聊到漫出到虛擬空間裡。去成都，我的班機較晚，家輝、大俠先到了，家輝就刻意發了個短信給我，說：「我們在吃火鍋了，快看微博！」原來他將火鍋照片擺上微博要讓還遠在台北等登機的我羨慕。

在重慶，路上塞車，我隨手拿起家輝帶在身邊的書，他寫的《死在這裡也不錯》，翻開來讀讀打發時間。完全沒意識到他用手機拍了照，立即發上微博，寫著：「楊照專心在讀世界名著——馬家輝的《死在這裡也不錯》！」

大俠呢？也是在重慶，他拍了一張爆亮，畫面完全失真的解放碑照片，發到微博上，寫了和解放碑一點關係都沒有的文字：「深夜，距離楊照丟失行李，已經三個小時。」

什麼跟什麼啊！大俠的解放碑照片就是我們在街角坐下來之前拍的、發的。馬家輝說我對丟掉行李「若無其事」，不對，我不是「若無其事」，我是真的沒有放在心上當一回事。真正讓我當一回事的，不是行李，是西西弗書店和北京三聯的工作同仁，那一張張擔心、沮喪的臉，他們比我還在意我的行李；還有就是這兩位老友的耐心體貼，覺得在那個節骨眼上不能棄我而去。

丟掉行李換來這樣的人情溫暖，說老實話，太划算了。更何況，我早已放棄希望的行李，竟然第二天在西西弗同仁們鍥而不捨地追查下，在成都找到了，又給送到重慶來。我白賺了大家一夜多出來的額外關心啊！

應該就在成都吧，三人繼續討論《對照記＠1963》接下來的主題，大俠突然感慨地說：「想到明年『對照記』就寫完了，還真有點捨不得啊！」我當時想：還有大半年文字活等著要幹，哪那麼早就捨不得啦？然而經過重慶之夜，我也開始感到提早的捨不得了。

第二本《對照記＠1963》要出書了，我們除了不懈地往下寫好第三本的最後三十個主題外，也該開始想想，明年以後，三人還能一起做什麼？也許到電台還是電視上開創個有史以來第一個兩岸三地聯手主持的節目？反正我們見了面總有聊不完的話題，不是嗎？

家輝、大俠，你們說呢？

【後記】

他的沉著，他的笑聲

——馬家輝

《對照記@1963》結集出版之後，與胡洪俠和楊照跑了好幾個城市，既是為了打書，亦是為了演說，但，於我，更是為了自娛，能夠跟好朋友們同行路上，談談，笑笑，吃吃，成為忙碌工作日程裡的美好期盼；有此一念，其餘理由皆是藉口。

是的，在路上，三人行，的確讓我常有領悟，「Johnny 孔」老夫子說得對，「必有我師」，兩千年以前的老生常談於今依然真實，淡言一句道盡真理，此之所以孔子於今仍是孔子，大家於今仍然活在他的口沫裡。

必須承認，三人行之於我是新鮮的經驗。紫微斗數師傅曾謂我的「交友宮」內有一顆大大大的「天煞孤星」，生命裡，敵人多而朋友少、怨憎多而持護少，不太容易跟同輩朋友緊密交往。我以往是相信的，因為生活經驗確實如此，同輩人總不喜歡我，我也總嫌棄同輩人，向來認定「相濡以沫」只是弱者行徑，「相忘於江湖」才是強者王道，獨來獨往，我行我素，自以為很酷很型。但當有了一些年紀，開始玩味

「與其信術數，不如修因果」的智慧提醒，逐漸明白，敵人如同朋友，朋友也如敵人，你希望誰成為誰，在很大程度上可以自決，英文說得好，make friends，朋友是要「造」的，make enemies，敵人也是要「造」的，make 才是關鍵字，選擇去「造」些什麼，便是因；有了因，便有果，別把責任放在什麼天煞孤星不孤星的頭上了。

於是開始學習放鬆，告訴自己，別緊張，多跟朋友接觸交流，沒事的，合作寫專欄，風格各異，思路不同，不必有誰高誰低的較勁顧慮；甚至一起出行，在路上，同演講，朋友不會嫌棄你或離棄你，你也當然沒必要覺得對方是個累贅或擔心自己成為對方的累贅。做自己想做的事情，do the right thing, do the thing right，do the right thing right，成敗自為，不必自陷煩惱。

於是合作寫書和同聚出行於我開始成為享受，尤其每當在路上有所學習有所省悟，便更快樂，頓覺世上風日好，即使下雨也天晴。

淺說兩個小小的例子。

首先是四月份某天某夜十時，我們仨從成都搭乘動車到達重慶，書店朋友前來迎接，開車載我們到酒店，下車後，自提行李，打算 check-in 入住，洗個澡，便睡覺；豈料楊照此時輕輕問了一句：「咦，我的行李呢？」

行李箱離奇失蹤，而他竟然問得鎮定淡然，換了是我，肯定臉色大變、聲音顫抖、張惶失措、手忙腳亂……你所有能夠想到的負面情緒形容詞皆適合用在我的身上，沒騙你，肯定是。

而楊照老兄偏不。他真的臉色如常、語態沉著，跟書店朋友仔細探討行李箱最有可能失落何方，我這傢伙慣於惡搞，在他身邊不斷咕嚕道：「會不會是在成都酒店 check-out 時，你被粉絲發現行蹤，她偷偷取走行李，拿回家欣賞你的私人衣物？」

又道：「行李會不會遺留在酒店旁的停車場？要不要我在微博上發動我的成都粉絲，請他們前往幫忙搜索？」

楊照沒空理會我，也懶得罵我，只是埋頭繼續探究行李去向。其後，我們仨和書店朋友坐在路邊攤喝酒和吃夜宵，他持續平和，沒對行李失蹤之事發過半句牢騷怨懟，彷彿不曾遭遇任何挫敗，EQ極高，而唯一糟糕的是令我被妻子藉機教訓了幾句：「你看看人家多麼鎮定！這就叫做平常心了！你只會說，不會做，人家是不必說也會做！你應該好好學習，遇上挫折亦要沉著應對，別輕易浪費自己的情緒……」

我笑笑，對妻子道：「是是是！我答應你，我立志做『楊照第二』，你放心！」

但問題是我也答應了自己做「胡洪俠第二」，那真有點疲於奔命。

為什麼要做「胡洪俠第二」？

只因二月份某天某夜十時，我和他在台北龍山寺旁的夜市吃夜宵，分喝了兩瓶冰凍啤酒，這於他實屬小兒科，於我卻已是酒量到頂了，頭有點暈，人有點 high，乃大言不慚地自誇自讚，不管他感不感興趣，我滔滔不絕地憶述自己於過往十年的寫作「功績」，如何創辦一份高質素的報紙副刊、如何第一天到報社工作便擔任副總編輯高位、如何從北到南在中國大陸撰寫十二個專欄……諸如此類，當然也在功績裡夾帶私仇，喃喃抱怨誰誰誰對不起我和得罪過我。

胡洪俠耐心地聽著，不斷點頭，不斷哈哈大笑，充分展現了北方漢子的爽朗豪邁，而，奇怪，他愈是笑得大聲，愈令我自覺是個不知天高地厚的南方小男人，婆婆媽媽，扭扭捏捏，常把雞毛蒜皮的屁事當作天大仇恨牢記心中，真是氣魄不足、窩囊有餘。於是在那一刻，我決定從此盡力「假裝」自己是個北方漢子，經常提醒自己，格局大些、大些、再大些，最好多把「沒事兒！」放在嘴邊，列為口頭禪，我要強迫自己多點胡洪俠、少點馬家輝，別再沉溺於溫吞瑣碎。

既要做楊照，又要做胡洪俠，累呀。然而美好的事情本就來之不易，唯望日後回頭重看，不管做到與否，皆覺這番嘗試和努力都算值得；日後回頭重看，不會後悔，只會埋怨，路上行程結束得太快太急。

【後記】

今年的路比以往任何一年都長

—胡洪俠

《對照記@1963》是三地三男人寫自己人生路上的點滴回憶。快五十歲的人了，已經走過的人生之路雖然說不上漫長，但實在也不能算短。我們寫城市，寫父母，寫耶穌，寫孔子，寫書店，寫初戀，寫火車，寫拜年，寫女同學，寫《紅樓夢》，寫第一次照相，寫小學作文第一課……寫到今天，這本書該出第二集了。說是不叫「第二集」，時興的說法是「第二季」。人生四季，從春到夏再到秋，磕磕絆絆用掉差不多五十載。寫起來倒是夠快：書店裡「第一季」《對照記@1963》還沒滿週歲，轉眼「第二季」就來了。

在幾十個主題詞的統率之下，我們對照的其實是「私家路」邊上的小風景。家世不同，出生地又天各一方，成長環境迥異，但是我們誰都不認為「風景這邊獨好」。我們小心喚醒自己的記憶，也好奇地分享各自的回憶，不知不覺中，三個人從相識就變成了相知。「第一季」先是年初在北京三聯出版，跟著台北遠流版一月份也問世了。二月二日我去台北書展和我們的新書相見相認。中午抵達，匆匆將行李寄存在酒店大堂，驚魂未定之際，已置身在洪建全基金會的敏隆講堂。大幅海報立在廳前，小幅海報貼在牆上，三個老男人在每一張海報上都露出同樣的笑容。我興奮得不知身在何處：我還沒有和自己這樣「相逢」過，也沒有和我的兩位朋友這樣迎「面」撞上過。前廳落著新書，講堂內的新書也堆得高高的。他們用新書擺出好看的花樣，我們的「青春歲月」就這樣搖身變成了「花樣年華」。那次演講的主題是「跨世代對談」。三人主席台坐定，我望著台下從台灣各地趕來的讀者，看了看身邊香港的馬家輝和台北的楊照，想著這跨海峽跨海關跨制度卻又能溝通無礙的一幕，忽然不知今夕何夕。

從此，二〇一二年就變成了一條我們的「對照」之路。對我而言，今年的這條路比以往任何一年都長。在路上的我們三人，因馬家輝的「馬」字而在海內外城市間馬不停蹄，因楊照的「照」字而在講台和舞台上照亮記憶，又因我這姓名中的「胡」字而四處「胡言亂語」。真的快樂極了，新鮮極了，也辛苦極了。

如果不出意外，人生的路我還得走很多年；如果行程順利，今年也還需要走更遠的路。以這半年的路和半生的路對照，我此刻想說的，無非是「感謝＋感悟」。一個創意寫作計畫能夠變成深圳《晶報》上已持續一年多的專欄，我得感謝我供職的深圳報業集團和晶報社。諸位同仁的敬業精神與專業技能，讓「對照記＠１９６３」專欄不僅如期呱呱墜地，而且如願長大成人。

一個日常語彙能夠像中了「分身術」一般，應聲變換出三個故事，三樣世情，三副筆墨，我得感謝一路之上相扶相攜、亦師亦友的楊照和家輝。他們的真誠與才華使得「同題作文」變成了「同聲相求」，他們的包容與默契讓每一場公開講演都變成了朋友歡聚。

而同樣內容的一本書，竟然能夠以繁簡漢字在三地以三種面目幾乎同時出版，我得感謝這個變化萬端的時代，和在華人世界裡砥柱中流的三家著名出版機構：北京三聯、香港三聯和台北遠流。一本凝聚三地華人社會生活點滴的書，能夠走南闖北擠進萬千書架之上，我得感謝喜歡這本書的圖書館、書店和讀者，感謝那些因和我們同齡而感同身受的人，感謝那些因自己的父母生於一九六三而將此書作為禮物敬獻的人，感謝那些因對大陸、台灣或香港充滿好奇而嘗試在我們書中探尋的人。

當然，我還需感謝那些因喜歡馬家輝或楊照的文字，而不得不買這本有我參與其中的書的人。你們不情不願的破費贏得了我心甘情願的慚愧。

至於感悟，在此難以盡述，略舉數端。回憶中，我發現不管內心深處如何翻江倒海，總有一些回憶是回不去的。我發現家鄉真的成了故鄉，「故」去的風景與情景處處提醒你已經無家可歸。我發現，十六歲以前我寫過那麼多篇作文，其中沒有一句是自己想說的話，真是奇蹟。我發現我寫了那麼多「個人特色」鮮明的故事，結果證明毫無特色，大陸有我同樣經歷的人太多太多。我發現，原來我沒有勇氣講述的故事，如今依然沒有足夠的勇氣寫出來。我因此也再次發現，文字的氣象與格局並不取決於字詞句的錯綜排列，而是取決於自由精神與獨立人格……

如今，《對照記＠１９６３》「第二季」又要上路了。我和楊照、家輝當然又得陪它走一程。為了從序言開始就進入「對照」，我們特意請了三地三位師友為本書作序：香港請了董橋先生，台北請了大哥張大春，大陸請了才女賢妹毛尖。他們深知我們三人一路上走得不離不棄，且愈走愈遠，難免不遇險境，於是紛紛運筆聲援，以壯行色。他們都爽快而不爽約，只有毛尖埋怨我邀她寫序的口氣太霸道。當然是霸「道」，君不見，我們正在「路」上。

國家圖書館出版品預行編目(CIP)資料

忽然，懂了：對照記@1963 II / 楊照，馬家輝，胡洪俠合著.
-- 初版. -- 臺北市：遠流，2012.09
面； 公分. -- (綠蠹魚叢書；YLK41)

ISBN 978-957-32-7042-3(平裝)

855　　　　101015803

綠蠹魚叢書YLK41

忽然，懂了

對照記@1963 II

作者	楊照、馬家輝、胡洪俠
全書照片提供	楊照、馬家輝、胡洪俠
封面前折口攝影	黃輝
版權頁照片提供	生活・讀書・新知三聯書店有限公司
出版四部總編輯暨總監	曾文娟
資深副主編	李麗玲
企劃	王紀友
封面・內頁設計	一瞬設計

發行人	王榮文
出版發行	遠流出版事業股份有限公司
地址	台北市100南昌路2段81號6樓
客服電話	02-2392-6899
傳真	02-2392-6658
郵撥	0189456-1
著作權顧問	蕭雄淋律師
法律顧問	董安丹律師
輸出印刷	中原造像股份有限公司

2012年 9 月 1 日　初版一刷
2013年 6 月15日　初版三刷
行政院新聞局局版臺業字第1295號
定價 新台幣330元（缺頁或破損的書，請寄回更換）

ISBN 978-957-32-7042-3

遠流博識網

遠流博識網 http://www.ylib.com　E-mail ylib@ylib.com